KB116877

은유의 글쓰기 상담소

계속 쓰려는 사람을 위한 48가지 이야기

은유의 글쓰기 상담소

1판 1쇄 발행 2023. 1. 9.
1판 5쇄 발행 2024. 6. 10.

지은이 은유

발행인 박강휘
편집 길은수 디자인 박주희 마케팅 김새로미 홍보 반재서
발행처 김영사

등록 1979년 5월 17일 (제406-2003-036호)
주소 경기도 파주시 문발로 197(문발동) 우편번호 10881
전화 마케팅부 031)955-3100, 편집부 031)955-3200 | 팩스 031)955-3111

값은 뒤표지에 있습니다.

ISBN 978-89-349-4294-8 03800

홈페이지 www.gimmyoung.com   블로그 blog.naver.com/gybook
인스타그램 instagram.com/gimmyoung   이메일 bestbook@gimmyoung.com

좋은 독자가 좋은 책을 만듭니다.
김영사는 독자 여러분의 의견에 항상 귀 기울이고 있습니다.

계속
쓰려는
사람을 위한

48가지
이야기

은유의
글쓰기
상담소

은유 지음

김영사

일
러
두
기

• 이 책은 2020년 12월~2021년 12월 네이버에 연재된 오디오클립 〈은유의 글쓰기
상담소〉의 대본에서 입말을 살리고 구성 및 일부 사례 등을 수정하여 펴냈습니다.

• 시집과 소설, 산문집 등 단행본 제목은 《 》, 신문 칼럼 및 기사·시 한 편을 비롯해 단
행본에 수록된 단편과 영화·연극의 제목은 〈 〉으로, 저자의 오프라인 글쓰기 수업에
참여하는 학인의 글은 학인의 닉네임과 수업명을 미주에 표기하였습니다.

고통의 아름다움을 알려준
최승자 시인에게

들어가는 말

그대는 이미 나

제11회 서울레코드페어에서 음반을 구경하다가 우연히 산울림 3집 리마스터링 앨범을 보았다. 연두색 바탕에 거친 붓질로 그린 사람의 얼굴이 있고 "내 마음/ 그대는 이미 나"라고 써 있었다. 〈그대는 이미 나〉는 장장 18분 38초에 달하는 대곡으로 1978년에 나왔다. 아는 노래였지만 그날따라 엘피판에 새겨진 글자가 낯선 시구처럼 다가왔다. 이것은 인생에서 가장 중요한 두 가지 화두가 아닌가. '내 마음'을 알아가기 위해서, 그리고 내 마음을 알아주는 누군가를 찾아서 인간은 평생을 헤맨다. '그대는 이미 나'라고 할 만한 존재만 있어도 삶이 이토록 고되고 외롭지 않으리라는 헛된 기대를 품고서 말이다. 음반을 뒤집어보니 뒷면에 있는 "아무 말 안 해도 그대는 이미 나"라는 구절이 눈에 띄었다. 타인과의 합일에 도달한 긍지의 말. 어쩐지 순정 가득한 가사가 무척 따뜻하게 느껴졌다. 언어의 찬미자인 나는 잡은 순간 내려놓지 못한 그 음반을, 턴테이블도 없으면서 고이 집으로 모셔왔다.

언어는 무의식을 일깨운다. 그대는 이미 나. 이것의 결핍 혹은 추구가 나를 쓰게 한 동력이었다는 생각이 든다. 버지니아 울프의 말대로 산다는 것은 힘든 사업이다. 고통과 상실은 우리를 피해가지 않고 혼자 남은 밤은 길다. 내 슬픔을 그대가 알아주기를 바라다가 제풀에 지치고, 그걸 말 안 하면 모르나 하고 서러워하다가, 말해도 모르는데 말 안 하면 더 모른다는 깨우침을 얻고서, 남이 알아주길 바라지 말고 내 마음 나부터 알아주자는 데 이른 어른스러운 해결책이 내겐 글쓰기다. 나는 진격의 독학자처럼 책을 쌓아놓고 줄기차게 읽고 썼다. 논리적으로 설명되지 않는 감정들, 형태는 없고 압력만 있는 슬픔을 나의 언어로 번역하여 실체화하는 작업이 없었다면 크고 작은 생의 파고를 넘지 못했을지도 모르겠다. 내 마음에 꼭 맞는 언어를 고르고 쓰는 동안 나는 이미 충분한 나의 그대가 되어주었으니까.

글쓰기로 '잠재적 셀프 구원'을 경험한 나는 2011년 봄에 첫 글쓰기 수업을 열었다. 집안 형편이 가장 어려웠고 마음이 몹시도 부대끼던 시기였다. 지금도 생각난다. 수업 시간에 핸드폰 벨이 울리면 불길한 느낌이 엄습했고 예감은 곧잘 현실이 되었다. 끝날 듯 끝나지 않는 집안 문제가 나를 치고 지나갔지만 나는 휘청거렸을 뿐 쓰러지지 않았다. 학인들과 함께 책을 읽고 글을 쓰고 말을 나누고 시간을 보내느라 현실의 불안을 잊었다. 글을 쓰러 오는 사람들은 빈손으로 오지 않고 상처를 한 보따리 지고 온다. 공통의 정서적 뿌리를 가진 존재들이 둘러앉아 자신의 약함을 나누는 동안 우리는 자신도 모르는 사이에 차츰 살아났다. 그 틈에 낀 나도 생존했다. 사람과 사람이 만나서 읽고 쓰기 시작할 때 일어나는 배움들, 최선을 다해 자기 자신이 되려는 노력이 빚어내는 찰진 언어들, 질문과 저항이 만들어내는 얼굴의 변화들. 그 모든 기적의 관찰자가 된 나는 글쓰기 수업 5년 차에 《글쓰기의 최전선》을 썼고, 6년 차에 두 번째 글쓰기 책 《쓰기의 말들》을 냈다.

　그간 한 해도 거르지 않고 1년에 서너 차례 스물다섯 명씩 10주 넘게 참석하는 글쓰기 수업을 진행했다. 운이 좋게도 크게 아프지 않았고 길게 여행을 가지도 않았으니 결강이나 지각 한 번 없이 수업을 이끌 수 있었다. 짬짬이 전국의 학교로, 도서관으로, 시민 단체로 강연을 나갔고 북콘서트에 초대받았다. 현장이 주는 낯섦과 우연은 늘 나를 깨어 있게 했다. 학생이고 어른이고, 사람들을 마주하면 배움이 일어났다. 그 구체적이고 개별적인 상황에서 조우한 경험과 통찰을 아껴두었다가 매달 연재하는 신문 칼럼에 실었다. 긴 인터뷰를 엮어서 몇 권의 르포집을 쓰고 산문집도 냈다. 그러는 사이, 나의 두 아이는 스무 살이 넘어 품에서 분리되었고 3개월에 입양한 고양이 무지는 아홉 살이 되었다. 글쓰기 수업을 처음 열었을 때 대학생이던 학인은 세 살배기의 아빠가 되어 10년 만에 다시 수업에 나타났다. 육아가 힘들어서 이가 하나 빠졌다는 증언과 함께. 전국노래자랑처럼 오래 가는 글쓰기 수업을 해야 하는 이유가 내겐 있는 것이다.

가끔 사람들이 묻는다. 강의도 하고 애들도 키우고 그렇게 바쁜데 도대체 언제 책을 쓴 거냐고. 그러면 나는 수업을 하고 글을 썼기 때문에 양육과 일을 병행할 수 있었다고 말한다. 사람과 책과 글쓰기가 주는 힘의 최대 수혜자인 나는, 수업 첫날 "살려고 왔다"고 자기소개를 하는 이의 말이 과장이 아님을 안다. 어떤 글쓰기는 사람을 살린다. 적어도 쓰는 동안은 삶을 붙든다.

글쓰기 수업 13년 차에 세 번째 글쓰기 책을 낸다. 준비하는 내내 근심을 떨치지 못했다. 이미 두 권이나 썼는데 글쓰기에 관한 새로운 이야기를 담아낼 수 있을까. 고민을 터놓았을 때 나의 친구는 '노 프라블럼'을 외치며 다정을 다해 이렇게 말했다.

"《글쓰기의 최전선》은《수학의 정석》같이 기본 원리를 일러주는 책이고,《쓰기의 말들》은 사전처럼 옆에 두고 필요할 때마다 찾아보는 책이고,《은유의 글쓰기 상담소》는 자습서 같은 책이에요. 그사이 은유도 달라졌죠. 다른 은유가 쓴 다른 책이니까 걱정하지 말아요."

낙타의 언어에서 사자의 언어로

니체는 《차라투스트라는 이렇게 말했다》에서 인간 정신의 성장을 낙타, 사자, 어린아이 세 단계로 구분했다. 낙타는 의심 없이 주어진 짐을 지고 가는 수동의 정신을, 사자는 '너는 마땅히 해야 한다'는 명령을 거부하고 '나는 하고자 한다'라고 선언하는 부정의 정신을, 어린아이는 스스로 굴러가는 수레바퀴, 기쁨, 긍정의 정신을 상징한다. 이 부분을 처음 읽었을 때 충격에 빠져 혼잣말을 했다. "낙타, 나네……." 모성 이데올로기를 내면화한 채 온갖 역할의 짐을 떠안고 일상의 사막을 거니는 한 여자가 보였다. 이때의 각성으로 글쓰기가 봇물 터졌다. 낙타에서 사자로 어서 변신하고픈 몸부림이 글을 낳았으니, 엄마가 된 사람도 자신을 위해 행동할 권리가 있는 자주적인 존재라는 외침이 나의 첫 산문집에 고스란히 담겼다.

그로부터 10년도 더 지난 지금은 다른 측면이 보인다. 낙타 같은 모성이 저도 모르게 해낸 것들이 있었다. 엄마로 사는 일은 나의 욕구를 접고 타인의 욕구를 우선에 두는 일이다. 아침에 눈뜨기 싫어도 아이를 밥 먹여서 등교시키려면 일어나야 하는 식이다. 그건 나보다 남을 위하는 차원이라기보다 나와 남이 분리되지 않는 기이한 상태에 가까웠다. '그것'에 계속 매여 있다는 점에서 육아와 글쓰기는 비슷했다. 오랜 시간에 걸쳐 체화된 이 자아의 이중 감각이 작가의 삶에 유효했다. 기본적으로 글쓰기는 협업이고 약속이다. 나에게 몰입하는 만큼 나를 내려놓아야 독자가 있는 글이 된다. 또 내 입장과 동료의 처지를 동시에 헤아려야 일이 돌아가고, 이번 글에서 다음 글로 넘어갈 수 있다. 오늘의 살림을 마무리해야 내일의 생활이 가능한 것과 마찬가지다. '밥'이라는 마감을 매일 해온 사람에겐 원고 마감을 지키는 일이 괴로워도 어렵지는 않았다. 퇴로 없는 삶에 복종해온 탓이다. 인생에 쓸모없는 것은 없다고, 엄마로 살면서 길러진 낙타의 근면함과 수동성이 나를 쓰는 자리에 데려다놓았고 나는 '그래도 계속 쓰는 사람'으로 살게 되었다.

글이 쓴 사람을 거울처럼 투명하게 반영하는 것을 보아왔다. 앞서 글쓰기 책을 쓸 때와는 달라진 나의 모습이 이 책에도 반영되었을 것이다. 가령, 예전엔 어떤 문장만 좋으면 무조건 열광하고 인용했다면 지금은 글쓴이의 사회적 좌표를 살펴본다. 백인인가, 남성인가, 비장애인인가, 이성애자인가, 서울 사람인가, 중년인가, 대졸자인가 등등. 철학서나 사회과학서를 좋아했기 때문에 손이 가는 대로 읽다보면 거의 백인·중년·이성애자·남성 저자의 책이었고 그러한 사회문화적인 길들임에 별문제를 느끼지 못했다. 내 인생의 오빠들로 니체와 조지 오웰을 꼽기도 했다. 그들의 말과 사고를 여전히 따르지만 이젠 그들의 저작에서 여성혐오적 맥락을 골라낼 수 있게 됐다.

　내 인생에 만만찮게 멋진 언니들도 생겼다. 버지니아 울프와 리베카 솔닛과 오드리 로드와 박완서와 젊은 여성 작가들의 저작이 책꽂이의 명당을 차지하고 있다. 장애학과 동물권과 이주민에 관한 책을 꾸준히 들인다. 중심이 아닌 변방의 언어, 생명을 살게 하는 존엄의 언어, 이분법을 넘어선 사이의 언어가 내 삶에 들어오고 섞이면서 더욱 진중하게 말을 고르게 되었으므로, 그렇지 못한 과거에 대한 반성문을 쓸 일도 늘어났다. 그래서 이번 책을 쓰면서는 혐오나 차별적 표현이 있지 않은지, 인용구 원작자의 나이나 성별 등 균형을 고려했는지, 성급하고 편협하게 판단하지는 않았는지 등 세심히 주의를 기울였다. 그래도 놓친 것이 있을지도 모르겠다. 편견은 깨지기 전까지 그것이 편견인지 모르기 때문이다. 아무튼 그간 무비판적으로 써왔던 관습적 언어와 권력의 언어에 사자처럼 부정의 '아니오'를 말할 힘과 나의 무지를 뉘우칠 용기가 조금은 생긴 것 같다. 페미니즘 연구자 베티 리어든이 표현한 대로 "가부장제가 여성에게서 빼앗을 수 없었던 하나의 힘, 즉 생명을 낳는 힘"[1]을 밑천 삼아 나는 낙타의 언어부터 출발해 사자의 언어 그리고 어린아이의 언어를 차근히 배워가는 중이다.

사랑하는 사람의 얼굴

"작가님이 원하는 세상은 어디까지 와 있나요?" 일전에 현장 실습생의 죽음을 다룬 책 《알지 못하는 아이의 죽음》으로 어느 고등학교에서 강연했을 때 한 학생이 물었다. 나는 이렇게 답했다. "아직도 일하다가 죽는 사람이 많은 나라죠. '산재공화국'인 현실은 변함없지만 그래도 제가 여러분과 토요일 오전에 이렇게 만나서 '노동자가 일하다가 죽지 않는 세상은 어떻게 가능한가'를 이야기 나눌 수 있을 만큼은 변한 것 같아요."

자주 생각한다. 내가 글을 쓰는 일이 그리고 쓰는 사람을 길러내는 활동이 나와 세상에 어떤 의미인지. 누구의 이익에 복무하는지. 특히 참담한 뉴스를 접하는 날에는 이게 다 무슨 소용인가 싶어 맥이 빠진다. 그럼에도 계속 쓰고 말하는 존재로 살게 하는 힘은 세상의 복잡성과 부조리가 드러나는 현장에서 나온다. 예를 들면 선생님을 대상으로 했던 글쓰기 워크숍을 마친 후 나는 노트에 이런 메모를 해두었다. '매일 술을 먹고 때리는 아빠 때문에 형이 집을 나간 아이, 엄마가 교도소에 있어서 얼굴이 어두운 아이, 혼자 살고 있어서 매일 아침 모닝콜을 해주어야 하는 아이, 남 앞에서 말이라곤 안 해봐서 묻는 말에 얼굴만 빨개지는 아이.' 어느 선생님이 자기가 챙겨야 할 "내 새끼들"이라며 쓴 내용인데, 내가 생각하는 좋은 문장이었다. 타인의 구체적 삶과 닿아 있는 문장. 너무 날것이라서 아픈 문장. 아픔이 길이 되는 문장. 그가 글을 쓰면서 아이들의 모습을 하나씩 떠올리고 묘사할 단어들을 찾느라 고심했을 시간을 상상해보았다. 글쓰기는 이런 일을 한다. 지나간 시간을 되돌리고 나를 둘러싼 사람을 오래 들여다보도록 북돋운다. 사람을 생각하는 사람을 만든다.

안 보이던 사람이 보이는 일은 일상의 작은 혁명이다. 배달 노동자를 인터뷰한 책을 읽고 나면 건물 승강기에서 만난 배달 노동자를 이전과는 다른 눈길로 보게 된다. 어떤 대상을 표면적인 존재가 아닌 입체적인 인격으로 보는 감각이 시민 의식이다. 너도 나도 쓰고 말하고 듣고 생의 경험을 교환하다보면 사적인 고민은 공적인 담론을 형성하고, 일상에 먼지처럼 숨어 있는 억압의 기제와 해방의 잠재성을 발견할 수도 있다. 혹자의 지적대로 다른 삶의 방식을 이해할 능력은 없지만 비난할 능력은 있는 사람만을 양산하는 척박한 현실에서, 책과 글쓰기가 아니라면 우리는 무엇으로 인간 이해의 심층에 도달할 수 있을까.

고백하자면, 나도 그런 이유로 쓴다. 작가님은 어떤 사람이 되고 싶으냐고 한 아이가 물었던 적이 있다. 질문이 귀여워서 나는 막 웃었다. 다 큰 어른에게 장래 희망을 물어봐주는 사람이 있다는 사실에 감격했다. 앞으로도 ○○고등학교 학생들과 연결될 수 있는 사람이 되고 싶다고 말했다. 진심이었다. 그럴 수만 있다면 누군가의 이야기를 들을 수 있는 사람, 그걸 또 성실하게 세상에 전달하는 사람, 더 많은 고통과 기쁨에 연루된 사람으로 살고 싶다. 인간다움을 잃지 않고 싶다는 뜻이다. 사랑하는 사람의 얼굴, 사랑받는 사람의 얼굴을 갖고 싶다(나만 사랑하면 쓸쓸하므로 쌍방향을 원한다). 서로 바라보고 경청하는 일은 고도의 집중이 필요한 흐트러짐 없는 사랑의 행위지만 글을 쓸 때는 그런 포즈를 흉내라도 내게 된다. 사람을, 고통을, 말들을 오래 생각해야 하니까. 그래서 나는 사랑의 능력을 잃어버리지 않기 위해서라도 계속 듣는 사람, 들은 이야기를 나누는 사람, 즉 쓰는 사람으로 살고 싶다.

글쓰기의 유년기

《은유의 글쓰기 상담소》에는 마흔여덟 개의 질문과 대답이 들어 있다. 지난 글쓰기 수업과 강연에서 자주 받은 질문을 토대로 구성했다. 글을 쓰고 싶어 하는 사람이나 이미 쓰고 있는 사람이나 책을 낸 사람이나, 놀랍게도 묻는 내용은 대동소이하다. 백지 앞에서 좌절한다는 점에서는 같은 얼굴을 하고 있다. 나도 매번 짓는 표정이다. 그런 내가 얼결에 문패를 걸고 상담소를 차렸다. '은유의 글쓰기 상담소'가 정답을 일러주는 곳이라기보다는 우리가 질문으로 연결돼 있음을 확인하는 장소가 되어준다면 더할 나위 없겠다. 나만 이런 고민을 하는 게 아니라는 사실이 고민을 가볍게 만들어주기도 하니까. 그대가 이미 나이고, 내가 이미 그대임을 느낄 수 있는 든든한 글쓰기 공동체.

유년기는 무언가를 이루겠다는 목적의식 없이 세상을 배울 수 있는 유일한 시기라고 한다. 글쓰기를 배우는 사람이야말로 목적에 갇히지 않는 어린아이의 시간이 크나큰 자산이다. 기껏 쌓은 모래성을 파도가 부숴버려도 깔깔대고 웃으며 또 모래성을 쌓는 아이처럼 순간을 놀이로 즐기며 쓰고 또 쓰기. 니체가 인간 정신의 가장 높은 단계로 꼽은 어린아이 되기. 그래서 나는 수업 시간에 과제를 독려하며 말한다.

"글을 못 써도 아무 일도 일어나지 않습니다."
"다 쓴 글이 잘 쓴 글입니다."

나 또한 글쓰기 책을 섭렵하듯 읽었지만 글은 아는 대로 써지지 않았다. 여기서 얻은 교훈은 유용한 팁이 아니라 서두르지 않고 제 몸으로 써나갈 때 자기만의 언어가 만들어진다는 사실이다. 아무것도 쓰지 않으면 잘 쓸 수도 없다. 목적에 갇히지 않아야 이것저것 시도하는 놀이가 되고 재밌어야 계속 쓴다.

《은유의 글쓰기 상담소》를 집어 든 독자들이 '글쓰기의 유년기'를 편안하고 충분하게 누렸으면 좋겠다. 유년기도 없이 너무 일찍부터 수험생 모드로 진입하지 않았으면 한다. 다만 목표가 없으면 심심하니까 이런 정도를 권해드린다. 나를 설명할 수 있는 사람이 되기, 가족(없음)을 말할 수 있는 사람이 되기 같은 것들. 인권활동가 미류의 표현대로 "존재를 설명하기 위해 너무 큰 용기를 요구하지 않는 세상"[2]이 어서 오길 바라며 세 번째 글쓰기 책을 세상에 내놓는다.

2023년 새해
은유

2 일단 써보고자 한다면

3   섬세하게 쓰고 싶다면

4 계속 쓰는 사람으로 살고 싶다면

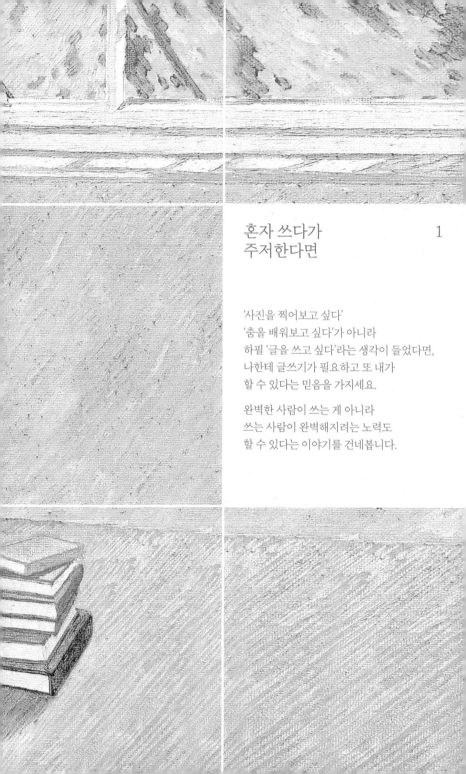

혼자 쓰다가 주저한다면

'사진을 찍어보고 싶다'
'춤을 배워보고 싶다'가 아니라
하필 '글을 쓰고 싶다'라는 생각이 들었다면,
나한테 글쓰기가 필요하고 또 내가
할 수 있다는 믿음을 가지세요.

완벽한 사람이 쓰는 게 아니라
쓰는 사람이 완벽해지려는 노력도
할 수 있다는 이야기를 건네봅니다.

혼자 글 쓰는 사람에게
꼭 해주고 싶은 말이 있나요?

혼자 글 쓰는 사람에게 어떤 말을 해야 할지 고민하다보니 제 글쓰기 삶의 시작이 떠올랐어요. 저야말로 혼자 글 쓰는 사람의 시기를 꽤 길게 보냈거든요. 그러다가 글쓰기를 가르치고, 이렇게 세 번째 글쓰기 책도 냈습니다.

인생은 알 수 없게 흐르죠. 혼자 글 쓰던 시절에는 15년 후쯤 '글쓰기 상담소'라는 콘셉트로 오디오 콘텐츠를 만들고 책을 내리라고는 상상도 못 했습니다. 이런 변화가 남들 눈에는 출세로 보일 수도 있겠죠. 시간이 지나면서 물질적으로 안정된 건 사실이지만, 제가 보는 제 모습은 그때나 지금이나 본질적으로 거의 다르지 않아요. 누가 나를 지켜보든 안 보든 노트북 앞에 앉아서 여전히 낑낑대고 있고, 이렇게 글로 애쓰는 데 삶의 큰 의미와 긴 시간을 부여하는 모습은 그대로니까요. 그래서 혼자 글 쓰는 사람에게 '혼자 작업하는 시간을 초조해하지 말고 누리세요'라고 이야기해주고 싶습니다.

저는 서른다섯 살부터 자유기고가로 일했으니, 비교적 늦은 나이에 쓰는 세계에 입문했죠. 자유기고가인 제게 글을 청탁하는 고객은 주로 기업이나 공공기관이었고, 글의 톤이나 주제가 크게 다르지 않았어요. 비슷비슷한 글만 쓰자니 답답하기도 해서 개인 블로그를 만들었죠. 하루 방문자 수가 100명을 안 넘고 서너 달은 지나야 댓글 하나 달리는 적막한 블로그에서 5년 이상을 보냈네요. 고요한 절 같은 인터넷 환경에서 면벽 수행하는 스님처럼 혼자 글을 썼습니다.

그런 제 처지를 비관하지 않았어요. 블로그의 방문자 수를 늘리려고 애쓰지도 않았고요. 왜냐면 글을 쓰는 목적이 반드시 책을 내겠다거나 유명 작가가 되겠다는 것에 있지 않았으니까요. 쓰는 행위만이 목적이었어요. 글 한 편에 코 박고 완성하는 일이 중요했습니다. 시를 더해 산문을 쓰고, 영화를 본 뒤 감상을 쓰고, 책을 읽고 좋은 구절을 정리하고, 새로운 카테고리의 게시판을 만들어 시 없이 정치적인 이야기를 써보기도 했습니다. 내키는 대로 이런저런 시도를 해보고, 하다가 아니다 싶으면 그만두기도 하고. 실패에 대한 두려움 없이 안전하게 마음껏 실패할 수 있었습니다. 당시는 몰랐는데 돌이켜보니 혼자서도 글쓰기와 잘 놀았던, 참 좋았던 시기 같아요.

만약 특정 교육기관에 속해 커리큘럼대로 정해진 분량과 주제로 쓰고 평가받았다면 틀에 맞춘 글만 썼겠죠. 딱 써야 할 만큼만 쓰고 말았을 수도 있고요. 그런데 혼자 읽고 쓰니까 시작도 없고, 끝도 없고, 체계도, 방향도, 목적도 없지만, 그래서 무언가에 쫓기지 않고 내가 쓰고 싶은 내용과 저한테 맞는 형식을 찾아갈 수 있었어요. 남을 눌러야 내가 사는 경쟁 구도에 시달리지 않아서 열등감 같은 감정에서도 비교적 자유로웠고요. 크게 관심과 조명을 받지 못하는 현실이 쓸쓸하기도 하지만 타인의 평가에 일희일비하지 않을 수 있다는 건 홀로 글쓰기의 장점이죠. 타인의 평가에 노출되지 않아서 칭찬이나 격려를 받을 수도 없지만, 비판을 가장한 비난을 받지 않아서 기죽을 일도 없고요. 글쓰기에서 제 고유한 부분을 훼손당하지 않았다는 것, 혼자 쓰는 사람이라서 누릴 수 있는 최고의 축복이라고 생각해요. 또한 특정 교육 시스템에 속해 글쓰기를 배우면 돈과 시간을 들였으니까 졸업하면서 적어도 책을 내거나 뭐라도 남겨야 할 것 같은 부담이 생기는데, 혼자서 글쓰기를 하면 큰돈을 들이지 않았으니 조급하지 않다는 것도 큰 장점입니다.

다만 혼자 글을 쓸 때 문제점도 있죠. 강제성이 없다보니 쓰다 만 미완성 글이 쌓인다는 것과 독자의 검증이 없어서 자기만 이해하는 자족적인 글을 쓸 수도 있다는 것. 이 두 가지 같아요. 저는 혼자 쓰고 혼자 보는 글이라도 블로그에는 꼭 완성했다고 할 만한 글을 올렸어요. 그렇게 했을 때, 복잡한 생각을 활자로 가지런히 정돈한 글을 보는 쾌감이 컸어요.

여러분도 다른 누구도 아닌 '나'라는 독자를 위해 쓴다는 마음으로 글을 완성해보세요. 여기서 '완성'이란 나를 전혀 모르는 다른 사람이 읽어도 이해할 수 있다는 의미입니다. 남뿐만 아니라 미래의 내가 봐도 그 시절에 무슨 일이 있었고, 어떤 감정이었는지 알 수 있도록 표현하려는 바를 촘촘하게 객관화해서 쓰는 겁니다. 그렇게 한 편씩 쓰다보면 마음이 흡족해지고 자신감이 생겨서 또 쓰고 싶어져요.

그렇습니다. 혼자 글을 쓴다는 것은 독자 없이 쓰는 것이며 독자의 반응을 초월해서 쓰는 것이기도 합니다. 캐나다 소설가 마거릿 애트우드가 쓴 책 《글쓰기에 대하여》에 독자와 작가의 관계에 대한 이야기가 나와요. 독자는 거대한 미지의 존재라고 말하면서 에밀리 디킨슨의 시를 소개하죠.

나는 무명인이에요, 당신은 누군가요?
당신도 무명인인가요?
그러면 우리는 잘 어울리는군요!
말하지 마요! 그들이 떠들고 다닐 거예요, 알잖아요!

얼마나 끔찍할까요, 유명인이 되는 건!
얼마나 눈에 띨까요, 개구리처럼
6월 내내, 흠모하는 늪지를 향해
자기 이름을 불러대는 것은!

시구를 언급한 뒤 이렇게 부연합니다.

> 그러다 책이 성공하면 작가는 "유명인"이 되고, 독자 집단은 그를 흠모하는 "늪지"가 됩니다. 하지만 무명인에서 유명인으로 바뀌는 데는 트라우마가 동반돼요. 무명인 작가가 투명성이란 망토를 벗어던지고 가시성이라는 망토를 걸치는 과정에서요. 매릴린 먼로가 말했지요. "다른 사람이 되지 않고서는, 무명인은 유명인이 될 수 없다."[1]

혼자 글쓰기를 다르게 말하면 세속적인 성공의 뒤안길에서 쓴다는 말이기도 하잖아요. 그 시간을 소외의 시간이 아니라 내면을 다지는 풍요의 시기로 생각할 수 있어야 오래 쓰는 사람으로 살 수 있을 것 같습니다. 우리에게 필요한 건 빠른 성공이 아니라 건강한 성장이니까요. 혼자 쓰는 시간 동안 자기 탐색의 자유를 누리시길 바랍니다.

나를 쓰게 하는 것들

저는 스무 살에 증권회사 노동조합에서 일했습니다. 3년간 조합원 교육과 홍보 일을 담당하면서 소식지와 신문을 만들었죠. 본격적으로 매일같이 열심히 글을 쓴 시기인데요. 지금 생각해보면 어떤 형태의 글이든 매일 쓰는 행위가 참 중요한 것 같아요. 그때 글을 꾸준히 쓰며 필력을 키웠는지는 장담할 수 없지만, 계속 쓰게 하는 근력은 확실히 기른 것 같거든요. '쓰면 되는구나' '내가 뭐라도 매일 써냈구나' 하는 뿌듯함이 훗날 직업적 글쓰기를 시작할 때 도움이 됐어요. 글 쓰는 일로 돈을 벌 수 있을지 확신할 수 없어서 겁은 나지만 그래도 해보자고 용기를 내는 데 힘이 되었습니다. 저력이라고 부르죠. 작가로서 살아가는 데 근간이 된 힘을 노조 활동기에 글을 꾸준히 쓰면서 얻었습니다.

이렇듯 글은 쓰는 만큼 몸에 남습니다. 일단 계속 쓰다보면 '글 쓰는 나'를 인지하는 감각이 정직하게 몸에 저장돼요. 글 쓰는 나를 어색하게 느끼면 잘 안 쓰게 되겠죠. 어색한 옷을 잘 안 입는 것처럼요. '글 쓰는 나'의 모습을 스스로 자연스럽게 느끼도록 규칙적으로 꾸준히 쓰는 활동에 임하는 게 중요합니다. 나를 쓰게 하는 것은 바로 나라는 이야기입니다.

　나를 쓰게 하는 것은 남이라는 이야기도 드려볼까 합니다. 저는 당시에 직장인으로서 글 쓰는 업무를 하면서, 사적으로는 편지나 일기 정도의 글을 썼습니다. '내 글'이라고 할 만한 글을 거의 쓰지 않았죠. 왜 글쓰기에 의욕적으로 임하지 않았는지 생각해보니 제 글을 보는 사람이 적거나 없어서 같아요. 편지도 수신인이 한 명뿐이잖아요. 개인 성향일 텐데요. 내 글을 읽는 사람이 없다는 점이 저한테는 글을 쓰는 데 큰 동기가 되지 않았죠.

　그러다가 1990년대 중반에 피시통신을 시작하면서 더 커다란 세상으로 나아갔습니다. 노조에서 일할 때는 제가 쓴 글을 받아보는 조합원이 약 2,000명이었는데요. 피시통신을 통해 더 많고 다양한 사람과 접속했어요. 저는 하이텔 유저였는데, 대중문화 동호회 게시판을 애용하면서 남이 쓴 글을 읽고 저도 글을 썼거든요. 좋아하는 음악 이야기, 영화 이야기, 사는 이야기를 나누었습니다. 그때 소통의 즐거움을 체감했어요. '소통'이라는 단어의 의미가 참 모호한데요. 제가 생각하는 소통은 자기 생각이나 의견을 상대방이 알아듣게 정돈된 언어로 표현하는 일 혹은 내가 아는 좋은 지식이나 정보, 느낌을 나누는 일이에요. 나누고 싶은 이야기를 써서 게시판에 올리면, '나

도 같은 생각을 했다' '잘 읽었다' '나도 이 음악을 들어봐야겠
다' 같은 댓글로 반응이 나타나는 거예요. 너무 좋았어요. 같은
생각을 하고 같은 감정을 느끼는 동지를 만나는 일은 언제나
즐겁잖아요. 내 이야기를 들어주고 기다려주는 존재가 늘 있
다는 사실이 저로 하여금 또 글을 쓰게 했습니다.

비단 저만 그런 건 아니었나봅니다. 《회색 인간》이라는 책
으로 유명한 김동식 작가를 한 강연장에서 만난 적이 있는데
요. 책을 내기 전 김동식 작가는 낮엔 공장에서 일하는 노동자
로 지냈고 밤에 글을 썼다고 해요. 한 인터넷 게시판에 연재한
글이 인기를 끌어 책을 냈다고 합니다. 자신의 게시글에 달리
는 여러 댓글에 기운을 얻어서, 피곤한데도 밤마다 글을 쓸 수
있었다고 말했어요. 그때 받은 칭찬이 너무 좋았다고 해요. 이
이야기를 듣고 또 한 번 느꼈죠. 우선은 내가 글을 써야 독자가
생기겠지만, 읽어주는 사람, 즉 독자가 있으면 글을 쓰게 된다
는 사실을요. 이렇게 남은 나를 쓰게 합니다.

마감도 나를 쓰게 하는 강력한 요인이죠. '글은 엉덩이로 쓴
다'는 말을 많이들 합니다. 저는 이 말의 반만 맞는 것 같아요.
아무리 엉덩이를 의자에 붙이고 앉아 있어도 주제를 잘 모르
거나 꼭 써야 한다는 절실함이 없으면 단 한 줄의 글조차 나오
지 않으니까요. 다른 무엇보다 절실함이 글을 쓰게 하는 가장
강력한 동기가 되는 것 같아요.

절실함은 생존 본능에서 나옵니다. 인간의 가장 강력한 절실함은 두 가지에서 비롯하죠. 고통에서 벗어나려는 힘, 배고픔에서 벗어나려는 힘. 고통스럽고 배고픈 거 너무 싫잖아요. 살기 위해 안간힘을 쓰게 되죠. 이것들로부터 제 글쓰기도 시작됐고요. 마음이 너무 괴롭고 생각이 엉켰을 때 글로 정리하지 않으면 잠들지 못해서 매일 썼습니다. 자유기고가로 일할 땐 기한 안에 글을 납품하지 않으면 원고료를 못 받으니까, 원고료가 없으면 쌀독에 쌀을 채울 수 없으니까 글을 썼어요. 글쓰기의 기한, 즉 마감이라는 사회적 약속 그리고 그것을 지켰을 때 주어지는 원고료라는 보상이 글을 쓰게 했습니다.

그런데 직업적 글쓰기가 아니면 마감도 없고 원고료도 없잖아요. 그래서 글쓰기 강의나 모임에 참석하는 등 강제 장치를 만들어두는 것도 계속 글을 쓰는 한 방법입니다. 저는 의지가 약해서 제 결심이나 다짐을 믿지 못해요. '매일 매일 꼬박꼬박 글을 쓸 거야' 하고 아무리 다짐해도 안 쓰게 되더라고요. 그런데 책임감은 강해서 관계의 장 속에 저를 두었을 때 더 좋은 결과물을 만들었고요. 자기 성향을 파악해서 계속 글쓰기를 할 방법을 정하시면 됩니다. 글쓰기 모임의 동료들끼리 각자 자기 돈 10만 원을 내놓고 글을 안 쓰면 못 받고 쓰면 되찾아가는 페이백 방식도 있습니다. 어떤 식으로든 마감을 만들고 원고료 같은 보상과 격려를 받는 방식을 권해드립니다.

지금까지는 제 경험에 근거해서 무엇이 저를 쓰게 하는지 말씀드렸어요. 여러분도 '어떤 상황에서 글 쓰는 내가 가장 활성화되는가?' 하고 스스로 돌이켜보세요. 자신의 성향에 맞는 글쓰기 환경을 설계하고 계속 쓸 동력을 만들어보시고요. '나를 쓰게 하는 것들'이라는 주제로 글 한 편 써보시는 것도 좋을 것 같습니다.

글쓰기 슬럼프를
어떻게 극복하나요?

몇 달째이든 몇 년째이든 실력이 늘지 않고 정체된 느낌이 드는 시기가 있습니다. 슬럼프라고 하죠. 유명한 운동선수도, 피아니스트도 슬럼프를 겪는데요. 그런 모습을 보면 슬럼프란 참 자연스러운 일이라는 생각이 들어요. 특별한 일이 아니니까 '나한테 왜 이런 일이!'라고 자괴감을 느끼지 않으셔도 되겠죠. 글쓰기가 답보 상태라고 느끼는 건 '내 글을 내가 읽어도 지루하다'라는 아주 정직하고 불안한 느낌 같아요. 세상이, 사람이, 현상이, 사물이 새롭게 보이지 않는 상태인 거죠.

글을 쓴다는 것은 생각한다는 것이고 생각한다는 것은 늘 보던 것을 낯설게 본다는 뜻입니다. 제가 출산 전엔 유아차를 끌고 가는 엄마의 모습을 봐도 아무 느낌이 없었어요. "아기가 너무 귀엽네." 하고 말았는데 육아를 해보니까 전과 같은 풍경이라도 아기만 보이는 게 아니라 저 아기랑 씨름하는 엄마의 하루가 얼마나 길고 답답하고 힘겨울까 싶은 거죠. 보이는 것(아기)의 이면(엄마의 노동)이 보이는 거예요. 그래서 육아하는 여성에 대해 나름의 관점으로 글을 써낼 수 있었습니다.

간첩 조작 사건의 피해자 어르신들을 인터뷰해서 《폭력과 존엄 사이》라는 책을 썼습니다. 그전에 제게 '간첩'은 역사책에나 존재하는 단어였어요. 간첩을 직접 본 적이 없잖아요. 간첩과 관련된 사람은 으슥한 길로만 다니고 인상도 음험할 것 같았죠. 막상 간첩이라는 누명을 쓴 피해자 어르신들을 직접 만나보니, 지하철 노약자석에서 볼 법한 평범한 모습이었습니다. 책 작업 이후부턴 어디선가 나이 많은 분을 보면 이런 생각이 드는 거예요. '저분에겐 또 얼마나 기막힌 사연이 많으려나……' 일상 풍경이 낯설게 보인 거죠.

사물과 현상을 낯설고 예민하게 보는 눈을 지닐 때 가능한 '생활의 발견'이 글 쓰는 의미와 재미를 가져다줍니다. 그래서 글이 늘지 않는다는 건 '새롭게 보이는 게 없다' '늘 하던 소리를 한다' 혹은 '하나 마나 한 말을 한다'라고 바꿔 말할 수 있겠습니다.

저도 이런 괴로움을 겪었습니다. 《쓰기의 말들》에서도 고백했는데요, 제가 인터뷰를 참 좋아해요. 인터뷰하면 열정이 막 생겨요. 취재 준비를 열심히 하고 특히 질문지를 꼼꼼하게 짜고 기사도 멋지게 써보려고 노력하고요. 그런데 3, 4년 정도 인터뷰를 계속하다보니 누굴 만나고 인터뷰해도 써낸 글이 비슷한 거예요. 제가 중시하는 가치의 형틀에 인터뷰이의 삶을 찍어내는 것 같다고 할까요. 서로 다른 사람을 인터뷰하고 쓴 기사들이 기계에서 똑같이 찍어낸 호두과자처럼 비슷비슷해

보이고, 한 사람의 고유성을 들여다보는 눈을 잃어버린 것 같았죠. 인터뷰 기사의 서두를 새롭게 써보려고 시도해보곤 했는데 새로운 시도도 더 이상 새롭게 느껴지지 않았고요.

그래서 결단을 내렸죠. 인터뷰를 끊었습니다. 인터뷰 의뢰가 와도 하지 않았어요. 자체적으로 '인터뷰 안식년'을 가졌습니다. 그간 책을 읽고 다른 글도 쓰며 지내는데 예기치 않은 기회가 왔어요. 성폭력 피해 생존자들과 글쓰기 수업을 하게 되었고, 곧이어 성폭력 피해 생존자의 인터뷰를 한 매체에 연재하는 작업으로 이어졌습니다. 당시가 2013년도였으니까, '미투 운동' 이전이라서 기획 자체가 조심스럽고 획기적이었어요. 성폭력 피해 사실을 말하는 걸 금기시하는 분위기였으니까요. 저도 많이 우려했죠. '내가 감히 할 수 있을까?' '인터뷰이를 찾을 수 있을까?' 그런데 해봤어요. 관련 책을 찾아 읽고, 주변에 고민을 나누기도 하고, 여성단체 활동가들에게 자문을 구하기도 하고요. 하나씩 배워가면서 시도해나갔죠. 그때까진 피해 생존자를 인터뷰하고 쓴 글을 지면에 실어본 경험이 없었으니까 서툴렀죠. 시행착오가 많았습니다. 이래저래 힘들어서 자주 눈물바람을 했는데 그 과정에서 슬럼프를 극복했어요.

이때 경험을 비롯해, 글쓰기 슬럼프를 극복한 저의 방법은 이렇습니다.

1. 늘 하던 익숙한 글쓰기를 그만둔다.

2. 쉬면서 쓸데없는 일을 하거나 나를 가만히 둔다.

3. 익숙하지 않은 분야의 글쓰기를 시도해본다.

영화 보고 글 쓰는 걸 좋아해서 늘 영화 리뷰를 쓰는 사람이 있다고 가정해봅시다. 그런데 영화 리뷰도 쓰다보면 어느 순간 실력이 늘지 않는다는 느낌이 들 수 있죠. 그럼 자기 이야기를 담은 에세이를 쓰거나 글쓰기 모임에 참석하는 등 일상의 변화를 시도해보는 겁니다. 내 경험과 관계가 바뀌어야 삶의 자리가 바뀌고 보이는 것이 달라지겠죠. 관점을 바꿀 수 있는 조건과 환경을 스스로 만들어보세요.

그리고 몇 년을 써도 글이 나아지지 않는 것 같을 때는 실력을 가늠하는 판단 기준을 어디에 두는지 점검해보세요. '글 실력이 왜 안 늘지?' 싶다면 '내 채점표는 무엇일까?' 하고 고민해보라는 뜻입니다. 글을 보는 자기 기준, 잣대가 무엇인지 스스로 말해보세요. 저는 앞에서도 말씀드렸다시피 관점과 해석에 둡니다. 사물과 현상을 통찰하는 힘이 있는 글인지를 중시해요.

글이 나아지고 있는지 돌아보는 주기도 고려해야겠죠. 저는 넉넉하게 잡아서 10년이에요. 한 주나 한 달 혹은 1년 간격으로 글이 좋아졌다, 안 좋아졌다 할 수 있겠지만요. 어떻게 해도 시간은 가죠. 글을 쓴 10년과 안 쓴 10년은 분명 다를 거라고 생각합니다. '잘 쓰고 있나?' '왜 안 늘지?' '이게 맞나?' 이런 고민, 주저함, 망설임, 회의감이 글을 글답게, 삶을 삶답게 해 줄 겁니다. 이런 뒤척임 없이 10년을 보낸 모습과는 조금이라도 다른 말투와 다른 표정을 갖지 않을까 하고 생각해요.

슬럼프, 봄바람처럼 그것이 삶에 찾아오거들랑 잠식당하지 마시고 글쓰기 인생을 긴 호흡으로 바라보면서 슬렁슬렁 잘 타고 넘으시길 바랍니다.

재능이 없으면
글쓰기를 그만두어야 하나요?

이번엔 마음이 저릿한 질문을 다뤄보고자 합니다. "재능이 없으면 글쓰기를 그만두어야 하나요?" 너무 슬프죠. 이런 질문이 나오기까지 얼마나 마음의 부침이 심했을지 헤아려봅니다.

글쓰기가 어려운 이유는 잡풀처럼 돋아나는 자기 의심과 싸워야 하는 일이기 때문인 것 같아요. 쓰기 전에는 '과연 쓸 수 있을까?', 쓰는 동안에는 '이렇게 써도 되나?' '말도 안 되는 이야기는 아닌가?', 쓰고 나서는 '이 글이 무슨 쓸모가 있을까?' '사람들이 좋아할 만한, 그들에게 도움이 될 만한 내용일까?' 등등……. 생각의 잔물결이 밀려오고 밀려가죠. 이런 일을 반복하다가 근원적인 질문에 봉착합니다. '나한테 과연 글쓰기 재능이 있는 걸까? 재능이 없으면 글쓰기를 그만둬야 하는 거 아닌가?' 이 물음은 어떤 면에선 '의미도 없는데 살아서 뭐 하느냐'는 물음과 같은 무게로 제게 다가오거든요. 답하기에 아주 조심스럽죠. 그래서 이렇다 저렇다 하며 일반론을 말하기보다 제 경우를 참조해 답해보려 합니다.

고백하자면, 스스로 재능을 의심해보진 않았던 것 같아요. 표현하고 나니 쑥스럽네요. 글쓰기 천재라서 그랬다는 건 아니고요. 저에게 글쓰기는 재능을 발견하고 그 재능을 낭비하기 아까워서 시작한 일이 아니었습니다. 글 쓰는 게 그냥 재밌었고, 취미처럼 쓰다가 직업이 돼서 꾸준히 썼고, 생의 어떤 시기에 쓰고 싶은 말이 차올랐고, 그래서 또 썼고. 이런 과정을 거쳤단 말이죠. 그러니까 제 글쓰기 생애에 '재능'이란 단어가 개입할 여지가 없었다고 표현하는 게 맞겠네요.

개인 경험에 근거해서 이렇게 생각합니다. '대단한 재능이 없어도 글쓰기를 시작할 수는 있지 않을까.' 글쓰기에 대한 회의감은 '재미'나 '의미'라는 가치 중심적인 단어보다 '재능'이라는 자기 개발의 뜻을 지닌 단어를 글쓰기에 붙일 때 드는 것 같아요.

만약 제가 글쓰기를 그만둔다면 재능 없음을 비관해서가 아니라 세상에 하고 싶은 말이 없음을 비관해서일 거예요. 더 나은 세상에 대한 상상력, 인간에 대한 호기심, 살아가는 일에 대한 애틋함 같은 게 없어진다면 아무리 재능이 있어도 글을 쓰지 못할 거라고 생각합니다. 그래서 "재능이 없으면 글쓰기를 그만두어야 하나요?"라는 질문을 다시 던지고 싶어요.

왜 글을 쓰려고 하는가?
내가 세상에 하고 싶은 말이 무엇인가?
무엇을 위한 재능인가?

하고 싶은 말이 있는 사람은 어떻게든 씁니다. 쓰다보면 잘 표현하고 싶고 단어 하나도 고심하며 붙들고 다시 읽어보며 고치고. 이 노동이 실력으로 쌓이고 재능처럼 보이는 어떤 능력으로 길러지겠죠.

우리 사회 가장자리에 있는 삶을 날카롭고 따뜻하게 그려내는 분이죠. 김중미 작가가 쓴 에세이 《존재, 감》에 이런 이야기가 나와요. 김중미 작가가 강연에서 청소년을 만날 때마다 늘 "어떻게 작가가 되셨나요?"라는 질문을 받는데 그때 이렇게 대답한다고 합니다. "저는 어떻게 작가가 되는지는 그다지 중요한 것이 아니라고 생각해요. 그보다는 사람의 삶에 대해 잘 이해하는 것이 더 중요해요."[2] 정말 공감했습니다. 사람의 삶을 잘 이해하는 것이 중요하다는 김중미 작가의 말을 저는 이렇게 이해했어요. 사람의 삶을 잘 이해하려는 노력이 글을 쓰게 한다, 즉 그 노력이 우리를 작가로 만들고 작가로 살게 한다고요.

영화 〈작은 아씨들〉에서도 언니 메그(엠마 왓슨)가 조(시얼샤 로넌)에게 이렇게 말하죠. "우리가 읽고 싶어. 우리를 위해 뭐든 써보렴. 세상 사람들은 신경 쓰지 말고 시도해봐. 분명히 너한테 도움이 될 거고 우리도 즐거울 거야."

영화 이야기 하나 더 하자면, 제가 제일 좋아하는 영화가 〈비포 선셋〉이거든요. 주인공 제시(에단 호크)가 20대에 유럽 횡단 열차에서 만난 셀린(줄리 델피)과 나눈 하루 동안의 사랑을 그린 영화 〈비포 선라이즈〉의 속편인데요. 셀린을 처음 만나고 10년 후 소설가가 된 제시가 이렇게 말해요. 그날 우리의 하루를 기억하고 싶어서 글을 썼다고요. 그래요. 영화 속 이들은 남다른 재능이 있어서 글을 쓴 게 아니라 나와 우리를 위해서 썼다고 고백합니다.

글쓰기의 출발은 소박하죠. 기억 작업이고 자기 구원입니다. 저도 저 살자고 썼던 게 크고요. '아, 사는 게 참 힘들구나. 사람은 고통스러우면 안 되는 존재인데 이렇게 고통을 받으며 사는구나. 고통 속에서도 살아가는 법, 고통이 조금씩 견딜 만해지는 과정을 기록하면 이걸 읽는 다른 사람에게 도움이 되겠지.' 이 정도의 생각으로 글쓰기를 시작해본 겁니다.

글 쓰는 일은 지겹고 괴로운 반복 노동입니다. 재능이 있는지 없는지를 묻기보다 찬란한 계절에 내가 꽃놀이나 단풍놀이를 안 가고 하루에 대여섯 시간 책상 앞에 앉아서 단어 하나, 문장 하나와 씨름할 수 있는지, 그 고통을 감내할 만한 동력이 있는지, 나는 왜 쓰(고자 하)는지를 물어야 하는 것 같습니다.

《쓰기의 말들》에 이렇게 표현했습니다. "쓰는 고통이 크면 안 쓴다. 안 쓰는 고통이 더 큰 사람은 쓴다."[3] 글 쓸 때 그림자처럼 따라오는 자기 의심은 오직 쓰는 행위에 몰입할 때만 자취를 감춥니다.

저 같은 사람도
글을 잘 쓸 수 있나요?

"저 같은 사람도 글을 잘 쓸 수 있나요?"라는 질문을 받은 적이 있습니다. 겸양이나 자기 비하의 외피를 쓴 질문이자 사회학적이고 철학적이기도 한 질문입니다. 나는 나를 어떻게 바라보는가 하는 자기 정리가 선행되어야 답할 수 있는 실존의 물음이고, 글 쓸 권한을 누가 정하는가 하는 권력의 문제기도 하잖아요.

위계를 나누어 어떤 일에 높은 가치를 두고 자격을 묻고 서열을 매기는 식의 사고에 우리는 굉장히 익숙하죠. 누가 이렇게 우리 기를 죽여놨는지 존재가 위축되고 패배 의식에 젖곤합니다. 이 굴레를 벗고 '남을 해하는 일이 아니라면 일단 해보고, 아니면 말고'의 정신이 필요한 것 같아요. 특히 글쓰기는 접근성이 좋은 활동이잖아요. 만인에게 평등하죠. 저 같은 사람, 너 같은 사람, 누구나 다 써도 돼요. 미술이나 음악, 사진 촬영 같은 활동에 비하면 장비가 필요치 않고 재료비도 안 들고요. 노트북을 구하기 어렵다면 종이와 펜이라는 대안이 있죠. 만약 글을 '잘' 써야 할 것만 같아서 아직 쓰지 못하고 있다면,

혹시 안 쓰기 위한 핑계를 대거나 '못 쓰는 나'의 상태를 그럴 듯하게 포장하는 건 아닌지 의심해봐야 합니다. 완벽주의 뒤에 숨는 행동일 수도 있어요. 앞서 말했듯이 쓰는 자격을 누가 결정하는지, 완벽한 글의 척도가 무엇인지, 이만하면 됐다 하는 평가 권한을 누구에게 부여하는지도 따져봐야겠고요.

　일전에 글쓰기 수업에서 자기소개를 하는데 어떤 분이 아직 뒤집기도 못 하는 백일 지난 아기를 재택 근무하는 배우자에게 맡기고 수업에 왔대요. 10년 넘게 직장인으로 지내다가 육아휴직 중이라고요. 산후우울증인 줄도 모르고 살 정도로 자신에 대해 몰랐고 자존감이 낮고 아이에게 물려주기 싫은 면만, 내 아이가 나의 이런 점은 닮지 않았으면 좋겠다 싶은 모습만 자꾸 보인다는 거예요. 자기 모습을 있는 그대로 보고 싶고 온전한 나를 찾고 싶어서 글쓰기를 배우러 왔다고 했습니다.
　그의 말과 마음이 어떤지 알겠기에 울컥했어요. 아이 키우는 여성이 글을 쓰겠다고 하면 일단 너무 기쁘고 너무 짠해요. 과거의 저에 대한 연민이겠죠. 내 한 몸 건사하기도 힘든데 육아도 힘들고, 거기다가 글까지 쓴다고 용쓰는 현실이 눈앞에 그려집니다. 안타까운 건 시간이 흘러도 육아에서 벗어날 수 없는 현실이에요. 저는 두 아이가 다 커서 성인이 됐는데도 여전히 아이들과 연결된 스위치를 끄지 못해요. 육아 고민은 끝이 있는 게 아니라 사는 동안 계속 안고 가는 것 같아요. 그래서 매 시기, 매 순간 완벽한 엄마가 되려고 하면 엄마 노릇을 계속하기가 어렵습니다. 인간은 누구나 부족하고 결핍이 있는 존재이면서 다행히 배워나가는 존재이기도 하잖아요. '대충하자, 막살자' 정신으로 자신을 풀어줘야 지치지 않고 또 하루를 살아내죠. 그리고 막상 막살려고 해도 어떻게 하는 게 막사는 건지도 모르겠고 자신도 모르게 '열심 모드'에 돌아가 있기도 합니다. 저도 초보 엄마 시절에 모자람 없는 엄마가 되어야 한다는 불가능한 생각과 제 안에 뿌리 박힌 모성 이데올로기 때문에 고통을 겪었습니다. 어떻게든 '완벽한 엄마되기'라는 강박에서 자기를 풀어주지 않으면 육아라는 장거리 레이스를 완주하기가 어려운 것 같아요. 그날 수업에 이런저런 말씀을 드렸더니 그 학인이 수업을 마치고 후기를 올렸는데 제목이 〈막사는 연습을 합니다〉였죠.

글쓰기도 막 쓰는 연습이 필요하다는 겁니다. 어떤 사람이 처음부터 완벽해서 좋은 엄마가 되는 게 아니라 아이를 낳고, 생전 처음 닥치는 상황에 맞서 날마다 씨름하고, 육아 책도 찾아 보고, 육아 유튜브를 보고, 이유식도 만들고, 아이한테 화내고 반성하는 과정에서 엄마라는 존재로 살 수 있게 단련되듯이요. 글쓰기도 같은 원리입니다. 학교 다닐 때부터 글쓰기 대회에서 상을 받고 능력을 검증받은 사람만 글 쓰는 자격을 얻는 게 아닙니다. 글 쓰는 능력이 탁월하지만 제도적 장치에 검증받지 않은 사람도 있겠고요. 심사위원의 관점이 낡아서 대회에서 탈락한 사람도 있을 수 있어요. 변수가 많아요. 우리는 늘 한정된 시간과 자원과 체력 등의 조건 안에 놓인 불완전하고 불안정한 존재입니다. 이렇게도 써보고 저렇게도 써보며 '쓰는 사람'이 되고, 쓰는 동안에만 잠재력도 드러낼 수 있을 테고요.

사실 저도 '나 같은 사람이 해도 되나?' 하는 불안감이 있어요. 매달 칼럼을 쓰면서도 그런 생각이 들어요. 나 말고 다른 사람이 쓰면 세상에 더 필요하고 재미있고 질 좋은 글을 쓸 텐데 내가 괜히 지면을 차지하고 있는 건 아닌가 해서요. 그런 생각을 하다보면 쓸 자신이 없어지고 현실에서 도망치고 싶어져요. 주로 글을 쓰기 싫을 때, 못 쓸까 봐 불안할 때 이런 생각이 고개를 듭니다. 단행본 쓸 때도 그래요.《알지 못하는 아이의 죽음》이나《있지만 없는 아이들》 같은 르포집을 쓰면서는 한숨으로 책상이 내려앉을 판이었습니다. 깜냥도 안 되는 내가 왜 한다고 했을까, 노동 문제·청소년 문제·이주민 문제에 더 해박한 사람, 더 오래 활동한 사람이 써야 하는 거 아닌가 하고요. 원고 집필이 끝나지 않을 것만 같고, 책이 안 나올 것 같은 두려움도 증폭됐어요. 이런 초조함과 불안감은 글을 써야 사라집니다.

'사진을 찍어보고 싶다' '춤을 배워보고 싶다'가 아니라 하필 '글을 쓰고 싶다'라는 생각이 들었다면, 나한테 글쓰기가 필요하고 또 내가 할 수 있다는 믿음을 가지세요. 저도 온갖 상념이 엄습할 때마다 나에게 책을 써볼 기회가 생겼다면 두려워도 도망치지 말고 해보는 게 지금의 최선이라는 생각으로 임했습니다. '일단 막 쓰자, 대충 쓰자'라며 스스로 달래고 긴장을 풀어주면서 썼어요. 완벽한 사람이 쓰는 게 아니라 쓰는 사람이 완벽해지려는 노력도 할 수 있다는 이야기를 건네봅니다.

글쓰기 수업을 듣는 게
도움이 될까요?

글쓰기 수업은 제 인생의 장기 프로젝트이자 우선순위에 있는 활동입니다. 2011년 3월에 처음 시작해 어느새 10년이 훌쩍 지났네요.

저도 글쓰기 수업을 들어본 경험이 있습니다. 20대와 30대에 각각 한 번씩 들었어요. 20대 때 들은 수업엔 두세 번 나간 것 같은데 누구한테 배웠는지도 기억이 안 나요. 소설 쓰기 과정이었는데, 소설 쓰는 방법을 배우려고 나간 건 아니었어요. 1990년대에는 지금처럼 비문학 글쓰기 수업이 없어서, 어떤 종류의 글쓰기든 배워보자는 마음으로 참석했어요. 지루했습니다. 서른 살에 참석한 글쓰기 수업은 또렷하게 기억나요. 한겨레 문화센터에서 문화평론가 서동진의 '문화와 글쓰기'라는 수업을 들었습니다. 그때 한참 핫했던 도나 해러웨이의 〈사이보그 선언〉을 읽었고요. 당시 '아줌마는 제3의 성이다'라면서 '아줌마 담론'이 뜨거웠던지라, 아줌마 관련 전시를 보고 감상문을 써내라는 숙제를 받았어요. 저는 수업에 끝까지 참석했는데 숙제는 한두 편밖에 안 냈습니다. 불량 수강생이었죠.

그렇지만 큰 배움을 얻었습니다. 그때 저에게 글쓰기 수업은 마치 해방구 같았어요. 세 살이 된 아이를 어린이집에 보내고 자유 시간이 생겨서 글쓰기 수업에 갈 수 있었거든요. 집에서 내내 손바닥보다 작은 아이의 얼굴만 들여다보고 이웃들과도 육아 이야기만 했는데, 글쓰기 수업에 가면 새로운 세상이 열렸어요. 대화하는 주제와 쓰는 어휘가 다르니까 저도 다른 사람이 되더라고요. 흥미진진하고 재밌었어요. 수업에서 작법 팁을 가르쳐주진 않았지만 그보다 더 중요한 걸 배웠습니다. 내가 사는 여기 말고도 다른 세계가 있다는 것! 우물 안 개구리로 사는 나를 인지하면서 '다른 나'가 될 수 있다는 가능성도 살짝 보았고요. 수업에서 이런저런 책 이야기를 귀동냥한 것만으로도 독서의 폭을 넓힐 수 있었죠. 비록 제목과 저자 이름만 아는 수준이었지만 세상에 내가 모르는 훌륭한 책이 많다는 걸 알게 되었죠. 저의 무지를 일깨울 수 있었습니다.

이 같은 경험으로 미루어보건대 글쓰기 수업은 어떻게든 도움이 된다고 생각합니다. 실용적인 글쓰기 기술을 배우지 않더라도 '읽고 쓰는 나'로 그리고 '배우는 존재'로 살아갈 동기 부여가 되기에 그렇습니다. 동기 부여는 좋은 스승이 줄 수 있는 전부라고 생각해요. 어차피 읽고 쓰는 건 자기 혼자의 몫이니까요.

그로부터 10년쯤 세월이 흘러 제가 글쓰기 수업을 열고 있습니다. 제 수업에 오는 분들도 저처럼 다른 사람, 다른 언어를 접하는 것만으로도 자극을 받는 것 같더라고요. 제각각 다른 삶의 배경과 경험을 지녔지만 막상 글을 써서 나누면 사람 사는 모습이나 한 인간이 겪는 상실과 고통의 모양이 크게 다르지 않다는 사실에 위로받고요. 가장 중요한 건 옆 사람이 써온 글을 보면서 쓰는 용기와 성실함의 중요성을 자연스럽게 체득할 수 있다는 점입니다. 한 학인의 인상적인 후기를 보여드릴게요.

> 막상 철판 깔고 앞에 앉아 있으니 공감되고 웃음이 나요. 따듯해지고 뜨거워지는 목소리를 듣고 눈으로 읽고 마음에 담습니다. 비슷하고 가까운 마음들이 여기 있구나. 나만 그런 거 아니구나 하니 조금 용기가 생기네요. 발가벗겨지는 기분이 아니라 다 같이 김이 뿌연 목욕탕에 앉아 시원하게 땀 빼야겠다 싶습니다.[4]

어떤가요? 목욕탕 모습이 연상되는 좋은 소감 같아요. 글쓰기가 알몸이 되듯 나를 숨김없이 드러내는 일은 아닙니다. 그건 노출이고 배설이죠. 그보다는 남의 시선, 평가, 기대를 의식하느라 한 번도 직시하지 못했던 자기를 있는 그대로 살펴보고 표현하는 일에 가깝죠. 자기 안에 쌓인 묵은 때 같은 비대한 자의식을 벗겨낸다는 맥락에서 후기의 목욕탕 비유가 적합해 보입니다.

그러나 '토로'만큼이나 중요한 것은 '토론'이다. 누군가의 토로를 수신하고, 돌보는 사람의 곁에 다가서고, 경청하고 이해할 수 있는 사회적 문해력literacy이 문제다.[5]

책 《새벽 세 시의 몸들에게》에 전희경 연구활동가가 쓴 글귀입니다. 글쓰기 수업의 방향을 잘 담아낸 말 같아요. 토로가 토론으로 이루어지는 곳, 사회적 문해력을 향상시키는 곳. 성취와 결실의 언어만 허용하는 장이 세속의 현실이라면, 좌절과 패배의 언어도 수용하는 장은 글쓰기 수업이 아닐까요. 이런 안전한 장이 우리 사회에 많아졌으면 하는 바람에서라도 저는 글쓰기 수업에 참석하는 것을 추천합니다.

단, 글쓰기 수업에 갈 때 꼭 챙겨야 할 것이 있습니다. 제가 이끄는 글쓰기 수업은 매주 세 시간씩, 총 10차시로 진행해요. 1차시는 오리엔테이션이고 2차시부터 본격적으로 책을 읽고 자기 글을 써내는데, 과제 제출률이 가장 높을 때는 언제일까요? 당연히 2차시죠. 숙제를 하는 첫 회차라서 거의 모두 글을 냅니다. 그런데 다른 학인들이 쓴 글을 보면서 어떤 학인은 '다들 글을 잘 쓰네? 내 글은 부끄러운데' 하며 좌절도 하죠. 3차시, 4차시……. 7차시쯤 되면 제출된 과제의 수가 처음보다 줄어요. 시간을 견디는 사랑이 없듯이 글쓰기에 대한 열정도 수업 차시가 늘어나며 서서히 시드는 거죠. 피로가 누적되고 글감도 고갈되는 등 각각의 이유가 있겠지만요.

그럴 때 말씀드려요. 글쓰기 수업은 '포트락 파티'라고요. 각자 음식 한 가지씩 챙겨서 모이듯이 우리는 자기 글을 갖고 모이는 겁니다. 그런 자리에서 나만 음식을 안 가져오고 남들이 가져온 음식만 먹으면 미안하죠. 글쓰기 과제를 내지 않는 건, 나는 빈손이지만 남의 글만 읽겠다는 태도나 다름없습니다. 바쁘고 아프고 힘들고 등등의 사정이 있다면 전에 장 봐놓은 가지 하나, 귤 한 봉지라도 들고 온다는 마음으로 미완의 토막글이라도 내보자고요. 특히 제가 꾸리는 글쓰기 수업은 강사가 일방적으로 팁을 제공하는 강의가 아니라 함께 참여하고 활동하는 워크숍 형식의 수업이기에, 서로의 삶과 삶에서 우려낸 글을 내주어야만 그 자리에서 배움이 일어납니다.

이런 모습을 보면 사람은 개인이 아니라 집단 같아요. 다른 사람이 과제를 안 하면 나도 안 하게 되고, 다른 사람들이 모두 과제를 하면 자기도 하게 돼요. 주변에 영향을 받는 것만이 아니라 나도 영향을 끼치죠. 내 주변까지 나인 거예요. '나 하나쯤이야'라고 생각하면 소인배, '내 한 몸만 내가 아니다'라고 생각하면 대인배입니다.

또 한 가지, 글쓰기는 해방입니다. 나를 풀어줘야 합니다. 스무 명이 배우는 글쓰기 수업에 와서 눈치 보고, 자기 검열하고, 자기 생각을 말이나 글로 표현하지 못한다면 나중에 불특정 독자를 대상으로 하는 책을 어떻게 낼 수 있을까요? 내가 나를 풀어주고 자아를 해체해야 또 다른 내가 됩니다. 수업에서도 이렇게 이야기했더니 학인들이 과제랑 후기를 전보다 더 많이들 써내고 서로 게시물에 댓글도 달면서 분위기가 훈훈해졌어요. 저는 잔소리 회의론자인데 때로는 잔소리가 효과가 있구나 싶기도 해요.

한편, 셀프 글쓰기 수업도 있습니다. 저는 대면 수업이 아닌 글쓰기 책으로 하는 비대면 수업을 무척 많이 받았어요. 글쓰기 관련 책을 많이 읽었거든요. 잘 쓰고 있는지 헷갈릴 때마다, 더 나은 글을 쓰고 싶어서 조급해질 때마다, 유명 작가들의 글쓰기 에세이를 찾아봤어요. 글쓰기 책이라는 수업에는 장점이 많습니다. 동서고금을 막론하고 고수들에게 배울 수 있다는 점, 시간과 공간의 제약이 없다는 점, 나만의 속도로 책장 앞뒤를 오가며 반복하고 건너뛰면서 배움의 속도를 조절할 수 있다는 점 등등…….

단, 글쓰기 책은 글을 써보고 망했는지 아닌지를 고민해보고 시행착오를 무수히 겪어본 다음에 읽어야 도움이 됩니다. 모든 개론서가 그렇지만 그냥 읽으면 다 맞는 말 같고 다 아는 것 같고 당장이라도 잘 쓸 수 있을 거 같은 환상에 빠집니다. 글쓰기 책만 주야장천 읽는 것은 쓰지 않기 위한 도피 행위가 될 수도 있어요. 아는 것을 적용하고 활용하는 과정에서 이론이 실력이 됩니다. 무작정 영단어를 외우고 영문법을 공부하는 것보다 영어 일기라도 쓰면서 공부해야 영단어와 영문법을 더 잘 배울 수 있죠. 글쓰기도 그래요. '책 리뷰를 쓰겠다' '매체에 기고를 하겠다' 등 글을 한 편씩 완성하는 과정에서 글쓰기 책을 읽어본다면 글 쓰다가 막히는 부분에 대한 해법도 찾아갈 수 있습니다. 미국 소설가 앨리스 매티슨이 쓴 《연과 실》이란 책에 이런 구절이 나와요.

> 내가 아는 모든 작가들은 반드시 알아야만 하는 것을 수업이나 비공식적인 모임, 서평, 책 등에서 배웠다. 우리는 다음에 무엇을 할지, 또는 생각 자체를 어떻게 시작해야 할지 다른 사람에게서 배운다.[6]

"다른 사람"이 글쓰기 수업의 동료일 수도 있고, 책의 저자일 수도 있고, '글쓰기 상담소'의 저일 수도 있겠죠. 쓰겠다고 마음먹으면 온 세상이 다 교실이고 만인이 다 스승입니다.

제 글보다 잘 쓴 글을 보면 기가 죽는데, 어떡하죠?

"제 글보다 잘 쓴 글을 보면 기가 죽는데, 어떡하죠?"라는 질문을 종종 받습니다. 참 인간적인 감정에서 나온 물음이죠. 저도 자주 느끼는 감정이고요. 아마도 글을 읽고 쓰는 사람으로 살아가는 한 피해갈 수 없는 감정일 거예요.

나보다 잘 쓴 사람에게 기가 죽는 마음, 편의상 질투심이나 경쟁심으로 표현할 수 있을 텐데요. 저는 이런 감정의 발생을 무척 자연스럽게 받아들입니다. 질투심, 경쟁심 그 자체는 나쁘지도 좋지도 않다고 생각해요. 그런 감정으로 나에게 혹은 남에게 해를 끼치면 그땐 문제겠죠. 자신의 글보다 잘 쓴 글을 보고 기가 죽어도, 좋은 자극이자 분발의 계기가 된다면 문제될 것이 없겠고요. 쓰는 존재로 살아가며 느끼는 어떤 감정도 절필의 이유가 아니라 건필의 계기로 만드는 게 우리 글 쓰는 사람의 임무라고 생각합니다.

앞서 제가 글쓰기 수업을 진행한다고 말씀드렸죠. 운이 좋았어요. 첫 수업부터 모집 공고를 내자마자 바로 마감이 됐거든요. 첫 산문집《올드걸의 시집》이 다음 해에 나왔으니까, 처음 수업을 열 때는 무명의 작가였습니다. 나를 어떻게 믿고 신청했을까 싶어서 고마우면서도 부담스러웠던 기억이 납니다. 강사의 역량보다는 여러 사람이 지닌 글쓰기에 대한 열망이 그들을 모이게 한 것 같아요. 그 이후에도 수업을 열 때마다 매번 마감됐고 신청하지 못해서 아쉬움을 표하는 분이 많았어요. 그런 일이 반복되니까 주변에서 제안하더라고요. "수강 신청을 받을 때 신청자에게 글을 제출하게 해서 수준에 따라 초급반, 고급반으로 나눠봐요." "신청자한테 에세이를 받아서 일정 정도의 수준이 안 되면 떨어뜨려요." 정원에 맞게 학인을 선발하라는 거죠. 그래야 수업이 효율적일 거라고요. 첫 수업부터 지금까지 10년도 더 지났는데요. 그동안 한 번도 글쓰기 수업의 수강생을 '선발'하지 않았어요. 오직 선착순으로 '모집'하고 있습니다(선착순도 정보 접근성이나 기기 접근성 등 문제가 있어 완전히 공평하다고 할 순 없겠지만요).

선착순을 고집하는 이유는 세상에 똑같은 사람이 없기 때문이에요. 똑같은 글이 없다는 뜻이죠. 학인 중에는 이미 책을 한두 권 낸 경험이 있는 저자도 있고, 글쓰기로 먹고사는 방송작가, 기업 홍보실이나 시민단체에서 보도자료 쓰는 업무를 해본 직장인과 출판인 등이 있어요. 글쓰기가 업은 아니지만 책을 즐겨 읽다보니 글을 써보고 싶어서 온 청년, 화가, 주부, 대학생도 있어요. 삶의 배경이 다양합니다. 그렇게 모여 있으면 아무래도 글 좀 써본 사람이 매끄러운 글을 써내죠. 문장이 안정적이고 전개가 매끄럽습니다. 그런데 가독성 좋은 글이 꼭 좋은 글일까요? 표현은 정갈하고 유려한데 결정적인 무언가가 빠진 듯 아쉬운 글이 있어요. 문장과 구성이 좀 거칠어도 진한 울림을 주는 글도 있고요. 어떤 글에선 간결한 문장으로 된 글의 미덕을 배우고 또 다른 글에선 자기 경험을 직시하는 글의 힘과 필자의 용기를 배우죠. 추상적인 문장을 쓰면 메시지를 잘 전달하지 못한다는 것을 반면교사로 배우기도 하고요. 배울 점이 없는 글은 세상에 없다는 게 제 지론입니다. 실패의 경험을 직간접적으로 많이 해봐야 좋은 글에 대한 균형 감각을 얻겠죠.

글쓰기 수업의 차시가 더해지면서 학인들이 자연스럽게 깨달아요. 잘 쓰면 잘 쓰는 대로 못 쓰면 못 쓰는 대로 서로 나눌 게 있고 배울 게 있다는 걸요. 그리고 글쓰기 능력을 한 번으로 평가할 수 없다는 것, 누구나 잠재력이 있다는 것을요. 같은 사람이 한 번은 잘 썼지만 다음번엔 조금 부족한 글을 써낼 수도 있고요. 가장 큰 배움은 이거죠. 사는 일을 남과 경쟁할 수 없듯이 쓰는 일에도 경쟁이 크게 소용없다는 깨달음입니다. 얼마 전 마친 글쓰기 수업에서는 한 학인이 이런 글을 썼습니다.

사실 저는 어렸을 때부터 경쟁이 익숙하다 못해 친숙했어요. 유치원에서조차 "누가 먼저 이거 정리하는지 볼 거야!"라는 선생님의 말씀에, 옆에 있는 친구보다 먼저 장난감을 정리하려고 애썼던 게 아마 제가 가진 경쟁에 대한 최초의 기억입니다. 중고등학교는 성적, 대학교 땐 취업까지 삶 전반에 경쟁이 녹아 있었죠. 그런데 글쓰기 수업에서 다른 분이 쓴 글을 보면서 질투나 경쟁심이 드는 게 아니라 진심으로 좋은 거예요. 나는 귀찮아서 혹은 두려워서 구겨 두었던 내 삶의 고민이 있었는데, 다른 학인들은 자기 구김을 섬세하고 따뜻한 눈길로 정성스레 펴고 있더라고요. 아마도 글을 쓰는 과정은 힘들었겠지만, 그 글을 써낸 학인은 얼마나 뿌듯할까. 나 또한 이 글에서 이렇게 큰 힘과 용기를 얻는데, 본인의 글로부터 본인이 받은 힘은 얼마나 더 클까라는 생각이 들었습니다. 누구의 글이 나에게 이겨야 하는 대상이 아니라는 것, 타인의 것이 나에게 주는 힘을 오롯이 인정하는 과정이었습니다.[7]

저도 글쓰기가 경쟁이 아니고 나눔이라서 여럿이 함께 10년 이상 할 수 있었다고 생각합니다. 글쓰기가 경쟁이었으면 저는 진즉에 병들었을 거예요. 너무 힘들어서. 글쓰기 수업 초반에 위축되고 조급해하는 분에게 읽어주는 문장이 있어요. 미국 작가 조이스 캐럴 오츠가 한 말입니다.

나이 든 작가는 젊은 작가에게 어떤 충고를 해야 할까? 그는 자기가 몇 년 전 들었더라면 좋았겠다고 생각할 만한 것들만 이야기해 줄 수 있을 뿐이다. 기죽지 마라! 곁눈질을 하거나 당신을 다른 동료들과 비교하지 마라! 글쓰기는 경주가 아니다. 아무도 진짜로 이기지 못한다. 만족은 노력에서 나오고, 그 결과 보상이 따른다 해도 그런 보상은 아주 드물게 오는 법이다. 다시 한번 말하지만, 당신 가슴 속에 있는 것을 써라.[8]

정말 좋지 않나요? 이 아름다운 충고를 제 언어로 정리하면 이렇게 표현할 수 있겠네요.

잘 쓴 글을 보고 기죽는 건 자연스러운 감정이다.
그러니 기죽는다는 사실엔 기죽지 말고,
내가 기죽었다는 사실을 글로 써보자.
그게 글 쓰는 사람의 임무다.

오늘도 글감을 여러분 곁에 살며시 놓고 갑니다.

글쓰기 수업에서 혹평을 받은 후
글을 못 쓰고 있어요.
어떻게 극복할 수 있을까요?

'글쓰기는 이렇다'라고 이것저것 말하고 있지만 사실 무척 조심스러워요. 저한테 좋았던 게 남한테도 좋으리라고 확신할 수 없기 때문인데요. 그럼에도 불구하고 글쓰기에 대해 말하는 자리에서 꼭 강조하며 하는 말이 있습니다. 바로 "공적 글쓰기를 하세요"입니다. 공적 글쓰기는 독자를 염두에 둔 글을 쓰라는 뜻이죠. 나를 전혀 모르는 생판 남이 읽어도 이해가 가능한 글, 불특정 다수가 무리 없이 이해하는 글이요.

공적 글쓰기에 반대편에는 사적 글쓰기가 있고 대표적으로 일기가 있죠. 일기에도 자기 생각과 감정을 쓸 테니까 언어의 표현 능력을 기른다는 측면에서는 글쓰기에 도움이 되겠지만 결국 일기는 나만 보고 나만 이해하는 글이잖아요. 언어적 소통 능력을 향상하는 데는 한계가 있다고 생각합니다. 그래서 공적 글쓰기를 권해드려요. 나 아닌 타인이 본다는 점에서 SNS나 블로그, 브런치, 온라인 카페 게시판, 지면 같은 데 쓰는 게 다 공적 글쓰기죠. 그리고 오프라인 글쓰기 수업, 글쓰기 모임 등에 참여해 쓸 수도 있고요.

제가 진행하는 글쓰기 수업에서는 한 학인이 자기가 써온 글을 읽으면 동료 학인들이 다 들은 뒤 의견을 이야기하는 식으로 합평이 이루어져요. 합평을 통해서 자기 글의 좋은 점이나 문제점을 글쓴이가 듣지요. 자기가 쓴 글이 타인한테 얼마나 전달됐는지 확인할 수 있다는 점에서 굉장히 소중한 배움의 자리인데, 동시에 자기 글의 한계를 적나라하게 확인한다는 점에서 상처의 자리가 되기도 합니다.

한번은 이런 일이 있었어요. 한 학인이 글을 발표했는데 그분이 느끼기엔 다른 학인들의 반응이 뜨뜻미지근했나봅니다. 그래서 수업 후기에 '속상한 마음이 들어서 울었다'라고 썼어요. 나는 왜 지적인 사유를 못 하나, 왜 내 글에 항상 학인들이 침묵하나, 나는 왜 같은 지적을 계속 받는가 하는 내용의 글이었습니다. 격려의 댓글이 주르륵 달렸죠. '님의 글에 공감하는 사람이 있다는 걸 잊지 마세요.' '저도 비슷한 일이 있어서 생각에 잠겨 있느라 말을 못 했어요.' '저는 감탄하면서 글의 내용을 들었어요.'

글을 쓰고 나서 더 잘 쓰지 못한 것 같아 속상해하는 건 극히 자연스러운 일이라고 생각해요. 실은 저도 잘 그래요. 연재하는 칼럼을 SNS 계정에도 올리는데 공유가 여럿 되고 '좋아요'나 댓글이 많으면 위안을 느끼고요. 그렇지 않으면 내 글이 재미없었으려나 하는 고민이 스쳐요. 어쩔 수 없죠. 어떤 일이든 무심하게 겪어내고 어떤 말도 의연하게 흘려보내면 가장 좋겠지만 우리가 나약한 인간이기에 그러지 못하잖아요. 그러니까 꼭 의연하려고 하지 말고 저처럼 비관도 하고 그 비관을 글로 써서 다른 칭찬의 반응도 듣고 하소연도 하고 눈물바람이 되기도 하고, 이러면서 그냥 흘려보내는 거죠.

　논의를 조금 더 확장해보면 '글쓰기 수업에서 가혹한 평가를 받아서 글을 못 쓰고 있다. 어떻게 다시 쓸 수 있을까?'라는 질문을 '브런치나 블로그 같은 데 글을 썼는데 악플이 달려서 글을 쓰기 두렵다' 혹은 '댓글이 하나도 안 달려서, 위축되어 글을 못 쓰겠다'라는 경험 및 고민과도 연관 지을 수 있습니다. 실제로 이렇게 토로하는 분이 많으니까요. 악플이 달리거나 무플이어서 속상하지만 달리 생각해보면 선플이 달렸다고 해서 꼭 좋은 것도 아니에요. 그때만 반짝 기쁜 거죠. 선플이 달렸다고 글을 안 쓸 것도 아니고 다음 글쓰기가 쉬워지지도 않잖아요. 그런 점에서 악플이나 선플이나 글 쓰는 사람에겐 비슷한 존재인 것 같아요. 좋은 이야기를 들으면 다음에도 그만큼 또 잘 써야 한다는 부담감이나 압박감이 드니까요. 그래서 글에 대해 어떤 평가를 받든 덤덤하게 흘려보내는 게 상책입니다. 다만, 무심하게 들었던 이런저런 이야기가 내 몸에 남아 있다가 언젠가 툭 떠올라서 내 글을 더 나은 글이 되도록 인도할 거라는 믿음을 가져보세요. "글에서 사례가 부족한 것 같아요"라는 말을 들었다면, 다음번에 쓸 때 사례가 충분한지 유심히 체크하겠죠. 자기 글을 더 객관적으로 볼 수 있는 안목을 갖는 거예요. 그러니까 우리가 합평을 통해서 얻을 수 있는 것은 좋은 평가도 나쁜 평가도 아닙니다. 좋은 평가든 나쁜 평가든 이런저런 말이 지나간, 그래서 말들의 풍파를 겪어낸 글을 쓰는 단단한 몸을 얻는 거죠. 쓰는 존재로서 체급을 기르는 겁니다. 그러니 일희일비를 충분히 하셔서 글 쓰는 신체를 단련하시길 바랍니다.

한 가지 더 말씀드릴 게 있어요. 어떤 평가라도 받아들여야 하지만 동시에 경계해야 할 것도 있거든요. 학교의 창작 수업이나 등단 준비반, 언론사 취업 준비반 같은 곳에서 자기 글을 내보였다가 너무 호된 평가를 받아서 글쓰기가 두렵다는 이야기를 참 많이들 하세요. 들었던 강렬한 일화가 떠오릅니다. 한 교수가 책상 위에 있는 볼펜을 탁 쳐서 떨어뜨린 다음에 "이게 니 글이야. 가치도 없어"라고 했대요. 또 교수에게서 "네 글은 똥이야"라는 말을 들었다는 분의 이야기도 접했습니다. 끔찍합니다. 글에 대한 의견을 왜 꼭 상대를 모욕하는 방식으로 해야 하는지, 모욕이 정말로 글쓰기에 도움이 되는지, 저는 회의적입니다. 만약에 제가 저런 말을 들으면 자극받아서 더 잘 써야겠다는 마음이 생기기보다는 반발심만 생길 것 같거든요.

문학이든 비문학이든, 책이든 기사든, 글을 쓴다는 것은 우리가 그저 말로 하는 것보다 언어를 조심스럽게 고르고 표현을 다듬는 일인데, 거칠고 뒤틀린 언사로 글쓰기를 배운다면 모순이 아닐까 싶어요. 엄연히 언어폭력이기도 하고요. 김수영 시인의 시에 "혁명이란/ 방법부터가 혁명적이어야 할 터인데"[9]라는 구절이 있는데요. 글쓰기를 배우는 과정도 사려 깊어야죠.

물론 글쓰기 합평은 '좋은 게 좋은 거지' 하며 덕담을 나누는 자리는 아니에요. 그렇지만 어떤 모욕을 당해도 결과적으로 합격만 하면 된다거나 책만 내면 다 되는, 성공의 지름길을 찾아가는 자리는 더더욱 아닙니다. 우리는 합평을 통해서 남이 써낸 글의 메시지를 수신하는 방법 그리고 타인의 말에 귀를 기울이는 방법, 자기 의견을 전달하는 방법을 배웁니다. 이런 방법을 배우고 잘 해내는 것은 글을 잘 쓰는 방법과 다르지 않다고 생각합니다.

어떤 관계라도 가까워지면 그만큼 서로를 다치게도 합니다. 흠을 내지 않는 관계가 존재하는 것은 불가능할 것 같아요. 말들이 오가는 합평에서 상처를 받을 수도 있다는 사실을 덤덤하게 받아들이시고요. 사람이 쉽게 안 바뀌듯이 글도 쉽게 안 바뀌거든요. 쉽게 바뀐 건 금방 원 상태로 돌아오고요. 그러니까 기분 전환하시고 힘을 비축해서 다시 글을 쓰시길 바랍니다. 아까 합평 후에 눈물을 흘렸다는 학인이 쓴 후기의 한 구절을 공유해볼게요.

각자가 주관적이고 상대적인 해석을 내리고 있다. 나에게만 찬물을 끼얹은 것 같지만 남이 봤을 때 그것은 여름날 시원한 등목이고 내 글만 외면한 것 같은데 남들은 사실 고민하고 조심스러워서 말을 아끼고 있을 수도 있다. 저는 부끄러움을 무릅쓰고 다음 주에도 정보가 많거나 부족한 글을 쓸 것입니다. 지적이지 못하더라도 사유하려고 노력할 것입니다.[10]

글은 엉덩이로 쓰는 거라는데,
맞나요?

동네에서 장을 보거나 산책하는 동선에 옷 가게가 서너 곳 있어요. 주인장의 개성과 취향에 따라 가게마다 진열한 옷 스타일이 다르죠. 가장 최근에 생긴 옷 가게는 항상 편하고 단정해 보이는 파스텔 톤의 옷을 갖다놔요. 봄 내음이 나는 매장이죠. 지날 때마다 보면 늘 문이 열려 있고요. 한번은 구경이나 하려고 스윽 들어갔는데 어느새 제가 청바지랑 니트를 계산하고 있더라고요. 그 김에 슬쩍 물어봤어요. "언제 쉬세요? 항상 문이 열려 있는 것 같아요." 그랬더니 주인분이 그래요. 가게를 시작하고 1년 정도는 매일 문을 열어두어야 한다는 이야기를 들어서 그렇게 하고 있다고요. 저 또 감동했잖아요. 무언가 해보려는 사람이 지닌 에너지를 사랑합니다. 더군다나 파격적이거나 단발적이지 않고 묵묵하고 장기적인 태도여서 더 인상적이었어요. 옷 가게를 나와서도 주인분의 각오가 계속 떠오르면서 '기승전-글쓰기'로 생각이 흘러갔습니다. '글쓰기의 태도도 바로 저와 다르지 않다.' 이게 무슨 말이냐면요, 이번 질문 "글은 엉덩이로 쓰는 거라는데, 맞나요?"에 대한 답을 옷 가게 주인분이 들려준 것 같다는 말입니다.

글쓰기를 보통 앉아서 하니까 엉덩이의 힘을 빌리지 않을 도리가 없죠. 그래서 작가들이 허리나 손목 통증을 앓고요. 그런데 책상 앞 의자에 앉아만 있다고 해서 글이 자동으로 흘러나오지는 않습니다. 옷 가게가 문을 아무리 열어놓아도 손님이 저절로 유입되진 않듯이요. 입을 만한 예쁜 옷, 고객의 발길을 끌어들일 만한 물건을 구비해놓고 문도 열어둬야 해요. 둘 다 동시에 해내야죠.

'글은 엉덩이로 쓴다'라는 표현에는 오해의 소지가 있어요. 마치 글이 이미 내 몸 안에 저장되어 있고 그걸 출력하는 게 글쓰기라는 착각을 불러일으킵니다. 그런데 무작정 엉덩이를 의자에 붙이고 앉아 있다고 한들 문장이 아니라 한숨만 나오겠죠. 잘 생각해보세요. 글쓰기는 앉아 있는 일이라기보다는 앉아서 생각하는 일이에요. 현대인이 글을 쓰기 위해 자기를 책상 앞에 붙들어놓지 않으면 생각할 시간을 확보하기가 어려우니까 '글은 엉덩이로 쓴다'는 말이 생긴 것 같지만요.

저는 '글은 엉덩이로 쓴다'라는 말보다 '글쓰기는 산책에서 비롯된다'라는 말을 믿어요. '칸트의 시간'이란 표현도 있듯이, 철학자 칸트는 매일 정해진 시간에 산책했죠. "칸트가 나온 걸보니 오후 네 시군." 하고 동네 사람들이 시간을 알아챌 수 있을 정도였다고 하죠. 제가 좋아하는 철학자 니체도 하루에 다섯 시간을 산책했습니다. 니체는 건강이 워낙 안 좋아서 오래 걸어야 했죠. 여름철만 되면 스위스 알프스의 엥가딘에 갔대요. 친구한테 이런 편지도 썼어요. "나는 이제 엥가딘을 내 것으로 만들었네. 아주 놀랍도록 내게 꼭 맞는 곳에 온 것 같군! 나는 이런 유형의 자연과 잘 맞아. 이제 고통이 좀 덜하다네. 이런 느낌을 얼마나 원했던지!"[11]

니체가 스위스 실스마리아에 있는 실바플라나 호숫가를 산책하면서 우뚝 솟은 바위를 보고 영원회귀 사상을 떠올렸다는 일화는 유명합니다. 머릿속을 스친 생각을 빠른 속도로 잡아채듯 메모하면서 걸었습니다. 니체가 사랑한 알프스, 유럽에서 가장 공기가 상쾌하다는 알프스 대자연에서《차라투스트라는 이렇게 말했다》가 태어나요. 실스마리아에 가면 니체 산책로 표지판도 있다는데, 저도 언젠가 가볼 수 있겠죠.

제가 좋아하는 또 다른 작가 리베카 솔닛도 걷기를 좋아했습니다. 사회적 참사와 재난 현장을 돌면서 글을 쓰는 환경운동가이자 르포 작가인 그는 인문 에세이《걷기의 인문학》이라는 책을 썼을 정도로 걷기 예찬자죠.

글을 엉덩이로 쓴다지만 엉덩이로만 쓸 수 없는 게 글입니다. 앉아 있다고 해서 글이 나오진 않지만, 앉아 있는 시간을 배신하진 않는 것 또한 글이고요. 그러니 옷을 성심껏 골라서 갖다놓고, 발품을 팔고, 매일 문을 열어놓는 마음으로 여러분도 끈기 있게 앉아서 솟아나는 생각을 곱씹고 언어화해보세요. 손님 한 명 없어도 포기하지 않고 다음 날 문을 여는 옷 가게 주인처럼 글이 안 써져도 또 책상 앞에 앉는 거죠. 특히 개점 초기 1년은 매일 문을 열 듯이, 글쓰기를 시작했다면 적어도 1년은 산책하며 사유하고 앉아서 쓰는 습관을 들이길 권해드리고 싶습니다.

오늘의 질문, "글은 엉덩이로 쓰는 거라는데, 맞나요?"에 대해 저는 니체의 명언으로 답변해보겠습니다.

모든 생각은 걷는 자의 발끝에서 나온다.

솔직하고 정직한 글이
좋은 글인가요?

얼마 전에 친구가 저한테 비밀 이야기를 하나 해줬어요. "이런 말 너한테 처음 해. 이 이야기는 아는 사람이 아무도 없어"라고 말하면서요. 사생활이라서 내용을 자세히 밝힐 수는 없지만 그 친구가 중학생이 됐을 무렵 알게 된 가족사 이야기였어요. 친구는 다 털어놓더니 이렇게 말했어요. "우리 집안 정말 이상하지?" 그래서 제가 뭐라고 했게요?

"안 이상해. 그럴 수 있지, 뭐."

진심이었습니다. 전에는 어떤 이야기를 들으면 '어떻게 그런 일이 있을 수 있어?' '말도 안 돼!'라는 생각을 했는데요, 언제부턴가 그런 생각을 하지 않게 되었습니다. 대신에 "그럴 수 있지" "아, 그렇구나"라고 말하게 되더라고요. 그리고 생각하는 거죠. 그 일이 그렇게 될 수밖에 없었던 사정과 구조에 대해서요.

이런 변화는 제가 한 살, 두 살 나이가 들고 보고 듣는 사례가 쌓이면서 일어났는데요. 결정적으로는 인터뷰와 글쓰기 수업을 통해 사람들의 내밀한 사연을 지속적으로 접한 덕분입니다. 개개인 삶의 사연을 접하는 것만이 아니라 생각하고 기록하는 일을 직업으로 삼으면서 작은 결론을 내렸어요. '어떤 일도 일어나는 게 삶이다.'

그렇습니다. 정직하고 솔직한 글을 쓴다는 말을 다르게 표현하면 내 삶에서 일어난 일을 끝까지 고개 돌리지 않고 있는 그대로 바라보고 쓴다는 것입니다. 당연한 거 아닌가 싶지만 그 당연한 일이 어려워서, 생각처럼 잘되지 않아서 글쓰기가 힘든 것 같습니다. 글을 쓰며 마주하는 1차 장벽이죠.

자신의 친족 성폭력 피해 경험을 《눈물도 빛을 만나면 반짝인다》라는 제목의 책으로 써낸 은수연 작가를 인터뷰한 적이 있어요. 이분이 겪은 일에 마음이 아프기도 했지만, 겪은 일을 외면하지 않고 직면하여 써냈다는 사실에 숙연해졌었지요. 이 책이 2020년에 개정판으로 다시 나왔습니다. 은수연이라는 필명이 아니라 김영서라는 본명으로요. 개정판을 내면서 한 인터뷰에서 작가는 이런 말을 했어요.

저는 제 책이 캐비닛 같다는 생각을 해요. 제 상처가 잘 정리돼서 캐비닛 안에 들어가 있는 느낌? 그러면 상처와 제가 조금은 분리된 듯 편안해져요. 게다가 문자로 기록한 이상 피해 사실이 사라지

지도 않죠. 생존자들은 담아두지 말고 계속 말하고, 글로 쓰고, 표출해야 돼요.[12]

'책이 캐비닛이다', 참 좋은 비유죠. 글로 자기 이야기를 솔직하게 쓴다는 것은 자기 아픔을 마냥 묻어두고 덮어두는 일이 아니라 아픔을 꺼내서 잘 정리해두는 일, 그렇게 함으로써 나와 아픔을 분리하는 일 같아요. 더 이상 그 일이 내 일상을 침해하지 못하도록요. 그렇게 분리하려면 자기 경험의 덩어리를 꺼내서 세부 항목으로 분류하는 과정이 필요하겠지요.

정확히 보는 것, 저도 글을 쓰며 중시하는 점입니다. 제 사생활이 많이 담긴 책 《올드걸의 시집》《싸울 때마다 투명해진다》의 독자들한테 이런 질문을 많이 받았어요. "작가님, 어떻게 하면 그렇게 솔직하게 글을 쓰나요?" 잠시 어리둥절했습니다. 글을 쓸 때 솔직하게 쓰겠다고 마음먹진 않았거든요. 다만 정확하게 쓰려고는 노력했어요. 나한테 무슨 일이 일어났는지, 왜 이런 일이 일어났는지, 왜 그 말이 내 마음을 지옥으로 만들어버렸는지 자문자답하면서 본 것, 들은 것, 한 것을 최대한 빠짐없이 재현해보려고 노력하며 글을 썼죠. 그렇게 쓴 글을 독자는 솔직하다고 느꼈고요.

솔직하고 정직하게 글을 쓰자는 말을 이렇게 바꿔볼 수도 있을 것 같아요. '정확하게 쓰자.' 정확하지 않으면 나만의 고유함을 지닌 글이 되기 어렵고, 고유성이 없는 글은 어디선가 많이 본 것 같은 진부한 글이 되잖아요. 생생한 에너지가 없는 글은 독자의 마음까지 가닿지 못합니다.

솔직하게 쓰기가 망설여지는 이유는 이런 우려가 들기 때문일 거예요. 나의 솔직함이 남에게 부담을 줄까 봐 걱정하는 마음이요. 그런데 오히려 고통을 정확하게 서술한 글이, 덮어둔 문제와 아픔을 건들고 마주할 힘을 누군가에게 주기도 합니다. 솔직한 글에 있는 뜻밖의 유용함입니다.

솔직하고 정직하게 쓴 글에는 솔직함 그 자체가 남는 게 아니라 솔직함을 통과한 메시지가 남습니다. 무엇을 위한 솔직함이고 정직함인지 글을 쓰는 동안 놓치지 말아야겠죠. 친족 성폭력 피해자가 자기 경험을 솔직하고 정직하게 쓴 글은 다른 피해자에게 용기를 줍니다. 피해자가 자기 잘못이 아니란 사실을 깨닫고 자기가 처한 현실을 바로 보게 하고 고통에서 벗어날 수 있는 길을 열어줍니다. 한 번도 이야기되지 않은 집안일, 즉 봉인된 가족사의 말하기는 왜 중요할까요? 여성이나 약자의 희생과 피해로 굴러가는 가부장제의 폭력성을 드러내기 때문입니다. '가족은 안전한 관계다' '믿을 것은 가족뿐이다'라는 관습적인 말과 믿음으로 유지되는 가족 신화를 다시 생각해보게 합니다. 이처럼 솔직하고 정직하게 쓴 글은 삶의 진실을 견인합니다. 그래서 저는 "솔직하고 정직한 글이 좋은 글인가요?"라는 물음에 이런 표현으로 되묻고 싶어요.

자기 경험을 쓴다는 것은 아프기만 한 것 같은 일에 의미를 부여하고 재해석하는 일인데, 자기가 겪은 일을 있는 그대로 쓰지 못하고 어떤 시늉과 가식으로 문장을 채워서 가공한다면, 우리가 힘겹게 글을 써야 하는 이유가 도대체 무엇인가.

나에게 힘을 준 글이 남에게도 힘을 준다는 것, 용기도 전염된다는 것을 되새기며 주저하던 '그것'을 꼭 한번 써보시길 바랍니다.

글쓰기로 고통을
치유할 수 있을까요?

한창 산에 다닐 때 등산용 여름 바지를 살 겸 신촌에 간 적이 있습니다. 30분 정도 둘러보면 충분할 거라 예상하며 쇼핑을 시작했는데 한두 시간이 훌쩍 지난 거예요(시간이 오래 걸린 이유는 나이가 들면 어울리는 옷을 찾기 힘들어서랍니다). 기운이 쏙 빠지고, 이 시간에 차라리 책을 봤으면 몇 쪽을 읽었을 텐데 싶으니까 내가 한심하고, 또 이렇게 고압적인 상사처럼 내가 나를 닦달하는 모습이 당황스럽고……. 결론은 자신에게 관대하기가 참 어렵다는 겁니다. 안 그래도 삶이 고되고 남에게 이해받기도 어려운데 왜 내가 나를 감싸지 못할까요? 인생이 참 어렵습니다.

방금 제가 미주알고주알 터놓은 일상의 작은 고민부터 차마 말할 수 없는 인생의 큰 고통까지, 사노라면 힘든 일이 많죠. 특히 고통을 기록한 글을 보면 그때마다 늘 여러 가지 생각이 듭니다. '어제 일처럼 생생히 기억하네' 하는 놀라움, '이 바위 같은 기억을 마음에 담고 어떻게 살았을까?' 하는 안타까움 그리고 '이 단단한 기억을 두드리고 쪼개어 글자로 만들고 서사로 엮기까지 얼마나 고되었을까?' 하는 존경스러움이 동시에 생겨요.

학교폭력 피해 당사자 여섯 명이 각자의 경험을 기록한 《여섯 개의 폭력》이라는 책이 있습니다. 이 책의 서문을 의뢰받아서 썼는데요. 아마 제가 그동안 국가폭력, 가정폭력, 성폭력, 직장내폭력 등 폭력 피해자의 목소리를 담는 작업을 해왔기 때문에, 또 그간 내온 글쓰기 책에서 글쓰기가 어떻게 고통의 해독제가 되는지 말해왔기에 청탁받은 것 같습니다. 《여섯 개의 폭력》의 내용 일부를 보여드리겠습니다.

> 음악 수업이 끝나고 그 애는 내게 화장실에 같이 가자고 했다. 그동안 혼자 화장실에 가는 것이 싫어 하루 종일 오줌을 참아왔기에, 화장실 같이 가자는 말이 그렇게 기쁠 수가 없었다. 그 애를 따라 화장실에 갔더니 같은 칸에 들어가자고 했다. 조금 이상한 제안이었으나 알겠다고 대답했다. 그런데 문을 닫자마자 그 애가 벽으로 나를 밀쳤다. 위압적으로 변한 그 애는 내가 음악 시간에 노래를 부르지 않은 것이 마음에 들지 않는다고 했다. 위축된 나는 미안하다고 했고 의기양양해진 그 애는 다음부터 노래를 크게 부르라며 자신이 지켜볼 것이라고 했다. 그게 시작이었다.[13]

책의 다른 글도 보겠습니다. 필자가 한 아이에게 은근히 따돌림당한 사례입니다. 그 사실을 안 다른 친구들이 도움을 주겠다고 해요. 든든한 지원군이 생긴 거죠. 무리의 일원이 된 필자는 자기를 괴롭혔던 가해자를 같은 방식으로 따돌립니다. 피해자였다가 가해자가 된 거죠. 그때의 심정을 이렇게 썼어요.

가해자가 피해자로, 피해자가 가해자로 변하는 것은 하루에 이루어질 수 있는 일이었다. 교사 또한 학생들에게 폭력을 행사했지만 반대로 교사는 학생 혹은 학부모에게 모욕을 당하기도 했다. 학교라는 공간 속 폭력의 법칙이었다. 열 살과 열한 살에 겪은 폭력은 트라우마가 되어 중학생이 된 후에도 비슷한 관계를 반복하게 했다. 가장 친하게 지냈던 친구와 사소한 일로 싸웠을 때, 서열의 우위에 있어야 한다는 생각으로 먼저 절교를 통보하기도 하고, 절친하게 지내던 친구들이 나를 투명인간 취급하는 무례한 놀이를 해도 친구들 사이에서 배제되어버릴까 봐 애써 괜찮은 척 치밀어 오르는 설움을 꾹 참았다. 피해 기억은 언제나 가해를 부추겼고 가해 후엔 죄책감에 시달렸다.
(…) 성인이 되고 나니 학교폭력의 모양은 특별하지 않았다. 끊임없이 약한 사람을 찾아 공격하고, 방관하고, 따돌리는 건 사회 전반적으로 일어나는 일이었다.[14]

위 글의 필자들이 저 글을 쓰고 나서 이전보다 마음이 조금이라도 가벼워졌을지 아닐지는 모릅니다. 과거 일을 글로 쓰기 위해 잠자던 기억을 들쑤셔서 앓아누웠을 수도 있고요. 그렇지만 백신을 맞는 행위처럼 면역체계를 만드는 데 필요한 통과의례가 아닐까 싶어요. 자기 삶의 큰 고통을 글로 쓰고 나면 쓸 땐 힘들지만 그 기억들이 예고 없이 불쑥불쑥 튀어나와서 주인 행세를 하려고 할 때 덜 흔들릴 수도 있습니다.

예전에 성폭력 피해자를 인터뷰했을 때 들은 말이 떠오릅니다. 어떻게 피해 사실을 공개하기로 마음먹었느냐는 제 물음에 그는 성폭력 이야기가 나왔을 때 자기는 무관한 사람인 것처럼 입 다물고 있기 싫었다고 말했죠. 자기 잘못도 아닌데 위축되고 당황하고 그 기억에 끌려다니는 게 괴롭다는 거였어요. 고통을 글로 쓰고 공적인 장에 내놓으면 조금은 담담해질 수 있을 테고, 그런 점에서 글쓰기가 글쓴이에게도 치유가 되는 게 아닐까 싶습니다. 그 일이 내 삶의 지배자가 되는 게 아니라 내가 내 서사의 편집권을 가짐으로써 그 일을 다스릴 수 있게 되죠.

고통을 글로 쓰면 고통스럽던 경험이 사회의 자산이 되기도 합니다. 내 고통이 이 사회에서 무의미하지 않다는 것은 사회적 동물인 인간에게 위안이 되는 것 같습니다. 《여섯 개의 폭력》에서 황예솔 작가도 이렇게 썼어요.

그 시절, 우리는 얼마나 많은 상처를 숨기고 매일 등교해냈을까. 학교폭력의 피해자가 되면 나 자신을 혐오하게 된다. 내가 이런 성격이라서 친구가 떠난 것 같고, 내가 못나서 괴롭힘을 당하는 것 같고, 내가 약해서 맞대응을 못 하는 것 같다. 나 자신이 나의 가해자가 된다는 게 가장 괴로웠다. 만약 지금의 내가 어리고 아팠던 나를 만난다면 꼭 해주고 싶은 말이 있다. 그 세상이 전부가 아니야. 네 잘못이 아니야. 더는 널 미워하지 마. 이 모든 말이 전해지지 않는다면 그저 다음 장의 삶이 분명하게 기다리고 있다는 사실만이라도 알려주고 싶다.

(…) 그때까지 우리 함께 이야기하자. 폭력과 혐오의 순환을 끊고, 멀리 떠내려 보낼 수 있도록.[15]

《여섯 개의 폭력》 서문을 쓰며 류은숙 인권활동가의 말을 인용했습니다. "고통을 말하는 이유는 고통의 전시장을 구경하라는 것이 아니라 고통으로써 우리가 어떻게 연결돼 있는지를 얘기하고자 하기 때문이다."[16] 그렇습니다. 인간이 고통 없이 살 수 없다면 글쓰기 없이도 살 수 없지 않을까 하고 생각합니다. 《글쓰기의 최전선》에도 썼지만 제게 글쓰기란 '고통의 글쓰기'예요. 글쓰기로 고통을 씻겨내고 극복하는 게 아니라, 내 고통을 글로 공유함으로써 타인의 고통과 연결된다는 점에서 성장과 치유가 됩니다. 고통을 글로 풀어내는 일이 간단치 않지만 시간을 낭비할 용기를 갖고 책상 앞에 앉아보시길 바랍니다.

계속 쓰려는 사람을 위한 48가지 이야기

일단 써보고자 한다면   2

인생사가 그렇듯이 글쓰기에서도 하지 말아야
할 일들이 꼭 나쁘기만 한 건 아닙니다.
우리가 여행하다가 잘못 들어선 길에서
색다른 풍경을 보게 되듯이,
한 편의 글이 옆길로 새서 다른 지점에
도달한다는 건 그 글을 쓰지 않았으면 몰랐을
자신의 생각을 만난다는 의미이니까요.

그러니 용기를 잃지 마시고요, 곁길로 새면
다시 돌아오면 된다는 여행자의 마음으로
오늘도 글 한 편 쓰시길 바랍니다.

글감을 어떻게 고르나요?

"글 쓸 소재나 영감은 어디서 얻나요?" "무엇을 써야 할지 모르겠어요." 글쓰기 강연에서 꼭 나오는 단골 질문입니다. 아마 큰마음을 먹고 글쓰기를 시작했지만 글쓰기를 지속하는 데 또 다른 어려움이 뒤따른다는 뜻이겠지요. 쓰는 사람이 되는 것을 다르게 표현하면, 쓸거리가 계속 생겨나는 사람이 되는 일입니다. 글쓰기를 지속하고 좋은 글을 써내는 데 이야기 부자, 수다스러운 사람이 유리하겠지요. 그런데 말과 글은 다르니까요, 말할 거리가 많아도 글로 표현하기 위해서는 조금 더 정교하게 접근하는 편이 좋습니다.

저는 글감을 주로 일상에서 찾습니다. 살면서 많은 경험을 하잖아요. 혼자 있을 때도, 영화를 보거나, 책을 읽거나, 멍하니 있거나, 청소를 하거나, 어떤 형태로든 살아가는 동안 경험은 계속 발생하거든요. 경험하지 않는 것도 경험이고요. '오늘 아무것도 안 했어' 하고 표현할 법한 상황도 경험이라고 할 수 있습니다. 자꾸 생각나는 것, 가슴에 들어와서 나가지 않고 남아 있는 말이나 상황이 글의 소재가 됩니다. '무수히 많은 장면과 말들이 나를 스쳐갔는데 왜 이 말이 자꾸 생각날까?' 하며 유독 마음에 남는 무언가가 있다면 풀어야 할 문제가 있다고 생각합니다. 엄연히 말하면 제가 글감을 고른다기보다 글감이 저를 선택하는 거죠.

일례로 몇 년 전 11월 하순을 지날 때 쓴 글 〈김장 버티기〉를 어떻게 쓰게 되었는지 말씀드릴게요. 겨울에 접어들면 집집마다 김치를 담그잖아요. 마트에 가면 김장 코너가 마련되어 있고 목욕탕에 가면 중장년 여성들이 김장 이야기를 많이 합니다. "황석어젓을 사봤는데 새우젓을 넣었을 때랑 김치 맛이 다르다" "고춧가루 빛깔이 안 좋아서 속상하다" "올해는 귀찮으니 그냥 절임배추를 살까보다" 등등. 그런 이야기가 제 귀에 들어오는 이유는 제가 살림하고 매 끼니를 차리는 주부라서 그렇겠지요. 또 김치는 제가 굉장히 좋아하는 음식이에요. 엄마가 김장철엔 물론이고 평소에도 늘 서너 가지 종류의 김치를 담가주셨어요. 배추김치, 파김치, 총각김치가 냉장고에 항상 있었지요. 그런데 엄마가 돌아가시고 나서 김치를 마음껏 먹을 수 없게 된 거예요. 이러한 제 결핍이 세상에 지나가는 '김장'이라는 말을 끌어당겼나봐요.

누군가는 이렇게 말할 수도 있겠지요. 그렇게 먹고 싶으면 직접 담가 먹으라고요. 그런데 저는 김치 담그는 방법을 배우지 않고 있어요. 김치를 담글 때 필요한 대형 스텐볼 같은 도구도 없지만 고된 육체노동을 견딜 자신도 의지도 없거든요. 먹고 싶은데 하지는 않는, 엄마의 손맛을 그리워하는, 미숙한 제 모습을 보는 거죠. '김장 김치'라는 글감 아래 서로 모순되어 복잡한 여러 가지 생각이 꼬리에 꼬리를 물고 이어졌어요. '나는 김치를 먹고 싶고 좋아하는데 왜 김치를 담그지 않는가?' '엄마의 김치를 왜 그리워하는가?' 그래서 김치를 소재로 하는 글을 한번 써봐야겠다고 생각했죠. 단지 엄마가 담근 김치에 대한 그리움을 넘어서 '엄마표 김치'라는 말이 아련한 정서적 감흥을 불러일으키지만, 엄마의 희생과 노동을 당연시하고 미화하는 것이겠구나 하는 생각으로 넘어갔습니다. 그렇게 완성한 글을 보여드릴게요.

> '마음은 빈집 같아서 어떤 때는 독사가 살고 어떤 때는 청보리밭 너른 들이 살았다'고 어느 시인은 노래했는데, 찬 바람이 불면 내 마음엔 커다란 김장독이 산다. 남도의 땅에서 나고 자란 엄마는 김치를 중시했다. 배추김치는 기본에 깍두기, 총각김치, 갓김치, 파김치, 물김치를 번갈아 담갔고 김장철엔 손이 더 커졌다. 김치 가져가라는 전화에 은근히 스트레스를 받고선 냉장고에 자리도 없는데 또 담갔냐고 기어코 한소리 하기도 했다.

> 엄마가 돌아가신 지 10년, 엄마 김치를 못 먹게 된 지 10년이다. 김치 가뭄으로 엄마의 부재를 실감한다. 시댁에서 가져온 김치는 빨리 동나고 산 김치는 비싸서 감질나고, 나는 김치를 담글 줄 모

른다. 가사노동, 양육노동, 집필노동으로 꽉 채워진 일상. 내 인생
에 김치노동까지 추가되면 끝장이라는 비장함으로 안 배우고 버
텨왔다. 할 줄 알면 누가 시키기도 전에 몸이 자동으로 움직일 게
뻔하니까, 식구들이 잘 먹으면 먹이고 싶으니까. 내가 나를 말리는
심정으로 김치 먹을 자유보다 일하지 않을 권리를 수호하고 있다.
"이번엔 황석어젓을 사봤는데" "고춧가루 빛깔이 안 좋아서 속상
해" "올해는 절임배추 써볼까 하는데" 요즘 시장에서, 거리에서, 버
스에서, 목욕탕에서 나이 든 여자들은 둘만 모였다 하면 김장 얘기
다. 마음에 김치가 사는 나는 이런 목소리를 줍고 다닌다. 머리가
허옇고 허리가 기역자로 굽어도 장바구니 달린 보행기를 밀고 다
니면서 쪽파며 배추를 실어 나르는 동네 할머니를 본다.
살아 계셨으면 일흔일곱. 우리 엄마도 저이들처럼 억척스럽게 장
보고 김장을 하고 삭신이 쑤신다며 앓아누우셨을까. 엄마는 그즈
음 부쩍 음식 간이 안 맞는다고, 뭘 해도 맛이 없고 김치도 짜기만
하다고 낙심했다. 혀가 늙는다는 것도, 김치 담그기가 중노동이라
는 것도 30대인 나는 알지 못했다. 김장을 안 해도 된다는 것을 그
시절 엄마가 알지 못했듯이.

어쨌거나 나는 매년 김장 김치를 먹는다. 파는 김치는 비위생적이
며 당신 손으로 해주는 게 부모의 도리라고 여기는 시어머니가 담
가주시고, 가까운 이들에게 사랑의 김장이 답지한다. 올해는 친구
의 시골 노모가 담근 김치를 분양받았다. 양이 많다며 배추김치 한

통에 덤으로 총각김치랑 묵은지까지 보내주었다. 끼니마다 콕 쏘는 김치를 허겁지겁 먹어치우면서도 목 안이 따끔하다. 한 여성이 소위 '바깥일'을 하려면 다른 여성의 돌봄노동이 필요하듯이, 내가 김치 담그기에서 해방되자면 누군가의 고단한 노역의 산물인 김치를 먹게 된다. 얼마나 손끝이 얼얼하도록 마늘을 까고 생강을 다지고 배추를 씻고 절이고 버무렸을까.

'엄마표 김치'라는 말이 그리운 말에서 징그러운 말이 되어간다. 엄마의 자기희생이 강요된 말, 넙죽 받아먹기만 하는 자들이 계속 받아먹기를 염원하는 말이다. 어느 소설가의 문학관에는 대하소설을 쓰는 동안 사용한 볼펜과 원고지가 탑처럼 쌓여 있다고 하는데, 엄마들이 평생 담근 김치와 사용한 고무장갑을 한눈에 쌓아놓으면 어떤 붉은 스펙터클이 나올지 상상해본다. 어머니가 해주신 밥과 김치 먹고 굴러가는 자본주의 사회에서 절대 가시화되지 않는 이상한 노동. 피와 살로 스며서 똥으로 나가버리는 엄마의 땀. 부불노동unpaid work으로서 가사노동의 불꽃인 김장.
한 동료의 엄마는 여든 살을 맞아 김장을 안 한다고 선언했다고 한다. 늦은 은퇴. 엄마들의 잇단 김장 파업 선언에 김치 난민이 속출하는 또 다른 겨울 풍경을 그려본다.[1]

이 밖에도 제가 쓰는 글의 소재는 살림하고 아이 키우는 일에서 많이 가져옵니다. 왜냐하면 그런 일상에 시간과 감정을 많이 쓰고, 제 존재가 얽매여 있기 때문이지요. 각자 저마다 자기가 많은 시간을 할애하는 일, 나라는 존재가 사로잡혀 있는 문제가 있을 거예요. 예를 들어 편의점 아르바이트 노동자로서 하는 업무, 일터에서 나를 괴롭히는 동료나 친절을 강요하는 고객 이야기가 될 수도 있고, 치매에 걸린 부모님을 지켜보는 일일 수도 있어요. 공황장애 증상이 있다면 아픈 몸으로 살아가는 일상도 글감이 될 수 있겠지요.

주로 부정적인 상황이나 감정을 많이 이야기했는데요. 그만큼 강력하게 나를 지배하는 것이 글이 될 확률이 높아지는 것 같습니다. 그런 일은 '부정적인 감정'이라고 사회적으로 해석된 것이지, 사실 '살면서 그냥 일어나는 일'이거든요. 살다 보면 아프기도 하고 넘어지기도 하는데 사회에서 부정적이라고 규정하기 때문에 받아들이기가 더 괴롭습니다. 그리고 생각하게 됩니다. '나한테 왜 이런 일이 생겼지?' '어떻게 이 일에서 벗어날 수 있지?' 구조적 문제가 얽혀 있어서 단번에 답을 찾을 수 없는 경우가 많은데, 쉽게 설명되지 않는 것을 글로 쓰려고 붙들고 늘어질 때 표현이 섬세해지고 글쓰기 능력도 늡니다. 잘 설명할 수 있는 건 말로 해도 되겠죠. 설명할 수 없는 걸 글로 써냈을 때 기쁨도 느끼고, 그 일에 의미도 찾을 수 있습니다.

내가 잘 아는 것, 나만 쓸 수 있는 글을 써보세요. 어디서 많이 본 것 같은 글은 생명력을 갖기 어렵습니다. 톨스토이가 쓴

《안나 카레니나》의 그 유명한 첫 문장에서도 "행복한 가정은 비슷한 모습이고, 불행한 가정은 제각각 다른 불행의 모습이다"라고 하죠. 그래서 불행한 일, 속상한 일, 힘든 일이 자기만의 고유한 경험 자원이 됩니다. 직면하고 싶지 않은 일에 글감의 광맥이 있습니다. 그 광맥에서 글감이 계속 나올 거예요.

그런데 이런 고민을 떨칠 수 없을 거예요. '이런 사소한 걸 글로 써도 되나?' '글감이 너무 하찮은 거 아닌가?' '이게 무슨 자랑이라고 글로 써?' 글감을 두고 자기 검열을 하게 됩니다. 저도 그랬습니다.

제가 밥에 관한 글을 여러 편 썼습니다. 아이 둘을 키우면서 날마다 밥상을 차리고 아이를 먹이는 일이 저를 굉장히 짓눌렀거든요. 보통은 어떤 일을 안 하면 그냥 욕먹거나 불편하거나 불이익을 받는 등 내가 감당하면 되는데, 아이들 밥 먹이는 일은 안 하면 한 생명에게 직접적인 영향을 미치는 거예요. 그러니까 안 할 수가 없어요. 그런데 밥때는 매일 세 번씩 돌아와요. 몸이 힘들거나 하기 싫을 때도 많고요. 중압감이 참 괴로웠습니다.

우린 누구나 밥을 먹지만, 밥이 글감인 경우는 드물었거든요. 먹는 즐거움은 글이 되어도 밥하는 괴로움은 글이 되지 않았어요. 가사노동을 전담했던 여성에게 지면이 주어지지 않았습니다. 그래서 처음엔 밥에 관한 글을 쓰는 일이 어색하긴 했지만 굴하지 않고 썼습니다. 남한텐 시시해도 저한텐 절박한 문제였으니까요. 그랬더니 저처럼 밥하는 일로 힘들고 고통받는 분들이 우르르 나타나서 공감했다며 같이 눈물 흘려주는 독자가 되었습니다.

일찍이 소설가 박경리 선생님도 말씀했습니다. "자기 내부의 불씨를 살라야지요. (…) 제 눈에 보여야 하고 마음속에 있는 것에서 시작해야 합니다"² 라고요. 마음속에는 누구나 글감을 품고 있으며 고상한 글감, 시시한 글감이 따로 있지 않습니다. 뭐라도 좋아요. 글감에 위계를 두지 않고 내가 경험하고 느낀 것을 쓰면 그것이 좋은 글감입니다. 내가 내 삶을 풀어가는 데 도움을 준 글이라면 다른 사람의 삶의 문제를 풀어가는 데도 도움이 되겠지요. 사소한 것은 사소하지 않습니다.

내가 쓰고 싶은 글 vs 남들이 읽고 싶어 하는 글, 무엇을 써야 하나요?

내가 쓰고 싶은 글을 써야 할지, 남들이 읽고 싶어 하는 글을 써야 할지가 과연 선택의 문제일까요? 글쓰기란 내가 쓰고 싶은 글을 남이 읽고 싶게 쓰는 것, 이 두 가지를 조합시키는 부단한 노동이라고 생각해요. 이미 결론을 말해버렸는데요, 다들 이렇게 쓰는 게 최선인 걸 모르진 않겠지요. 아마도 '내가 쓰고 싶은 글을 써도 되나?' 하는 주저함과 '독자들이 좋아할 만한 글을 쓸 수 있을까?' 하는 두려움 사이에서 맞닥뜨리는 질문 같습니다.

　저도 신문 같은 공적 지면에 칼럼 연재를 시작했을 때 자기 검열을 정말 많이 했거든요. 쓰고 싶은 글을 써도 될지, 이 글이 읽을 만한 가치가 있을지, 그렇게 고민하다가 내린 결론은 '써도 된다'입니다. 사실 쓰고 싶은 글이 아니면 쓸 방도를 모른다는 표현이 맞겠네요. 앞서 글감 찾는 방법을 말씀드리면서도 언급했어요. 자기 경험, 자기 욕망이 대단한 것은 아니지만 그렇다고 사소한 것도 아니라고요. 인간이란 존재는 자기 자신을 매개로 세상을 보고 읽어낼 수밖에 없잖아요.

다만 혼자 보는 일기가 아닌 남들이 보는 글을 쓸 때 필요한 게 있습니다. 바로 '지면을 존중하는 마음'입니다. 그래서 나의 욕망에서 출발했어도 자아의 전시가 아니라 모두의 이익이 되도록 알찬 글을 쓰려는 노력을 기울여야죠. 내가 쓰고 싶은 글을 남들이 읽고 싶은 글로 발전시키려면 사유의 과정이 필요합니다.

예를 들어보겠습니다. 제 딸아이 꽃수레랑 다툰 일화가 생각나네요. 당시 꽃수레는 재수생이고 학원에 다녔어요. 어느날 청소하려고 아이 방의 문을 열었더니 택배 상자를 뜯은 잔해물이 널려 있고 서랍에는 옷이 마구 구겨져 있었어요. 재수하면서 스트레스가 쌓이고, 고등학교를 탈출했으니까 20대 스타일로 변신하고 싶은 욕망도 있었겠죠. 옷을 여러 벌 사더라고요. 저는 청소노동에서 생기는 스트레스에, 지지한 싸구려옷을 왜 사느냐는 불만이 더해져서 밤에 귀가한 딸에게 한마디 했지요. 그랬더니 수레가 표정이 안 좋아지더니 울음을 터뜨렸어요. 힘들게 공부하고 왔고, 엄마가 따뜻하게 맞아줄 줄 알았는데 야단쳤다고. 곧 방문을 닫고 들어갔어요. 방문 밖에서 고양이가 울고, 저는 당황하고…….

이런 일은 여느 집에나 있는 사소한 일화지요. 이것에 대해 써보고 싶다는 생각이 들면 우선 제 생각을 존중해요. 신문 칼럼의 글감이 될 수도 있다고요. 그런데 성미 급한 독자는 앞부분만 읽고 "이 사람은 왜 신문에 자기 딸이랑 싸운 이야기를 쓰고 난리야" "일기에나 써라"라고 반응할 수 있어요. 맞는 말이죠. '아이와의 마찰'이라는 경험 자체는 글감이지 글이 아니고요, 경험을 의미화하는 해석 과정을 거쳐야 글이 됩니다. 아이의 입장과 처지를 상상해보고 자기 경험을 객관화하는 과정에서 독자가 생각할 만한 것들을 만들 수 있어요. 가령 '사이가 가까울수록 다 안다고 여기기 쉽지만 상대방의 입장에서 생각해보는 연습이 필요하구나' '자기 잣대로 남을 판단하는 건 폭력이구나' '아이를 사랑하는 건 내가 좋아 보이는 옷을 사주는 게 아니라 아이의 패션 취향이 생기도록 존중해주는 것이구나' 등등의 작은 깨달음 같은 거요. 딸이랑 다툰 일은 사적이지만 '부모와 자식의 소통'이란 소재는 육아서가 쏟아져 나올 만큼 중요하고도 공적인 이슈입니다. 그러니 뚝심 있게 써볼 수 있습니다.

읽을 만한 글을 쓰는 데 실패할 수도 있습니다. 그러면 그 글은 습작으로 두면 됩니다. 그래도 공적 글쓰기를 시도하고 실패하기까지 고심했던 과정은 몸에 남아 있겠죠. 다음에 비슷한 글이나 다른 글을 쓸 때 훨씬 수월해요. 세상 모든 문제는 다 연결되어 있으니까요. 시간 낭비는 아니라는 겁니다.

어떤 분이 이렇게 말했어요. "내가 진짜 쓰고 싶은 글은 '중년의 사랑'이야. 그런데 나 같은 무명 작가가 쓰면 아무도 안 읽을 테니까 우선 직업 이야기를 잘 써서 이름을 좀 알리고 독자를 확보한 다음에 진짜 쓰고 싶은 걸 쓰겠어"라고요. 이런 계획을 세운 분을 종종 봤어요. 그런데 '인생은 한 치 앞도 모른다'라는 말이 괜히 있는 게 아니에요. 자기 의지와 통제대로 살수 없잖아요. 유한한 시간 속에서 살고 있기에 진짜 쓰고 싶은 글을 먼저 써야 한다고 감히 주장하고 싶습니다. 그러면 최소한 나라는 최초의 독자에게는 읽히는 글, 만족스러운 글이 될 테니까요. 실패하더라도 자기답게 실패해야 후회가 덜하겠죠. 실체도 없는 대중의 비위를 맞추다가 이도 저도 안 될 수 있어요. 마치 우리의 고민을 아는 듯이, 우리 시대의 지혜자 박막례 선생님이 이런 말씀을 했습니다.

왜 남한테 장단을 맞추려고 하나. 북 치고 장구 치고 니 하고 싶은 대로 치다보면 그 장단에 맞추고 싶은 사람들이 와서 춤추는 거여.

자기 호흡과 리듬으로 쓰면 그 장단에 흥이 난 독자가 모일 테니 쓰고 싶은 글을 마음껏 써보면 어떨까요?

글쓰기에서 자료 찾기가
왜 중요한가요?

제 글쓰기의 첫 공정은 자료 조사입니다. 내 안에 들어 있는 것을 세상에 꺼내놓는 일이 글쓰기잖아요. 생각이든, 정보든, 느낌이든, 지혜든, 무엇이든지요. 가진 것이 없으면 내줄 것도 없겠지요. 반대로 자기가 많이 알고, 오래 붙들던 주제라면 그것에 관해 주제 장악력이 있겠고요. '아는 만큼 보인다'라는 말도 있듯이 알아야 씁니다. 그리고 글로 써봐야 내가 얼마나 아는지 무엇을 모르는지도 드러나고요.

저한테 "축구에 대해서 글 써라." 하면 못 쓰지요. 축구에 대해 아는 게 거의 없으니까요. 누군가 제게 "블랙핑크에 대해서 써라." 하면 뭐라도 쓸 수 있을 것 같아요. 적어도 멤버들의 얼굴과 이름을 알고, 다큐멘터리를 봤고, 음악을 좋아하고, 호감이 있으니까요. 의욕적으로 인터뷰 기사도 찾아 읽고 팬카페도 들어가보는 식으로 쓸 준비를 하겠지요. 그다음에 "책 읽기에 대해서 써라." 하면 이전 주제보단 더 수월하게 쓸 수 있습니다. 매일 보는 게 책이니까요. 잘 아는 주제로 글을 쓰면 자신감이 차오르진 않더라도 막막함은 덜해요. 자료 찾기는 자신감을 '셀프'로 충전하는 일이라고 볼 수 있습니다.

자유기고가로 기업이나 공공기관에서 만드는 간행물에 실리는 글을 쓸 때, 먼저 간행물의 기획자가 정한 주제를 받았습니다. "가야금 명인을 인터뷰해주세요." "연말정산에 대해 써보면 좋겠어요." "올해가 흰 소의 해니까 흰 소에 대해 써주세요." "요새 핫한 비건 식당이 많다는데, 망원동의 비건 식당 탐방기를 써보면 어떨까요?" 이렇게 글 청탁을 받으면 글을 써서 납품했어요. 5년 정도 이런 일을 하다보니 잘 모르는 주제를 두고도 기한 내 글을 써내는 순발력이 생겼습니다. 습자지처럼 넓고 얇은 지식만 있어도 꾀부리지 않고 자료를 열심히 찾으면 웬만한 글을 쓸 수 있겠다, 글이란 것은 어떤 사실을 토대로 필자가 재구성하는 일이다, 감각적인 글발을 발휘하는 게 아니라 탄탄한 자료로 내실 있게 글을 써야 한다는 감을 잡았죠.

제가 지금 쓰는 글은 주로 세 가지입니다. 단행본, 신문에 실리는 인터뷰와 칼럼, 청탁받은 원고. 그중 우리나라에 사는 미등록 이주아동에 관해 쓴 책 《있지만 없는 아이들》의 집필 작업을 예로 들어볼게요. 창비와 국가인권위원회에서 이 책의 집필을 의뢰했을 때는 정작 제가 미등록 이주아동의 존재에 관해 잘 몰랐어요. 그런데 국가인권위원회 담당자한테 이야기를 들어보니까 상황이 심각한 거예요. '미등록 이주아동'은 미등록 이주노동자, 즉 비자 기한이 만료되어 국내 체류자격을 상실한 이주노동자의 자식을 말해요. 어머니, 아버지가 미등록 상태라서 아이도 미등록 이주아동이 되는 거예요. 그런데 미등록 이주아동이 유엔인권아동권리협약에 의해서 고등학생 때까지는 국내에서 교육을 받을 수 있어요. 그런데 현실은 외국인등록증이 없어서 학교 홈페이지 가입, 핸드폰 구입, 의료보험 가입, 다 불가능합니다. 교육받을 권리는 있고 살아갈 권리는 없죠. 고등학교를 졸업한 후 불법체류 단속에 걸리면 강제로 출국해야 합니다. 부모를 따라 한국에 왔거나, 한국에서 태어나서 한국말을 쓰고 한국 음식을 먹고 한국 아이들이랑 놀면서 한국 학교를 다녔는데 '있지만 없는' 존재가 되어버린 아이들. 성장기 내내 투명 인간으로 불안한 생활을 하고, 성인이 되면 한국 밖으로 추방당하니까 삶이 불안정해요. 미래를 설계할 수도 없습니다.

이 모든 것이 부당하다고 생각했습니다. '이 아이들에게 인간답게 살 권리를 보장하라는 메시지를 세상에 전하기 위해서는 이 아이들의 존재가 드러나야 한다. 책으로 이들의 이야기를 써내자'라는 마음으로 집필을 결정했습니다. 계약서를 쓰고 집필 작업에 돌입했습니다. 가장 먼저 한 일은 책 구매죠. 관련된 책을 검색해보고 열 권가량 구매했습니다. 그리고는 읽어야죠. 관련 단체에서 발간한 자료집도 전달받아서 읽고요. 해당 이슈를 다룬 신문 기사도 스크랩해두고요. 미등록 이주아동에 관련된 사회적 맥락을 파악하고 관련 용어에 익숙해지며 인권에 관한 감각을 키웠습니다. 그래야 인터뷰할 때 아이들의 목소리를 온전하게 알아듣고 맥락을 파악해서 왜곡 없이 전할 수 있으니까요.

한 매체에 연재하는 편지 형식의 책 리뷰 칼럼 〈은유의 책 편지〉도 이렇게 씁니다. 이전에 못 해본 생각을 하게 하는 좋은 책을 읽으면 영감을 준 구절을 컴퓨터 파일에 정리해요. 윤이형 작가의 소설 《붕대 감기》를 읽고는 '붕대감기_자료'라는 이름의 파일을 만들었습니다. 인상 깊은 문장을 한 줄 한 줄 옮겨적었습니다. 그러면서 하고 많은 문장 중에 하필 왜 그 표현이 좋았는지 곰곰이 생각하죠. 내 경험과 연결하고 접목해서 문제의식으로 발전시킵니다. 본격적으로 칼럼을 쓰기 전에 자료를 정리하며 생각을 곱씹다보면 이런저런 글쓰기 아이디어가 떠오르기도 합니다.

자료 찾기 작업은 참 번거롭습니다. 체력과 시간을 많이 투여하니까요. 책 한 권을 읽기만 해도 시간이 많이 소요되고 다 읽은 책 내용을 일일이 정리하려면 손가락도 아픕니다. 그래도 이 과정이 선택 사항이 아니라 글쓰기의 필수 공정이라고 생각하면서 중단 없이 해냅니다. 김밥을 만들 때 장을 보고 시금치에 묻은 흙을 털어 씻고, 당근을 깎아서 채 치는 등의 손질을 안 할 수 없잖아요. 마찬가지예요. 재료 준비부터 정성스럽게 해놓아야 그 기운을 이어가 맛있는 음식을 완성하는 것과 비슷합니다.

어쩌면 자료 찾기 작업은 '대충하지 않겠다' '할 수 있는 한 최선을 다하겠다'라는 마음가짐에 관한 일이기도 합니다. 자료 찾기를 건성으로 하면 몸은 편해도 글을 쓰다 막히고, 자료 찾기를 탄탄하게 하면 몸은 힘들어도 비교적 수월하게 글을 마무리할 수 있습니다. 아는 만큼 보이고 느낀 만큼 쓸 수 있으므로, 손수 모아둔 자료의 양과 그것을 이해한 정도에 비례해 글 안에서 자유를 누릴 수 있을 겁니다.

첫 문장을 어떻게 쓰면
좋을까요?

하얀 화면을 보고 있으면 첫 문장을 어떻게 쓸지 캄캄해집니다. 모니터와 기 싸움 하는 시간을 가급적 줄이고 신속하게 뭐라도 써내려가는 결단이 필요하겠으나, 뜻대로 되진 않습니다. 이럴 때 저는 글 속으로 들어가는 주문을 외웁니다. '예술하려고 하지 말자. 일단 아무 문장이라도 쓰자.' 첫 문장은 빨리 쓰는 게 좋습니다. 그런데 왜 첫 문장을 빨리 쓰는 일이 어려울까요?

《쓰기의 말들》 서문의 첫 문장을 이렇게 썼어요. "나는 글쓰기를 독학으로 배웠다"[3] 라고요. 사실입니다. 제도 교육기관이나 사설 학원에서 배우지 않고 그냥 혼자 쓰기 시작했어요. 지금 맞게 쓰고 있는지 아닌지 잘 모르니까 글쓰기 책을 주로 참조했습니다. 직업인으로서 글쓰기를 시작한 2000년대 초반에는 글쓰기 책이 지금처럼 많지 않았어요. 대형서점에도 폭이 약 1미터인 책꽂이 하나에 글쓰기 책이 전부 들어갈 정도였죠. 그 책들을 짬짬이 거의 다 읽어봤어요. 그런데 글쓰기 책마다 첫 문장의 중요성을 강조하더라고요. 지금도 잊을 수 없는 표현이 있습니다. "첫 문장은 신의 선물이다." 강렬했죠. 도대체 얼마나 어마어마한 영감을 받아야 쓸 수 있는 건지 생각하며 기가 죽기도 했어요. 신의 계시 같은 문장을 써야 한다는 생각에 사로잡혀 첫 문장 쓸 때 진을 참 많이 뺐는데요, 지나고 나니 후회됩니다. 그냥 쓰기도 어려운 첫 문장을 신의 선물같이 써야 한다니까 얼마나 위축됩니까. 세 줄 쓰는 데 세 시간 걸리곤 했죠. 그땐 좋은 글을 쓰기보다 멋지고 근사한 문장을 쓰려는 욕심이 과했던 것 같아요.

지금은 잘 쓰려고 하지 않고 일단 첫 문장을 빨리 쓰자는 마음으로 글쓰기를 시작해요. 글쓰기를 등산에 비유하자면 첫 문장은 그냥 첫걸음이거든요. 북한산을 땅에서 올려다보며 '저길 언제 올라가' 하고 있으면 막막한데, 일단 첫발을 떼서 가다보면 정상에 와 있듯이 글쓰기도 그런 것 같아요. 첫걸음을 떼는 기분으로 첫 문장을 쓰는 거죠.

《쓰기의 말들》에는 백네 편의 짧은 에세이가 실려 있는데요, 첫 번째 글의 첫 문장은 이렇습니다.

미련하게 잘도 참았네요. 첫 아이를 낳는 날, 산통이 시작되어 병원에 갔을 때 의사가 몸속에 손을 쑥 집어넣더니 한 말이다.[4]

이 첫 문장은 의사의 말을 인용했죠. 이렇게 누군가의 말을 직접 인용하는 것도 글의 문을 여는 좋은 방법입니다. 글의 몰입도를 높여서 생생하고 구체적인 상황에 바로 독자를 데려갈 수 있습니다. 단, 유의할 점이 있어요. 인용문이 주제랑 관련 있는지 살펴보는 겁니다. 이 글은 '미련하게 잘 참는 성정이라서 글쓰기를 했다' '글쓰기는 나만의 속도로 하고 싶은 말을 안전하게 하는 수단이었다'라는 내용이기에 저런 첫 문장을 썼습니다.

또 하나의 예문을 이 책의 다른 글에서 살펴볼게요.

천장이 높고 내부가 넓어 오래 있어도 답답하지 않고 눈치도 주지 않고 오늘은 일찍 나오셨느냐며 진한 커피 내려 주는 선한 바리스타도 있고 심지어 화장실도 깨끗한 그 카페에 내가 아끼는 자리가 있다.[5]

위 글의 첫 문장은 묘사형입니다. 카페 내부와 분위기를 묘사했죠. 어떤 장소를 묘사하는 표현도 첫 문장이 될 수 있어요. 독자가 영화의 한 장면을 보는 듯 글 속으로 자연스럽고 편안하게 들어갈 수 있습니다. 다만 장황하게 묘사하면 독자가 글의 시작부터 지루하다고 느낄 수 있습니다. 첫 문장부터 다섯 줄이 넘어가도록 이 글에서 하려는 말이 무언지 나오지 않으면 독자가 글에서 나가버릴 수도 있어요. 묘사를 위한 묘사가 되지 않도록 주의하셔야 하고요.

또 다른 첫 문장을 보죠.

부모 교육을 위한 글쓰기 수업 첫 시간. 돌아가면서 자기소개를 하는데 "글쓰기 수업인 줄 모르고 왔어요" "저한테 아무것도 시키지 말아주세요" 한다.[6]

이 첫 문장은 다소 충격적인 말과 상황을 담고 있죠. 제가 이날 글쓰기 강연에서 저 말을 듣고 굉장히 놀랐거든요. 흔치 않은 발언이었고, 수업을 마치고도 자꾸 생각이 났습니다. 이렇게 제겐 낯선 상황이 글감이 되는 경우가 자주 있어요. 강렬한 경험 자체가 글이 되는 건 아니고요. 경험을 통해 얻은 생각을 나누려고 글을 썼기에 저 말을 첫 문장으로 표현했어요.

이렇듯 "글의 시작 부분을 쓰는 게 어려워요"라는 질문을 받으면 저는 "인상 깊었던 상황에서 시작하세요"라고 주로 답해드려요. 대개는 나를 스친 타인의 말이나 상황이 엇비슷한데, 이례적인 경우가 발생하죠. 낯선 상황이 독자에게도 새로운 이야기로 다가가 호기심을 불러일으킬 수 있습니다. 그런데 시작만 강렬하고 별 내용은 없는 용두사미 글이 되지 않으려면 첫 문장이 초래한 상황에서 메시지를 잘 추출해내야겠죠.

— 소설가랑 시인이 술을 마시면 소설가는 자정쯤 귀가하고 시인
은 동틀 때까지 있다고 한다.[7]

— "인생은 미친 짓의 기억으로 위대해진다."[8]

어딘가에서 보거나 들은 말을 인용하여 쓴 첫 문장입니다. 이런 식으로 글과 관련된 속담이나 유행 가사, 유명한 금언이나 시구, 구전되는 말을 첫 문장으로 쓰는 방법도 있습니다. 앞서 보여드린 글 〈김장 버티기〉에서도 문태준 시인의 시 〈빈집의 약속〉에서 "마음은 빈집 같아서 어떤 때는 독사가 살고 어떤 때는 청보리밭 너른 들이 살았다"[9]라는 구절을 인용했어요. 독자에게 예고 없이 선언하듯 다가가는 문장은 카리스마가 있어요. 삶의 본질이나 단면을 함축적으로 담아낸 밀도 높은 문장은 독자의 정신을 환기시키죠. 재미, 지혜, 통찰을 선물한다는 점에서 유혹하는 첫 문장이 될 수 있습니다.

마지막 예시입니다.

나는 언제 좋은 사람이 되고 언제 나쁜 사람이 되는지 나이를 먹으면서 알게 됐다.[10]

이 첫 문장은 글의 주제를 함축한 경우예요. '나는 배고플 때 나쁜 사람이 되고 글 쓸 때 좋은 사람이 되더라'는 내용을

전개하는 글이었거든요. 두괄식 구성이죠. 핵심 메시지가 첫 문장으로 나오고 이후에 메시지를 논증하는 식으로 글을 안정적으로 전개할 수 있습니다. 첫 문장에 드러난 주제에 관심 있는 독자라면 이후의 글을 작정하고 읽을 테고요. 메시지를 처음부터 드러내서 자칫 글에 대한 독자의 흥미를 떨어뜨릴 우려가 있지만, 결론을 알고 봐도 재밌는 드라마가 있듯이 두괄식으로 글의 핵심을 담은 첫 문장 이후 내용을 찬찬하게 잘 채워주면 되겠지요.

첫 문장은 중요합니다. 아니, 글쓰기에서는 모든 문장이 중요해요. 제가 생각하는 잘 쓴 글은 뺄 문장이 하나도 없는 글이거든요. 그러니 첫 문장도 중요하죠. 특히 첫 문장에는 글의 방향이나 주제에 대한 힌트가 있어야 합니다. 그 글을 읽고 싶게 만드는 막중한 임무를 지닌 문장이기 때문에 글을 쓰고 나서 나중에 고치며 더 낫게 만들면 됩니다.

이렇게 말해볼까요. "첫 문장은 신의 선물인 게 아니라, 나의 선택이다." 내가 쓴 첫 문장을 나중에 수정할 수 있다고 생각하면 부담을 좀 덜 수 있죠. 실제로 저도 글을 다 쓴 뒤 어색하거나 빈약하게 느껴지는 첫 문장을 바꿉니다. 그러니 빈 문서 앞에서 겁먹지 마시고요. 인용하기, 상황을 묘사하기, 주제를 함축하기 등 첫 문장 쓰는 방법을 하나씩 적용해보세요. 그렇게 어서 첫 문장을 타고 글쓰기의 세계로 들어가시길 바랍니다.

화자의 시점을
일인칭과 삼인칭으로 설정할 경우,
장단점은 각각 무엇인가요?

이번에는 시점에 대한 이야기입니다. 글쓰기에서 화자의 시점을 일인칭과 삼인칭으로 설정할 경우 각각의 장단점을 말해보고자 하는데요. 쉽게 말해 일인칭은 '나는……' 이라며 화자의 시점에서 서술하는 방식이고, 삼인칭은 '그는…….' '김여름 씨는…….' 이렇게 나와 너, 우리가 아닌 제3자 타인의 시점에서 문장을 쓰는 방식이죠. 저는 소설에서 삼인칭을 주로 쓰고 산문에서 일인칭을 주로 쓴다고 생각할 정도로 시점 설정에 무심했어요. 언젠가 "삼인칭 단편소설을 써봐야 정말 소설가가 되는 거다"라는 말을 들었던 기억도 나요. 글쓰기를 통해 나를 벗어나서 타인이 되어보는 게 그만큼 고난도 작업이란 뜻으로 이해했습니다.

그래서 산문을 쓸 때는 주로 일인칭으로 쓰고, 르포를 쓸 때는 주로 삼인칭으로 썼죠. 비문학에서 일인칭은 자기 이야기니까 필자가 편안하게 쓰고, 독자도 편안하게 읽는다는 장점이 있어요. 독자가 필자에게 감정을 동일시하기가 비교적 쉽기 때문입니다. 삼인칭의 장점은 필자가 거리를 두고 상황을 쓸 수 있다는 점이예요. 문장의 주어를 '나는'이라고 쓰기보다 '김은유는' 이런 식으로 쓴다면 자신의 이야기라도 다른 인물의 일을 묘사하듯 조금 더 객관적으로 상황을 쓰게 되죠. 각 시점의 장점이 다른 시점의 단점이 되기도 하고요.

그런데 문학, 비문학 등 장르를 불문하고 다양한 책을 읽다 보니, 삼인칭이라고 꼭 객관적이고 일인칭이라고 반드시 주관적이지는 않더라고요. 다시 말해 글쓰기에선 몇 인칭으로 시점을 썼는지가 중요한 게 아니라, 개인이 아닌 보편의 이야기로 얼마나 힘 있게 사회문화적 관점으로 풀어냈는지가 더 중요하다는 것입니다. '나'로 시작하지만 혹은 '김순자'로 시작하지만, 글을 다 읽은 독자의 머릿속에 특정 인물만이 아니라 메시지가 남아야 좋은 글이라고 생각합니다.

개인의 이야기가 아닌 보편의 이야기로 읽히는 글을 어떻게 쓸까요? 방법은 주어를 반복적으로 쓰지 않는 것입니다. 예를 들어볼게요. 제가 《글쓰기의 최전선》 서문에 〈나는 왜 쓰는가〉라는 글을 썼어요. 조지 오웰의 산문 제목에서 제목을 차용했고, 왜 글을 쓰게 됐는지를 짚은 산문이에요.

일과 사랑은 동시에 왔다. 결혼을 하고 노동조합 활동에서 지점 업무로 돌아갔다. 맞벌이가 시작되었다. 가사노동의 최종 책임자는 자연스레 내가 되었다. '돕는 위치'에 자리한 남편에게 편지를 써서 불만을 토로하고 출퇴근 길 차에서 여성주의 책을 읽어주면서 소통을 도모했다. 아이를 낳고 기르는 일은 행복했으나 뭔가 좌우 발목에 족쇄가 채워진 것 같았다. 나의 행복과 가족의 행복은 시시 때때 충돌했다. 아이를 집에 두고 내가 강의를 듣거나 영화를 보는 게 못할 짓 같았으니 '나답게' 살기 위한 선택에는 묘한 죄의식이 따랐다. 이 감정의 정체가 뭘까.[11]

일인칭 시점으로 쓴 글인데요. "가사노동의 최종 책임자는 자연스레 내가 되었다"라는 문장에만 '나'라는 주어가 있어요. 글을 읽은 사람의 머릿속에는 사람만 남는 게 아니라 특정 상황이 그려져요. 그 장면에 독자는 자신을 대입하며 글을 읽습니다. '이거 내 이야기다' 하며 감응하게 되죠.

2015년 노벨문학상을 받은 스베틀라나 알렉시예비치의 《체르노빌의 목소리》라는 작품이 있습니다. 단지 체르노빌 원자력 발전소에 가까이 있다는 이유만으로 국가적 재난을 당한 벨라루스 사람들의 이야기를 들려주죠. 저자는 이 책을 쓰기 위해 무려 10여 년에 걸쳐 100여 명을 인터뷰했습니다. 인터뷰이의 목소리를 일인칭으로 표현했어요. 작가가 개입하지 않아요. 다 읽고 나면 굉장한 느낌에 압도됩니다. 이 책을 읽고 일인칭, 삼인칭 시점에 관한 편견이 사라졌어요. '만약 이 책을 삼인칭으로 썼으면 어땠을까? 상황을 객관적으로 이해하기보다 스베틀라나 알렉시예비치만 인상에 남았을지도 모르겠다'라는 생각이 들었죠. 글에서 저자가 뒤로 사라지고 사건 당사자의 목소리가 일인칭으로 나오니까 책에 나오는 인물과 독자인 저 사이에 정서적 밀착감이 컸습니다.

그래서 저도 《알지 못하는 아이의 죽음》을 쓸 때 그동안의 르포 작업과 다르게 일인칭 시점으로 시도해봤어요. 처음엔 확신이 없고 불안하니까 삼인칭 시점으로도 써보고요. 원고 한 편을 일인칭, 삼인칭 두 가지 버전으로 써서 편집자랑 의논했죠. 뭐가 더 나을지 고민했고 인터뷰이의 목소리만 오롯하게 담아낼 때 메시지의 진실도가 더 높아진다는 판단이 들어서 일인칭으로 쓰자고 정했습니다. 책이 나온 뒤, 몰입해서 읽었다는 독자의 반응이 많았어요. 메시지 전달력이라는 측면에서 더 효과적이었다고 자체 평가하고 있습니다. 그렇다고 일인칭이 진리라며 안주하는 게 아니라 나중에 다른 르포를 쓸 기회가 생기면 삼인칭으로 써보고 싶어요. 어떤 시점으로 쓰는 게 적절한지는 글마다, 주제마다 다르니까요.

모든 법칙과 상식을 의심해봐야 합니다. 그러니 일인칭과 삼인칭 각각의 장단점에 얽매이기보다 각각 써보고 어떤 시점이 이번 글에 맞을지 판단해보세요. 우리는 무엇을 쓸 수 있고 무엇을 쓸 수 없는지 모르니까요. 한 편씩 새로운 시도를 해보고 진리를 찾아내고 그렇게 발견한 진리를 또 과감히 버리는 용기로 글쓰기에 임한다면, 혹여 남들이 보기엔 망했어도 최선을 다했기에 덜 부끄러운 글을 써내지 않을까 생각합니다.

어휘력과 글쓰기 테크닉이 부족해요.
그래도 글을 쓸 수 있나요?

김포의 꿈틀책방에 갔다가 책을 한 권 사왔어요. 《황현산의 사소한 부탁》이란 책입니다. 지금은 고인이 되신 황현산 선생님은 문학평론가이며 불어불문학과 교수였고 많은 문인과 독자의 존경을 한 몸에 받았습니다.

저는 사유를 밀고 나가는 힘이 어휘의 적절성에 있다는 걸 황현산 선생님의 글에서 배웠어요. 어휘가 화려하지 않은데 쓰임이 적절하고, 문장이 담백하며 흐름이 유려해요. 한 줄 한 줄 읽다보면 끝까지 읽게 됩니다. 비결이 뭘까 싶어서 글을 이리 보고 저리 보면서 연구해보기도 했는데요, 잘 모르겠지만 글쓰기에서 테크닉이나 화려한 수사가 중요하지 않다는 사실을 발견했습니다. 황현산 선생님의 글을 보여드릴게요.

인터넷 문화를 진심으로 바로잡고 싶다면 질이 좋은 콘텐츠를 그것도 대량으로 제공하는 길밖에 다른 방책이 없다. 물론 비용이 드는 일이다. 그러나 무엇을 위한 것인지도 아리송한 저 거창한 토목공사에 비하면 사실 과자값에 불과하다. 높은 자리에 있는 한 사람이 그 일이 중요하다고 생각만 하면 될 일이다. 그런데 이렇게 말하고 보니 역시 어려운 일이다. 높은 자리에 있는 사람이 왜 갑자기 그런 생각을 하겠는가.[12]

특별한 어휘가 있진 않죠. 외려 "아리송한" "과자값" 같은 단어들은 소박하죠. 주장이 강하지 않아서 더 잘 스며요. 저였다면 어떻게 썼을까요. '무엇을 위한 것인지도 모르는 저 쓸모없는 토목 공사' 정도로 표현하지 않았을까요. '쓸모없다'는 글쓴이의 부정적인 판단이 드러나죠. 독자의 생각을 막는, 닫힌 표현입니다. 한편 황현산 선생님이 쓴 "아리송한"이라는 표현이 독자 입장에서 부드럽게 느껴져요. 저는 "아리송한" 같은 평이한 단어가 문체를 만든다고 봐요. 독자는 그렇게 한 단어 한 단어 스미듯이 글을 따라가다가 마지막 문장에 허를 찔리죠. "높은 자리에 있는 사람이 왜 갑자기 그런 생각을 하겠는가"라는 표현은 사유의 전복을 일으킵니다.

제가 쓴 글도 예로 들어보겠습니다. 책 만드는 젊은 출판노동자들을 인터뷰한 책《출판하는 마음》의 서문인데요. 작가가 넘긴 원고가 책 한 권으로 세상에 나오기까지 누구의 어떤 수고를 거치는지 보이지 않는다는 내용입니다. 이번 글에서는 어떤 단어를 주로 썼는지 한번 살펴보세요.

책만 그런 게 아니다. 자본주의 사회의 세포 격인 상품을 우린 거의 모르고 사용한다. 농사짓는 과정을 경험하지 못하고 쌀을 얻어 밥을 먹고, 옷 만드는 사람의 처지와 얼굴을 모르고 옷을 사서 입는다. 결과물만 쏙쏙 취하니까 슬쩍 버리기도 쉽다. 그렇게 편리를 누릴수록 능력은 잃어간다. 물건을 귀히 여기는 능력, 타인의 노동을 존중하는 능력, 관계 속에서 자신을 보는 능력.[13]

이 글에서 눈에 띄는 어휘는 "자본주의 사회의 세포" 정도 같아요. 이 표현은 마르크스의 글에서 얻어왔습니다. 마르크스가 상품을 '자본주의의 세포'라고 하거든요. '옷 만드는 사람이 누군지 모르고'라고 썼다가 무엇을 모른다고 하는지 뜻하는 바가 모호해 보여서 "처지와 얼굴을 모르고"라고 바꿨어요. 글쓰기에서 어휘를 다채롭게 사용하는 것도 좋지만 무엇보다 사실과 현상을 정확하게 견인하는 게 훨씬 중요합니다.

이번에는 학인의 글을 예로 들어볼게요. 글쓰기 수업에서 학인들이 제출한 과제를 보면 어휘 구사력이나 문체가 멋진 글보다 평소에 못 해본 생각을 하게 해주는 글, 남다른 사고력을 표현한 글이 좋다는 걸 알게 돼요.

— 좋은 애인을 찾지 말고, 좋은 '사람'을 찾으면 되는구나 깨달았다.

— 내가 필요한 건 내가 선택한 가족이었다. 그 사람이 꼭 사랑하는 사람일 필요는 없었고, 그 방식이 결혼일 필요도 없었다.

— 내 인생에 남편 자리 대신 '동반자' 자리를 만들기로 결정한 것이다.[14]

좋은 남자친구에서 좋은 애인으로, 좋은 애인에서 좋은 사람으로. 단어 하나만 바꿔도 이성애 중심의 관습적 사고가 깨집니다. 인간은 혼자 살 수 없고 우리에겐 좋은 남편 혹은 아내가 아니라 반려 존재가 필요하다는 이야기로 확장했죠. 저 문장에는 "동반자"라는 표현을 씀으로써 해당하는 존재가 사람, 동물 등으로 훨씬 다양해집니다. 여러 존재를 품는다는 점에서 다정하고 넉넉한 좋은 글이 됩니다.

다음은 발달장애 아이를 양육하는 학인의 글입니다.

퇴근 후에, 오후 반차를 내가며 열심히 아이를 치료실에 데리고 다녔다. 그렇게 밖으로는 엄마로서의 책임과 의무를 성실히 수행하면서 안으로는 매 순간 수치심과 싸우느라 에너지를 소진했다. 아이와 함께 있을 때 나는 곧잘 주눅 들고 위축됐다. 지하철과 버스와 공원에서, 내 아이로 인해 비장애인들이 불편할까 봐 눈치를 보고 미안해했다. 타인들 속에 있을 때, 자꾸 아이를 숨기고 싶었다.

그럴 때면 아이에게 미안한 마음이 들었고, 같은 무게로 나를 미워하는 마음도 커졌다. 그렇다고 아이를 사랑하지 않은 건 아니었다. 그런데 어떤 사람을 사랑하면서도 그 사람을 부끄러워할 수가 있나? 누군가를 부끄러워한다면 그건 사랑이 아니지 않나? 내 안의 모순에 휘둘리며 싸우느라 아이와 눈 맞추고, 웃어주지 못한 세월이 길었다. 그러느라 나름의 속도로 자라고 적응하며 자기 삶을 살아가고 있는 아이는 보지 못했다.[15]

이 글을 읽고 "어떤 사람을 사랑하면서도 그 사람을 부끄러워할 수가 있나?"라는 문장에 밑줄을 그었어요. 장애에 대한 편견과 싸워나가다 발견한 자기모순을 응시한 대목으로, 글의 중심 문장으로 보였습니다. 어휘력이나 별다른 글쓰기 테크닉이 아니라 깊은 사유에서 절로 우러나온 표현이죠.

글을 쓰며 어휘력이나 문체의 빈약함이 문제라고 느낄 수도 있지만, 일상어로도 충분히 깊이 있는 글쓰기가 가능합니다. 어휘가 화려한데 남는 게 없는 외화내빈 글을 더욱 경계해야 한다고 생각해요. 이를 문학적으로 표현한 글이 있어요. 이영광 시인이 자신의 페이스북에 올린 글입니다.

'당신은 연인이라는 인연이었으나 당신은 인연이라는 연인이 되어⋯⋯.'

새벽에 꿈에서 깨어 이런 문장을 떠올려봤다. 내가 내 머리로 생각한 문장이지만, 책임질 수는 없는 문장이라는 생각이 든다. 길에서 주운 돈 가방을 파출소에 가져다줘야 하는 때처럼, 내려놔야 하는 문장 같다. 그럴싸한 생각들이 다 내 것이 될 수는 없다. 주중에 샀다가 주말 저녁에 구겨버리는 로또 복권 같은 것들. 이 문장을 내 인생이 소화시키지 못한다.[16]

글 쓰는 사람은 어휘력을 키워야 합니다. 그러나 영단어 1만 개를 외우듯이 우리말 단어를 외운들, 적절한 쓰임을 찾아 쓰지 못한다면 소용이 없겠지요. '아리송하다' '처지' '세포'라는 단어를 우리가 몰라서 못 쓰진 않아요. 글을 쓸 때 마침 떠올라서 단어를 배합하고 언어를 조탁해야 하는데, 그러려면 평소 말할 때도 이 단어, 저 단어를 사용하는 데 익숙해지는 연습이 필요합니다. 이미 아는 단어를 '나는 모른다'는 생각으로 사전을 찾아보고 일상에서 써보기를 반복하다보면 글을 쓰다가 적절한 단어가 불현듯 떠오를 것입니다.

글에서 부사와 형용사를
모두 빼야 하나요?

워낙 돌아다니는 걸 좋아하기도 하고, 강연하는 일로도 다른 지역에 갈 일이 많습니다. 낯선 동네에 가면 간판을 유심히 봅니다. 저마다 자기를 내세우는 형형색색의 말들. 소리 없는 아우성의 깃발이 펄럭이는 모습처럼 보입니다. 그중에서 어떤 단어의 짜임이 눈에 띄는지, 글쓰기 차원에서도 살펴보게 되더라고요. 최근에는 '따뜻한 국밥 한 그릇'이란 가게 간판을 봤어요. 저도 모르게 '"따뜻한"을 빼면 더 좋지 않을까' 하고 머릿속으로 간판의 상호명을 수정해봤습니다. 국밥은 원래 뜨겁잖아요. '차가운 팥빙수'라고 하지 않듯, '뜨거운 국밥 한 그릇'보다 '국밥 한 그릇'이 간결해서 울림도 있고 나아 보였어요.

글쓰기를 본격적으로 시작했을 때는 잘 쓰고 싶은 마음에 무조건 단어를 덧붙이고 부연하고 강조하는 문장을 썼어요. '덧셈의 시기'였죠. 어느 정도 글을 쓰다보니까 중언부언하듯 더한 표현이 외려 본뜻을 가린다는 사실을 자각했죠. 그다음부터는 뺄 궁리를 했어요. '뺄셈의 시기'로 전환됐죠. '무얼 빼야 글이 더 명료해질까?' '이 표현이 글에 꼭 필요한가?' 퇴고

할 때 불필요한 단어와 표현을 넣진 않았는지 의심하면서 골라내요. 그러다보면 가장 먼저 지우는 것이 습관적으로 쓴 형용사나 부사예요. '따뜻한 국밥'의 "따뜻한"이나 '빠르게 내달렸다'의 "빠르게"와 같이 동어반복이거나 불필요한 수식이요.

부사나 형용사를 적절히 빼야 글이 좋아지는 이유가 있습니다. 형용사는 명사를, 부사는 동사를 꾸미잖아요. '휘영청 밝은 달.' '빠르게 뛰었다.' 이런 식으로요. 자칫 동어반복이거나 상투적 표현이 되기 쉽죠. 전달해야 할 정보를 생략하기도 합니다. '나는 물을 많이 마신다'보다 '나는 하루에 1.5리터를 마신다'가 더 정확하게 표현한 문장이죠. '많다'의 기준은 저마다 다릅니다. 형용사가 정보의 자리를 대신하면 상황의 고유성을 드러내지 못한 예입니다. 문학평론가 황현산 선생님도 부사의 일종인 첩어를 과하게 쓰는 문제를 이렇게 지적합니다.

글에 의성어와 의태어를 많이 쓰게 되면 글 쓴 사람의 사고가 너무 단순하거나 게으른 것은 아닌지 의심이 들 수 있다. 이런 말들은 글에 현실감을 주는 듯하면서도 실제로는 구체성을 없애는 경우가 적지 않기 때문이다. '숲에 바람이 살랑살랑 분다'고 말할 때 '살랑살랑'은 바람의 세기와 성질을 어느 정도 전달하지만 그 바람을 개별화해주지는 않는다. '살랑살랑'을 쓸 수 있는 바람은 많지만 글 쓴 사람이 표현하려고 하는 바람, 그 시간 그 숲에 불었던 바

람은 유일한 바람이다. 똑같은 바람이 두 번 다시 불지는 않는다.[17]

저는 이 글을 읽었을 때 "똑같은 바람이 두 번 다시 불지는 않는다"라는 문장이 몸에 감겨서 한 번 더 소리 내어 발음해 보았네요. '같은 강물에 두 번 발 담글 수 없다'는 그리스 철학자 헤라클레이토스의 말도 떠오르고요. 자연과 만물은 변한다는 뜻입니다. 글 쓰는 일이 존재를 선명하게 드러내는 일인데, 제각기 고유한 것들을 수많은 '살랑살랑' 속에 묻지 않아야겠지요.

특히 접속 부사, 즉 접속사는 어떨까요? 글에 논리를 부여하는 과정에서 '그래서' '그리고' '그런데' '그러므로'와 같은 접속사를 쓰게 되는데요. 논리로만 글을 끌고 가기보다 리듬을 만들어야 글맛이 살아난다고 생각합니다. 접속사가 많은 글을 읽다보면 독자의 생각이 글의 흐름을 따라 자연스럽게 흘러가지 못하고 접속사에서 탁탁 걸리고 끊어지거든요. 그렇다고 처음부터 접속사 없이 쓰려면 의식되고 부담스러워서 아예 글을 쓰지 못하게 되니, 저는 일단 초고는 경계심 없이 쓰고 퇴고할 때 내용을 이해하는 데 무리가 없다면 접속사를 빼는 식으로 씁니다. 물론 과도한 사용을 자제할 뿐, 문장과 문장의 연결이 어색할 땐 접속사를 써야죠.
여기까지 설명하고 나니 접속사를 비롯한 부사 그리고 형용사를 여름철 모기를 대하듯 잡아 없애자고 말한 것 같은데요. 잘 쓴 부사와 접속사가 얼마나 글맛을 살려주는지도 말씀드리겠습니다. 글 잘 쓰는 작가들은 형용사와 부사를 능숙하게 부려요. 《시와 산책》을 쓴 한정원 작가도 그런 분이죠. 한 구절을 보여드릴게요.

> 몸을 단번에 일으키고 커튼을 걷으면 아, 눈이 거기 있다. 창을 내내 올려 보다가 내 얼굴이 뜨자마자 환하게 웃으며 손바닥을 힘차게 흔드는 애인처럼.
> 눈을 그렇게 발견하는 날은, 사랑을 발견한 듯 벅차다.[18]

"단번에" "환하게" "힘차게"와 같이 부사와 형용사가 거듭 나오지만 거슬리기보다 말의 운율이 느껴지고 영화의 한 장면이 눈앞에 환하게 그려지는 듯했어요. 글의 흐름을 타고 읽어 내려갔습니다. 그러니 부사와 형용사를 빼더라도 무엇을 위해 빼고 있는지, 간결한 게 아니라 앙상한 글을 만드는 건 아닌지 한 번 더 살펴보세요. '글에서 부사와 형용사, 접속사 빼라'라는 주장 뒤에 감춰진 속뜻은, 단순하고 모호하며 표준화된 글을 만들기도 하는 부사와 형용사, 글의 흐름을 이어주는 게 아니라 흐름을 끊어버리는 접속사를 남용하지 않게 주의하라는 뜻입니다.

글을 쓰다가 막힐 때
어떻게 돌파구를 찾을 수 있을까요?

"글을 쓰다가 막힐 때 어떻게 돌파구를 찾을 수 있을까요?"라는 질문을 받을 때 좀 멋쩍습니다. 저한테도 가장 어려운 문제라서요. 이 책의 원고를 쓰면서도 자주 막혀서 쩔쩔맸습니다. 흔히, 말하듯이 쓰라고 충고하죠. 그런데 선거에 출마한 정치인처럼 전략적이고 적확한 표현을 늘 준비하진 않아서, 글쓰기 초보자가 말하듯이 쓰면 십중팔구는 횡설수설하는 글이 되어버립니다.

글쓰기에 몰입하다보면 정작 메시지를 놓치고 다른 이야기를 쓰는 데 열중하는 모습을 뒤늦게 발견하기도 합니다. 이 책의 원고도 쓰다가 막히면 서두로 돌아가서 질문이 뭐였는지 되짚어봤어요. 한 번씩 글의 메시지를 스스로 환기하는 거죠. 다시 말해 글을 쓰다가 막힐 때 돌파구를 찾는 방법은 '글에서 하려는 말이 무엇인지 떠올려보라'는 것입니다. 글쓰기의 주제와 방향을 확인하고 나면 필요한 자료를 찾는다든가, 자기 의견과 생각의 근거를 들여다본다든가, 비슷한 주제로 다른 사람이 쓴 글을 읽어본다든가 하는 식으로 품을 들이는 겁니다.

그 과정에서 실마리를 찾기도 합니다.

그런데 아무리 노력해도 쓰다가 막힌 부분이 안 풀릴 때가 있어요. 이럴 때 저는 글을 묵혀둡니다. '방치한다'가 아니라 '묵혀둔다'입니다. 한글 파일은 닫아도 생각은 열어둬야죠. 제가 애용하는 방법이기도 해요.

《다가오는 말들》 중 〈그렇게 당사자가 된다〉라는 글도 그렇게 썼습니다. 몇 년 전, '성착취 피해 아동·청소년 오늘' 전시회에 갔어요. 토크 콘서트 첫 날, 주최 측인 십대여성인권센터의 조진경 대표님이 이런 발언을 했어요. 성매매를 하면 '쉽게 돈 번다'는 비난을 받는 탈가정 아이들이 어려서부터 가정폭력이나 학대를 당했고, 살려고 집을 나와서 먹여주고 재워주는 사람을 따르다가 피해받는 구조이니 '성매매'가 아니라 '성착취'라고 불러야 한다고요. 평소 관심 있는 문제라서 몰랐던 이야기는 아닌데 새삼 그날따라 '성착취'라는 말이 와닿았어요. 그야말로 '다가오는 말'이었죠. 언어가 인식을 규정하므로 정확한 언어를 써야겠다, '성매매'라는 말이 폐기되고 '성착취'라는 말이 널리 쓰이는 게 문제 해결의 시작이겠구나 하는 생각이 들었습니다. 당시 칼럼을 연재하던 매체 지면에 저 이야기를 써보기로 결심했습니다. 그런데 200자 원고지 8.5매에 설득력 있게, 들릴만 한 이야기로 어떻게 담아내느냐가 관건이었습니다. 사회구조적 모순이 얽힌 고질적 사안일수록 글로 다루기가 어려워요. 문제니까 문제라는 식으로, 누구나 지적하는 수준에 그칠 우려가 있죠. 제가 늘 강조하는 말이 있습니다. '맞는 말로 사람을 설득할 수 없다.' 그런데 제가 그렇게 썼더라고요. 저 혼자 심각한 어투로 '이 아이들은 성착취 산업의 피해자야'라고 말하는 호소문처럼 되어버린 거예요. 그래서 글쓰기를 멈췄어요. '묵혀두자' 하고요.

다음 날, 장을 보러 갔는데 마트 앞에 먹거리를 파는 미니트럭이 있었어요. 제가 붕어빵, 호떡, 호두과자 같은 길거리 음식을 좋아해서 잘 사먹곤 하거든요. 그날도 반갑게 붕어빵을 사러 갔다가 막힌 글의 돌파구를 찾았어요. 닫았던 파일을 열고 이어 썼습니다.

찬바람 불자 동네마트 앞에 미니트럭이 등장했다. 붕어빵집인 줄 알고 들어갔는데 호떡집이다. 호떡을 사며 혹시 붕어빵은 안 팔 계획인지 물었다. 아저씨는 고개를 젓더니 "에유, 반죽하면 어깨 나가요. 그거 못해서 이제 호떡이랑 핫도그만 팔아" 한다. 게다가 붕어빵이 다 프랜차이즈라서 떼고 나면 남는 게 없단다. 핫도그랑 호떡에 승부를 걸고 있으니 꼭 맛을 평가해달라고 아저씨는 신신당부했다.

세 가지 사실에 놀랐다. 붕어빵에까지 자본 시스템이 침투했으며, 누런 주전자에서 수도꼭지의 물줄기처럼 흘러나오는 흰 반죽은 극한 어깨 노동의 산물이었고, 호떡 레시피도 계속 업데이트된다는 것. 세상에 쉬운 일 없다고 말하면서도 난 붕어빵 장사를 만만하게 여긴 듯하다. "퇴직하고 농사나 짓겠다"는 말이 농사에 문외한이어서 가능하듯, 관용구처럼 쓰는 "붕어빵 장사라도" 역시 무지에 기반한 소행이었다.

다음 문단에 자연스럽게 '성착취 피해 아동·청소년 오늘' 전시회에 다녀온 이야기를 썼고요. 이렇게 글을 마무리했어요.

당장 붕어빵을 안 먹어도 붕어빵이 어떻게 만들어지는지 알아야 타인의 노동을 함부로 폄하하지 않을 수 있다. 성 구매자들이 "내 돈 내고 내가 한다는데"라며 죄책감 없이 취약한 아이들의 몸과 마음에 대한 통제권을 행사하려 들 수 있는 건, 피해자를 비난하고 구매자를 숨겨주는 '언어 관습'을 믿기 때문이겠지. 한마디로 공동체의 무신경함. 그렇게 우린 성착취 산업의 당사자는 아니지만 성착취 문화의 당사자가 된다.[19]

타인의 일을 쉽게 말하는 모습에서 일상 언어의 폭력성을 착안했고, 아무런 상관이 없어 보이는 붕어빵과 성착취 이슈를 연관 지어 글을 완성했습니다. 이렇게 막힌 글을 내려놓고 삶을 살다보면, 삶이 글의 길을 터주기도 합니다.

앞선 두 방법을 다 시도해봤는데 그래도 글을 쓰다가 막힌다면 '포기'라는 방법을 써보세요. 네? 어떻게 쓴 글인데 포기하냐고요? 아까워도 써볼 만합니다. 저도 컴퓨터 폴더에 미완성 원고 파일이 많아요. 쓰다가 막힌다는 것, 글의 결론을 내리지 못하는 이유는 아직 생각이 무르익지 않았기 때문일 가능성이 높죠. 익지 않은 땡감은 따도 먹지 못해요. 떫은 글이 됩니다. 글이란 '내가 무엇을 썼느냐'가 아니라 '무엇을 남기느냐'의 문제라고 생각해요. 버리는 것도 실력입니다.

일단 뭐든 써보세요. 글을 쓰다 막히면 상기하거나 묵혀두거나 포기한다는 세 가지 방법을 시도해보세요. 쓴 사람만이 덜 익은 글도, 만숙의 열매처럼 뚝 떨어지는 잘 익은 글도 거둘 수 있을 테니까요.

곁길로 새지 않고 한 가지 주제로
글을 쓰려면 어떻게 해야 할까요?

글쓰기 수업에서 학인들이 과제로 써온 글에 의견을 드릴 때 가장 많이 하는 조언이 "글감을 독립시키세요"라는 말입니다. 글 한 편에 여러 가지 쟁점이 엉켜 있는 경우가 그만큼 많은데, 그럴 땐 쟁점별로 나눠 각각 다른 글로 써보라고 권합니다. 예를 들어볼까요. 빵 가게에서 일한 경험으로 글을 썼다고 가정해볼게요.

아침에 출근해서 빵을 진열하고 유통기한을 확인하고 그다음 포장을 하고 매장을 오픈했다. 이상한 손님이 들어와서 진상을 부리는데 사장은 손님에게 친절해야 한다고 말해서 화가 났다. 하지만 나의 억울하고 속상한 마음을 알아주는 동료가 있어서 위로가 됐다. 퇴근할 땐 가끔 남은 빵도 가져갔다. 힘들어도 돈을 버니까 그럭저럭 만족하며 다녔다. 그런데 어느 날부턴가 근처에 다른 제과점이 생겼다. 내가 일하는 빵 가게에 손님이 줄더니 갑자기 예고도 없이 가게가 문을 닫았다. 나는 갑자기 실업자가 됐다. 구제 방법을 찾으려고 인터넷을 뒤졌고, 고용노동부를 찾아갔고, 거기서 근로복지

공단에 가라고 했고, 또 거기 갔더니 고용복지센터에 가라고 했으며, 우여곡절 끝에 겨우 실업급여를 받았다. 고용보험에 가입돼 있지 않은 영세 사업장 노동자들은 보호막이 없다는 걸 알았다.

어렵지 않게 술술 읽힙니다. 시간순으로 이야기를 전개하기 때문이에요. 정보도 가득하죠. 빵 가게 노동이 힘들다는 것, 별의별 손님이 다 온다는 것, 고용이 안정된 일터란 없다는 것, 실업급여를 받기가 쉽지 않다는 것 등등을 알 수 있습니다. 그런데 이 글에는 크게 두 가지 글감이 혼재되어 있어요. 빵을 판매하는 노동에 관한 글 그리고 폐업으로 인한 실직 시 구제법. 두 가지가 완전히 동떨어진 이야기라고 볼 수는 없고 글쓴이가 순차적으로 경험한 내용을 순서대로 썼더라도 주제별로 내용을 각각 나누어서 따로 쓰는 게 좋습니다.

왜냐하면 이 글을 읽고 나면 앞부분에 나오는 빵 가게 노동 이슈보다 뒷부분에 언급한 실업급여 이슈만 독자 머릿속에 남을 가능성이 더 큽니다. '마지막이 좋으면 다 좋은 거다'라는 말도 있는데요. 우리 뇌는 보통 시간순으로 정보를 처리하죠. 사람의 순간 기억력이 6초라는 이야기도 있어요. 아무래도 가장 나중에 들은 이야기가 기억에 더 강하게 남겠죠. 한 편의 글을 한 가지 주제로 일관되게 전개한다면 주제를 다시 한번 환기하며 글을 마무리할 수 있겠지만, 이렇게 두 개의 글감이 혼재된 경우엔 앞에 나온 빵 가게 노동의 이모저모는 독자의 머릿속에서 희미해져요. 더 잘 쓴 글이 될 수 있는데 이렇게 되면 아깝잖아요. 힘든데도 꼬박 앉아서 몇 시간 동안 쓴 글일 테니까요.

예문처럼 독자에게 빵 가게 노동자 같은 타인의 자리에 머물러보는 기회를 주는 글은 여럿이 같이 읽을수록 좋단 말이에요. 사람 공부, 세상 공부를 할 수 있는 귀한 기회니까요. 저라면 글쓴이에게 두 개의 주제로 나누어서 두 편의 글로 만들어보라고 권해보겠어요. 하지만 쉽지 않습니다. 우리 일상을 신문의 경제, 사회, 문화, 정치 지면처럼 섹션별로 깔끔하게 나눌 수는 없잖아요. 그렇다면 어떻게 할 수 있을까요?

저는 글을 쓰고 나서 처음부터 끝까지 읽으며 주제라고 생각하는 핵심 문장에 밑줄을 그어요. 글 한 편에 밑줄을 여러 개 긋기도 해요. '아, 이것도 중요하고 저것도 중요해.' 이럴 땐 글의 메시지가 한 가지가 아닌 거예요. 한 번에 다 말하려고 하면 한 가지도 제대로 전달하지 못합니다. 주제별로 글을 독립시켜주세요. "곁길로 새지 않고 한 가지 주제로 글을 쓰려면 어떻게 해야 할까요?"라는 물음에 답변이 됐을까요? '하나의 글에는 하나의 주제만 쓰자' 즉 '한 편의 글에는 하나의 메시지만 담자'로 정리할 수 있겠습니다. 잘 기억하시고요.

곁길로 새는 이야기를 하고 있으니 저도 곁길로 좀 새볼까요. 예전에 남해에 있는 아마도책방으로 강연을 하러 갔는데요. 책방지기님이 사천 공항에 도착한 뒤 책방으로 오면 된다고 하더라고요. 사천 공항에서 책방으로 가다보니까 '삼천포'라는 지명이 있는 상호가 많이 보였어요. 지금은 경상남도 사천시와 합쳐졌지만 과거에는 삼천포라는 도시가 따로 있었죠. 지금도 삼천포항은 남아 있다고 해요. 하려던 이야기가 엉뚱한 방향으로 흘러가버리고 주제가 바뀔 때 '잘 나가다 삼천포로 빠진다'라고 하죠. 왜 하필이면 삼천포로 빠진다고 하는지 궁금하지 않으신가요? 네이버 지식백과에 검색해보니 이런 내용이 나왔어요. 남부 지방의 열차 노선 중에 경상남도 밀양시의 삼랑진에서 진주시와 전라남도 순천시를 거쳐 광주광역시까지 연결되는 경전선이 있었다고 합니다. 경전선 중 진주시에 있는 개양역에서 삼천포까지 가는 진삼선 철도가 갈라져 나온 형태였고요. 삼랑진을 떠난 기차가 개양역에 도착하면 객차를 분리해서 일부만 삼천포로 갔는데, 다른 데로 갈 손님이 깜빡 잠이 들거나 한눈을 팔아 안내 방송을 듣지 못하면 삼천포로 가는 일이 생겼던 거죠. 그래서 '삼천포로 빠진다'는 말이 생겼다고 합니다. 일상에서도 쓰이고 TV를 보다가도 종종 접하는 표현이죠. 그런데 사천시에서 해당 표현을 대사로 쓴 드라마와 관련해, 방송국에 항의 서한을 보냈다고 합니다. 지명 비하 발언으로 시민들의 자존심을 짓밟았다면서요. 방송국에서도 이에 사과를 했다고 해요.

어떤가요? '삼천포로 빠진다'라는 말의 유래와 관련 이슈까지 설명하니까 앞선 글쓰기 이야기보다 뒤에 말한 삼천포로 빠진다는 말의 유래가 머릿속에 더 선명하게 남지 않나요? 제가 무슨 이야기를 하고 있었는지 혼란스러우신가요? 그래서 한 편의 글에는 하나의 주제만 담는 게 좋습니다.

저도 글을 쓰다보면 이야기가 곁길로 새는 경우가 종종 있습니다. 인생사가 그렇듯이 글쓰기에서도 하지 말아야 할 일들이 꼭 나쁘기만 한 건 아닙니다. 우리가 여행하다가 잘못 들어선 길에서 색다른 풍경을 보게 되듯이, 한 편의 글이 옆길로 새서 다른 지점에 도달한다는 건 그 글을 쓰지 않았으면 몰랐을 자신의 생각을 만난다는 의미이니까요. 그래서 저는 글이 엉뚱한 방향으로 흘러가고 말았다는 사실에 좌절도 하지만 '아, 나한테 이런 생각도 있었구나' 하는 발견의 기쁨도 느낍니다. 원래 글 하나, 곁가지 글 하나. 이렇게 글감을 자꾸자꾸 만들어둡니다. 이러다보면 글 부자가 되겠지요.

작가에게 쓸거리가 많은 건 바람직한 일입니다. 그러니 용기를 잃지 마시고요, 곁길로 새면 다시 돌아오면 된다는 여행자의 마음으로 오늘도 글 한 편 쓰시길 바랍니다.

글을 마무리 짓기가
항상 어려워요

글쓰기는 시작도 어렵지만 마무리도 만만치 않게 어려워요. 무언가 한가득 써놓았는데 그 이야기가 점점 가지를 치고 양도 늘어나서 감당이 안 된 경험이 다들 있으실 거예요. '이 글을 왜 쓰려고 했지?' '그래서 뭐 어쨌다는 거지?' 글이 애초의 의도에서 멀어지고 수습이 안 돼서 당황했던 적이 저도 많습니다. 이럴 때 끈기를 갖고 '생각을 생각하기'라는 방법을 써봅니다. 왜 그런 생각이 드는지 꼬리에 꼬리를 물고 생각의 근원을 파헤치는 거죠.

글을 마무리하는 방법은 사실 글의 구조나 개요 짜기와 관련이 깊죠. 사람에 따라서는 글의 구조와 개요를 짜놓고 정해둔 결론을 설득하는 방식으로 글을 쓰기도 해요. 한편 저는 '이 글이 어떻게 끝날지 알지 못한다'라는 입장을 지닌 채 결론을 열어놓고 쓰죠. 결론을 모른다는 점에서 막막하지만, 그렇기에 글을 쓰면서 나도 몰랐던 생각과 의외의 문장을 만나는 짜릿함을 느끼기도 합니다. 저에게 글쓰기의 기쁨이란 곧 발견의 기쁨입니다.

가령,《다가오는 말들》에 〈울더라도 정확하게 말하기〉라는 글이 있습니다. 제가 강연장에 선 몇몇 경험을 토대로 쓴 글이에요. 한번은 서울에 있는 한 작은 마을공동체에 초대받아 강연을 하러 갔는데요. 강연 중 한 남성 청중이 제게 한 어떤 말에 모욕감이 들어서 저도 모르게 눈물을 흘렸습니다. 제가 원래도 잘 울어요. 잘 우는 사람에 대해서 우리 사회엔 안 좋은 편견이 있죠. '감정적인 사람이다' '이성적이지 못하다'와 같이요. 세상은 특히 공적인 자리에서 눈물을 보이지 않고 단호한 사람을 높이 쳐주죠. 저도 그런 잣대로 저를 판단했고, 우는 저 자신을 미성숙하다며 부끄러워했었어요. 강연하다가 분에 못 이겨 또 울고 마는 제 자신이 창피했는데 가만히 생각해보니까 이상한 거예요. '눈물이 왜? 잘 우는 게 왜 안 좋지? 말이 되지 못해 흐르는 게 눈물인데, 눈물도 언어 아닌가?'

잘 우는 사람은 눈물로 타인을 억압하진 않잖아요. 못 울고 안 우는 사람들, 피도 눈물도 없는 사람들이 역사적으로 보면 나쁜 일도 많이 저지르더라고요. 감정적인 게 나쁘고 이성적인 게 좋다고 이분법으로 생각하지만, 꼭 그렇지도 않은 거 같았어요. 이럴 때 생각의 희열을 느끼죠. 상식을 뒤집어보면 꼭 그렇지 않은 경우가 많아요. 내 삶으로 반론을 제기하는 거죠.

강연장에서 눈물을 흘리고 혼란스러워하면서 '눈물이란 무엇일까?'라는 문제의식을 떠올렸을 때 마침 리베카 솔닛의 책 《여자들은 자꾸 같은 질문을 받는다》를 읽었어요. 책에도 솔닛이 여성이기 때문에 강연장에서 겪은 무례한 일이 사례로 나와요. 읽고 굉장히 놀랐어요. '리베카 솔닛도 이런 일을 당하는구나' '이건 젠더의 문제구나' '나만 겪는 일이 아니구나' 싶어서 그때의 이야기를 글에 빌려왔고 이런 결론에 이르렀습니다. "내 나약함을 혐오하지 않기 위해 목표를 바꾼다. 울지 않고 말하는 게 아니라 울더라도 정확하게 말하는 것." 이렇게 쓰고요. 마지막엔 솔닛의 문장으로 한 번 더 제 생각을 다지며 마무리했습니다. "내 내면에 대한 권한을 스스로 가짐으로써 다가오는 침입자에 맞서서 훌륭한 문지기가 되는 것, 최소한 '왜 그런 걸 묻죠?'라고 재깍 되물을 줄 아는 사람이 되는 것이다."[20]

네, 제 나름은 흡족했던 글입니다. 이렇게 메시지나 깨달음이 선명한 마무리를 좋아하는 독자도 있습니다. 그런데 이런 식의 마무리에 내재하는 문제도 있어요. 정답을 제시하는 참고서처럼 독자에게 메시지나 교훈을 주입하는 듯한 글이 될 가능성이 있어요. 제 상황과 조건에 도움이 된 깨달음이 독자에게도 유용하리란 법은 없거든요. 각자 상황에 따라 자기식으로 받아들일 수 있도록 여운을 남긴 글이 아니라 닫힌 결론, 딱딱하게 마무리한 글이 되기도 하는 거죠.

그래서 저는 특정 상황을 보여주듯 쓴 글로 마무리하는 걸 선호해요. 영화의 한 장면처럼 글을 마무리하여 만든 여운 속에서 독자 스스로 의미를 챙겨가는 방식의 마무리, 이런 결론이 더 아름다운 것 같아요. 예를 들어 육아를 하면서 글도 쓰는 어려움에 관해 쓴다고 가정해볼게요. '나는 어떤 상황에서도 오늘부터 기필코 매일 글을 쓸 것이다'라는 결심으로 마무리한 글보다는 '오늘도 나는 노트북을 켠다'처럼 행위로 끝나는 표현으로 마무리해서 독자가 장면을 상상해보게 하는 거죠. 노트북을 켰지만 쓸 수도 있고 못 쓸 수도 있어요. 그런데 "켠다"라고 행위를 보여주는 듯한 표현으로 글쓴이가 지닌 강한 의지를 보여주죠.

실제 글쓰기 수업에 오신 어떤 학인의 글을 사례로 들겠습니다. 쌍둥이의 엄마인 그분은 아이를 낳고 키우면서 허리, 무릎, 어깨가 고장 난 듯 아파졌어요. '아이와 종일 시간을 보내고, 퇴근도 없고, 육아를 위한 시스템을 마련하기 위한 노력도 전 사회적으로 필요한데, 왜 육아는 산재가 되지 않는가'라고 물음을 던지는 글을 썼어요. 그 글의 마무리는 이러했습니다.

오늘은 밤 열 시에 퇴근했다. 맥주 한잔하면서 영화나 볼까. 아, 아니다. 분유가 얼마 남지 않았다. 분유 먼저 주문하러 가야겠다.[21]

좋은 마무리라고 생각해요. 왜냐면 글은 끝나도 삶은 끝나지 않으니까요. 그런 현실을 잘 담아낸 마무리죠. '육아에는 왜 산재가 인정되지 않나' '육아에도 산재를 허용해라'라는 주장으로만 끝나면 독자가 경직된 글이라고 느낄 수 있거든요. 결론에서 메시지가 직접적이면 독자의 상상력을 자극하지 못하니까요. 글이 천천히 스미듯 전개되다 어떤 장면에서 끝나면 독자의 상상력을 열어줍니다.

《싸울 때마다 투명해진다》에 〈자신이 한 일을 모르는 사람들〉이라는 글이 있어요. 2015년 즈음 한 지역에서 일어난 신생아 유기 사건에 대해 썼습니다. 그때 받은 충격이 생생해요. 한 여성이 자신이 낳은 신생아를 음식점 쓰레기통에 버렸다는 뉴스를 포털 사이트에서 접하고 굉장히 놀랐어요. 아기도 불쌍하고 마음이 뒤숭숭해서 잠이 오지 않더라고요. 비슷한 기사만 나오는데도 뉴스를 계속 검색했어요. 다행히 지역 언론에서 사건을 조금 더 상세히 보도했더라고요. 사건을 추적해봤습니다. 한 여성이 오후 6시 40분쯤 부모와 함께 사는 집 화장실에서 아기를 낳았는데, 키우기가 곤란하고 겁이 나 아기를 수건에 감싼 후 비닐봉지에 넣어 택시를 타고 10킬로미터 떨어진 음식점의 쓰레기통에 넣은 거예요. 남자친구와 헤어진 뒤 임신 사실을 알았고 이를 숨겨오다 혼자 출산한 뒤 미혼모로 살게 될 것을 우려해 범행했던 겁니다.

저는 이 사건을 칼럼으로 쓰면서 이런 종류의 사건에서 여성에게만 비난의 화살을 돌리는 세태와 여론을 비판했어요. 글을 어떻게 마무리할지 오래 고민했고, 어느 한 사람을 인면수심의 악마로 만들고 심판하기보다 정서적인 울림을 주고 싶었어요. 외면하고 싶은 현실에 독자도 피로감을 느낄 텐데 격하고 건조한 언어를 쓰기보다는 상황을 똑바로 보게끔 어떤 장면에서 끝나는 마무리가 좋을 것 같았고요. 그래서 그 글의 마무리를 이렇게 썼습니다.

> 신생아 유기 사건은 참담하다. 당장 성인이 된 아들과 생리하는 딸을 키우는 나와 결코 멀지 않다. 성적 책임감에 무지한 기성세대가 낳은 자식들의 소행이다. 콘돔 사용법부터 아는 사람에 의한 강간 시 대처법, 원치 않는 임신과 출산을 논의할 수 있는 상담기관과의 연락법 같은 구체적이고 실제적인 성교육이 절실하다. 하루 걸러 뉴스에 오르는 신생아 유기 사건을 보지 않으려면, 우리가 '자신이 한 일을 모르는 사람'으로 살지 않으려면 말이다.
> 음식물 쓰레기통에서 구출된 아기는 다행스럽게도 병원 신생아실로 옮겨져 건강한 상태라는데, 미역국도 못 먹고 초유가 돌아 젖몸살을 앓고 있을 '영아 살해 미수' 혐의자 산모는 철창에서 어떤 밤을 보내고 있을까.[22]

어떤가요? 한 철없는 개인이 저지른 일처럼 보이는 신생아 유기 사건에 더 복잡하고 집단적인 가해의 맥락이 있다는 점을 잘 전달했는지 모르겠습니다.

글을 마무리 짓는 방법은 메시지를 선명하게 주입하는 참고서형 마무리 그리고 글의 주된 정서를 제공하는 장면을 보여주는 영화형 마무리가 있다는 것, 기억하시고요. 중요한 것은 어떤 식의 마무리라도 글을 통해 무엇을 말하고자 했는지, 독자에게 메시지를 환기하면서 끝내야 한다는 점입니다.

끝이 좋으면 다 좋다는 말이 있죠. 과정이 안 좋은데 끝만 좋기는 어렵다고 생각해요. 마무리도 글 쓰는 과정의 일부임을 상기하시고요. 조금 더 뒷심을 발휘해보시길 바랍니다.

퇴고를 꼭 해야 하나요?
퇴고는 어떤 방법으로 해야 좋은가요?

글 쓰는 단계를 크게 둘로 나누면 초고 쓰기와 퇴고 하기입니다. 쉽게 말해 어떻게든 처음 완성한 글이 초고, 초고를 고치는 작업이 퇴고예요. 퇴고는 여러 번 생각해 글을 고치고 다듬는 일을 뜻하죠.

가끔 "퇴고를 꼭 해야 하나요?"라는 질문을 하는 분이 있어요. 그럼 전 "네!"라고 아주 크게 대답하죠. 퇴고를 안 하는 건, 그림을 그리면서 밑그림만 그리고 채색을 안 하는 것과 같다고 생각하거든요. 글쓰기가 생각과 의견을 선명하고 또렷하게 표현하는 일인데 아무래도 처음 든 생각은 어설프고 흐릿하고 두서가 없을 수 있잖아요. 다 안다고 믿는 정보라도 정확하지 않을 수 있고요. 글 쓰는 사람은 자기 기억을 믿으면 안 돼요. 기억에서 왜곡된 경우가 의외로 많으니 고유명사나 날짜 같은 정보가 정확한지 다시 확인해야 하고요. 글의 주제를 잘 표현했는지 점검하며 문장을 버리기도 하고 벼리기도 하면서 가독성이 더 좋아지게 단락도 바꾸고 단어도 넣고 빼고 해야 합니다. 이 모든 과정이 퇴고입니다.

제가 퇴고하는 과정을 예로 들어볼게요. 경향신문에 연재하는 칼럼 〈은유의 책편지〉는 200자 원고지 12매 분량입니다. 이번 칼럼에서는 어떤 소재를 다룰지 오며 가며 앉으나 서나 자나 깨나 글감 구상하는 시간을 다 빼고, 온전히 노트북 앞에 앉아 원고 한 편을 완성하는 시간만 총 열 시간 정도 걸린다고 가정해보겠습니다. 초고를 쓰는 데 한 서너 시간 걸리고, 퇴고하는 데 한 예닐곱 시간 걸리는 것 같아요. 초고와 퇴고의 비율이 4대 6 정도이죠. 처음엔 초고 작성에 시간을 더 들였어요. 그런데 글은 쓰기만 한다고 글이 아니라는 것, 글은 자꾸 고쳐야 글다워진다는 걸 인지하고는 퇴고하는 데 시간을 더 많이 할애하게 되었습니다.

《반사회적 가족》이라는 책으로 칼럼을 쓴 적이 있습니다. 제목에서 알 수 있다시피 가족의 폐단을 짚는 책이죠. 가족의 문제로 크게 세 가지를 짚어냅니다. 계급 재생산이 가족 단위로 이루어지는 점, 사적 영역이란 명분으로 개성과 인권을 억압한다는 점, 여성이 구조적으로 가사노동과 육아에 속박된다는 점. 저는 완전히 '밑줄 파티'를 하면서 읽었거든요. 글쓰기 수업을 하고 르포 작가로 일하면서 사람들의 삶을 가까이 들여다볼 일이 많다보니 '가족이 모든 상처의 근원이구나' 하는 생각을 많이 했어요. 이 책을 보니까 가족에 대해 하고 싶은 말이 마구 떠올랐고요. 저도 지금까지 부모와 자식으로 구성된 이성애 가족 안에서 50여 년을 생활했지만 문득 가족 밖에서 가족을 보고 싶다는 생각에 독립(자취)을 계획하던 중이기도 했습니다.

그래서 이 책으로 원고를 썼습니다. 노트북 앞에 딱 앉아서 파일명을 '반사회적 가족'이라고 저장한 문서 파일에 첫 문장을 썼죠. 글쓰기에서는 결핍만큼 과잉도 문제입니다. 하고 싶은 말이 없는 것도 문제지만 많은 것도 문제거든요. 당시 제가 그랬죠. 아니나 다를까, 쓰고 나서 읽어보니 글이 어수선한 거예요. 글의 메시지가 중구난방이었죠. 핵심 문장에 밑줄을 그어보았습니다. 한 줄만 잘 그으면 합격, 여러 군데 그으면 불합격이라고 생각하면서요. 냉정하게 읽어보니 가족제도를 비판하는 글인지 가사노동의 부당함에 대한 글인지, 논점이 모호한 거예요. 가부장제에서 여성이 가사노동과 돌봄노동을 도맡고 또 가족이 여성의 억압을 구조화한다는 점에서 두 논점이 맞물려 있지만, 엄연히 다른 주제거든요. 글이 가족제도의 반사회성에 대한 이야기로 흘러가야 하는데, 가사노동의 힘겨움이라는 옆길로 이야기가 빠져나가고 있었어요. 그래서 가사노동에 대해 쓴 부분을 덜어냈죠.

퇴고에서 제일 중요한 부분입니다. 앞서 〈곁길로 새지 않고 한 가지 주제로 글을 쓰려면 어떻게 해야 하나요?〉에서도 이야기했다시피 글을 쓰면서 '나는 이 글을 통해 무얼 말하고 싶은가?'라는 질문을 놓치면 곤란합니다. 수시로 자문하며 하나의 주제로 논의를 수렴해나가야죠. 목동이 양몰이를 하듯이 글의 내용을 하나의 메시지로 모으는 게 좋습니다.

　퇴고에서 두 번째로 챙길 것은 독자의 눈으로 글을 읽어보며 적절한 정보와 정확한 정보를 제공했는지 확인하는 거예요. 자기 이야기를 쓸 때 경험의 맥락, 상황, 역사 같은 배경 정보를 본인은 알기 때문에 상세히 쓰지 않거나 아예 안 쓰기도 하는데요. 나를 모르는 사람이 이 글을 읽는다고 생각해보세요. 가령 제가 양육에 대한 글을 쓴다고 해볼게요. 저는 제 아이들의 나이를 알아요. 그런데 독자는 써주지 않으면 모른단 말이에요(두 살, 열 살, 열일곱 살 양육에는 각각 다른 문제가 있습니다). 그러니 '다 큰 아이들'이라고 표현하면 안 돼요. 구체적인 나이가 꼭 필요한 글에선 나이를 숫자로 표기해주고 아니면 '두 아이 모두 성인이 됐다' 정도라도 써주고요. 어떤 표현이 더 적절한지 계속 따져보고 판단하는 것이지, 정답은 없습니다. 항상 제3자 입장에서 자기 글을 보는 것, 자기 객관화가 퇴고 단계에서 매우 중요합니다.

　정리하자면 저의 퇴고 과정에서 첫 번째로 주제 버리기, 두 번째로 적절한 정보 넣기를 한다면 마지막 단계는 제가 '실밥 뜯기'라고 명명한 과정을 거칩니다. 글을 말끔하게 만드는 거죠. 글의 틀이 어느 정도 잡혔다 싶으면 이제 소리 내어 읽어봐요. 문장이 길어서 늘어진다 싶으면 단문으로 끊어줍니다. 문장이 길게 이어지면 내용 파악이 안 되고 글을 계속 읽게 만드는 리듬이 안 생기거든요. 긴 문장이 있으면 좀 짧은 문장도 넣어주고요. 특정 단어가 너무 중복된다 싶으면 다른 단어로 바꿔주고요. 자기도 모르게 습관적으로 쓰는 부사가 다들 있죠. 그것도 적절히 덜어내고요. 부사 없이도 문장을 이해하는 데 문제가 없다면 부사를 적절히 빼주시면 됩니다. 그런데 이렇게 다 했는데도 글이 어째 재미가 없고 늘어진다 싶으면 단락을 뒤집어서 구성을 바꿔보기도 해요. 한 편의 글이 꼭 시간순일 필요는 없거든요.

이렇게 글을 정성스레 매만지고 고치고 다듬고 하다보면 얄궂게도 글이 더 이상해지기도 해요. '퇴고의 함정'인데요. 고칠수록 글이 더 이상해질 때 '퇴고 지옥'에 갇혔다고 느낍니다. 글에서 물러날 때가 언제인지를 알아야겠죠. 퇴고의 끝은 정하기 나름이에요. 물론 어렵습니다. 이때, 오늘 쓴 글을 오늘 바로 다 퇴고하기보다는 며칠 묵혔다가 다시 보는 것이 방법이에요. 밤에 쓴 편지를 다음날 아침에 보면 낯간지럽듯이, 시간이 흐른 다음에 보면 글의 문제가 더 선명하게 보이기도 하거든요.

'아무리 하루, 이틀 묵혀놨다가 봐도 내 눈에는 글의 문제가 안 보이네.' '큰 문제는 없는 것 같은데 마음에 안 들어…….' 이럴 때가 있잖아요. 그러면 저는 친구한테 제 글을 보여줍니다. 피드백을 받고 나서 글을 한 번 더 고치죠.

퇴고의 중요성, 퇴고의 방법에 대해 말씀을 드렸어요. 정답은 없고, 최선을 다하는지의 문제 같아요. 저는 수단과 방법을 동원해서 체력이 닿는 데까지 써봐야 못 쓴 글 같아도 덜 부끄럽더라고요. 대충 쓴 게 아니라 내 딴에는 하는 데까지 해봤다는 것. 이것이 또 다음에 글 쓸 용기를 주는 것 같습니다. 퇴고에 정진해보시길 바랍니다. 글쓰기가 내 최상의 것을 보여주는 것이 아니라 최선의 것을 보여주는 일이라는 것을 기억하시면서요.

제목을 잘 지으려면
어떻게 해야 할까요?

저는 원고를 쓸 때 빈 문서를 켜고 파일명부터 저장하는데요. 지금 이 원고의 파일명은 두 번 고쳐 썼어요. 처음엔 '좋은 제목은 어떻게 짓나요?'로 썼다가 '제목을 잘 지으려면 어떻게 해야 할까요?'로 바꿨지요. 나중에 지은 제목이 더 직관적으로 독자에게 와닿을 것 같아요. 아무래도 제목에 관한 내용을 다루려니 이번 글 제목이 평소보다 더 신경 쓰입니다.

파일명과 글 제목은 다르죠. 저는 원고를 다 쓰고 나서 마지막에 제목을 달아요. 만약 서문 원고를 쓸 땐 '서문_초고'라는 식으로 파일명을 저장해놓고 글을 완성한 뒤에 제목을 짓죠. 어떤 작가는 제목을 정해야 글을 술술 쓸 수 있다고 말하기도 해요. 편한 대로 하면 됩니다.

다만, 제목에 두 가지를 담아야 한다고 생각해요. 글에 관한 정보 그리고 호기심을 끌 만한 요소. 풀어서 말하면 제목만 보고도 독자가 '이 글은 이런 내용을 담고 있구나' 하고 메시지를 파악하고, 읽어보고 싶은 마음까지 생겨야 한다는 겁니다. 그동안 제 습작 경험에 따르면 글에서 하고 싶은 이야기가 분명하면 제목도 잘 지을 수 있더라고요. 반면에 글을 썼지만 하고 싶은 이야기가 정리되지 않는다던가, 하고 싶은 이야기가 너무 많은 산만한 글은 제목 짓는 과정이 수월하지 않았어요. 그래서 저는 글을 써놓고 제목 짓기에 실패하면 주제가 없거나 명확하지 않다는 신호로 받아들이고 대대적인 원고 고쳐 쓰기 작업에 들어갑니다.

《다가오는 말들》을 예로 들어보겠습니다. 이 책에 나오는 여러 글의 제목을 매체 담당 편집자랑 저랑 머리를 맞대고 지었거든요. 〈그날의 눈은 나를 멈춰세웠다〉라는 제목의 글이 있어요. 하루는 출근길에 함박눈이 정말 아름답고 장대하게 펑펑 내리더라고요. 자연은 사람을 홀리죠. 회사에 사정이 생겼다는 문자를 보낸 뒤 고의로 지각했고, 창 넓은 찻집에서 눈 오는 풍경을 본 뒤 출근했으며 결국 그해 봄에 사표를 낸 이야기입니다. 이유가 이래요.

내쫓김의 불안보다 소모됨의 불행이 컸다. 퇴근 후 독서와 집필이 힘에 부쳤다. 감정의 수문이 열릴까 봐 음악을 줄였다. 영화 관람에도 소홀했다. 반응 기회를 잃어감에 따라 감응 능력도 퇴화했다. 도식화된 문서를 생산하며 관료적 언어에 길들여졌다. 돈이 들어오는 대신 체력·생각·감각·음악·언어·몽상·눈물같이 형체 없는 것들이 서서히 빠져나가고 있었다.[23]

〈그날의 눈은 나를 멈춰세웠다〉라는 제목에서 "멈춰세웠다"의 뜻은 출근길에 멈춘 것 외에도 하던 일을 그만두었다는 퇴사의 의미도 있고 '돈을 줄 테니 너를 달라'는 자본의 흐름에 나를 내맡기는 삶을 중지했다는 선언의 의미도 있습니다. 동시에 '왜 멈춘 거지?'라고 독자가 궁금하도록 호기심도 유발하고요. 잘 지은 제목이라고 생각해요. 제목을 〈사표의 이유〉라고 지었다면 내용의 일부만 담길 테니까요. '눈'이라는 자연물이 각성의 매개물로 나오니까 제목에 '눈'이라는 단어가 들어가는 게 좋다고 생각했습니다.

이 책의 또 다른 글 〈노키즈존은 없다〉는 단정적인 제목으로 주장이 명확하죠. 논쟁적인 이슈라서 의견 표명만으로도 좋은 제목이 된 경우입니다. 약자를 배제하고 차별하는 것의 문제점, 우리는 다 누군가의 시공간을 침해하면서 어른이 됐다는 것, 인간관계는 민폐 사슬이라는 것, 민폐를 두려워 말고 건강한 의존을 확장해가야 한다는 등의 내용을 담았습니다.

미흡하다고 느끼는 제목도 있습니다. 〈듣고도 믿기지 않는 실화〉라는 제목인데요. 지금 이 제목을 보면 무엇에 대한 글인지 제가 써놓고도 감이 안 와요. 제목을 지을 땐 고심했는데 한 4, 5년 지나면 왜 이 제목으로 정했는지 생각이 안 나요. 저 제목을 봤을 때 글이 어떤 내용일지도 별로 안 궁금하고요. '듣고도 믿기지 않는 일이 한두 개야?' 이런 생각이 들기 쉬운 거 같고요. 독자를 유혹하지 못한 제목이라고 생각합니다. 글에서 말하려던 실화는, 여성이 결혼하고 가부장제에서 겪은 일을 말하면 같은 여성들끼리도 '설마……' 하면서 듣고도 믿지 않는다는 내용이에요. 고향이 안동인 남자랑 결혼한 제 선배의 이야기입니다. 신혼 때 시가에 제사 지내러 갔더니 남녀 겸상을 안 하고 따로 먹더라, 먼 친척이라서 누군지도 모르는 어르신들이 먹다가 남긴 밥을 시어머니가 "우리가 먹자"라고 하더라 등등. 그래서 분노한 이야기예요. 내용의 강렬함을 제목이 다 못 담았죠. 어떤 제목이 좋았을까요? 늙은 남자가 남긴 밥을 먹는 여자들? 하하. 온라인에 이런 제목으로 글을 게시하면 클릭 수는 좀 나오겠네요. 하지만 자극적인 제목을 저는 별로 선호하지 않아요.

또 사랑, 노력, 소통같이 뜻이 좋지만 상투어가 되어버린 단어는 제목으로서 제 구실을 하지 못하죠. 학창 시절 이야기를 쓴 글의 제목을 〈학교의 추억〉이라고 지으면 너무 평이해요. 〈체벌의 악몽〉 혹은 〈교무실에서 생긴 일〉처럼 내용이 더 구체적으로 드러나게 제목을 써줘야죠. 하지만 단행본의 경우엔 추상적이면서 포괄적인 표현의 제목이 잘 쓰일 때가 더러 있죠. 《고통에 대하여》라는 제목이 있어요. 수전 손택이 쓴 책이죠. 알랭 드 보통 작가의 《불안》, 박경리 선생님의 《토지》처럼요. 그런데 이렇게 관념어를 제목으로 써서 독자의 이목을 끌려면 우리가 명성부터 쌓아야 합니다. 거대 담론에 대한 글을 유명 작가가 쓰면 독자들이 읽고 싶어하지만 그렇지 않으면 유혹하기 쉽지 않겠죠. 냉정한 진실입니다.

　제목을 잘 짓는 비결로 '조금 더 시간 들여서 조금 더 들여다보기'를 말씀드릴게요. 글을 잘 쓰는 방법과 같아요. 학인들이 글쓰기 수업의 후기 제목을 〈7차시 후기〉 정도로 많이들 씁니다. 글 쓰는 사람이니까 제목 짓는 작업에 좀 더 욕심을 내면 좋겠다고 학인들에게 말해요. 아무리 짧은 후기여도 다 쓰고 '이 글의 핵심이 뭐지?' '무엇에 대한 내용이지?'라는 식으로 내용을 파악하는 훈련을 한 뒤에 효과적인 제목을 붙이는 뒷심이 필요한 거예요. 〈7차시 후기〉보다는 〈합평의 중요성을 배운 시간〉이라고 제목을 붙여봐도 좋고, 그날 수업에서 들은 인상적인 말 "글쓰기는 용기다"를 직접 인용으로 활용해 제목을 뽑아봐도 좋고요. 〈네 명이 결석한 날〉도 〈7차시 후기〉보다 괜찮은 제목이죠.

　어떤 학인이 〈고맙습니다〉라는 제목으로 후기를 썼어요. 본문을 보니까, '그동안 내가 평가와 경쟁 속에서 글을 썼다는 걸 알았다' '수업에서 네 가지를 배웠다. 내 생각을 자신 있게 말하는 법, 용기 내는 법, 잘 듣는 법, 지치지 않고 쓰는 법'이라는 알찬 내용이었습니다. 이 글의 제목으로는 무엇이 좋을까요? 저라면 〈용기 내는 법을 배운 글쓰기〉라고 내용을 다 공개하기보다는 〈글쓰기 수업에서 배운 네 가지〉라는 식으로 제목을 정할 것 같아요. 이 제목을 본 사람이 '네 가지가 뭘까?' 하며 게시글을 열어보고 싶지 않을까요? 글에 담긴 내용을 말하면서 다는 말하지 않는 제목이 좋은 제목이 될 가능성이 큽니다.

제목이 소박하고 담백한 표현인 건 좋지만 무성의하면 안 돼요. 장황한 것보다는 간결해야 좋고요. 호기심을 유발해야 하지만 격을 잃지 않아야죠.

제목을 짓는 것은 글에서 내가 쓰고자 하는 메시지가 무엇인지 요리조리 점검하는 절차이면서 언어유희를 즐기고 언어의 조탁 능력을 배우는 시간이라고 생각해요. 글 쓰느라고 지쳐서 제목 지을 힘이 없는 경우가 많은데 10퍼센트의 에너지를 남겨서 좋은 제목을 짓는 데까지 꼭 도전해보시길 바랍니다.

계속 쓰려는 사람을 위한 48가지 이야기

섬세하게 쓰고 싶다면   3

글쓰기는 나쁜 언어를 좋은 언어로
바꾸어내는 일입니다.
끊임없이 배워야만 가능한 일이고요.
저는 글 쓰는 사람으로 살면서 배우는 것을
두려워하지 않게 됐습니다.
어떤 단어를 쓸 때 타자에 대한 존중이 깃들어
있는지, 배제나 차별의 시선은 없는지,
살펴보고 쓸지 말지 판단해요.
좋은 언어는 적어도 타인을
마음 상하게 하거나 재단하지 않는
언어라고 생각해요.

타인의 이야기를 비중 있게 다룰 때,
주의할 점은 무엇인가요?

글을 쓰자면 마음에 걸리는 지점이 있죠. 잘 쓸 수 있을까 하는 생각이 먼저 올라와요. 근원적인 자기 의심이죠. 특히 내 글에 남의 이야기를 비중 있게 다룰 때 잘 쓰고 싶은 마음이 좀 더 간절해집니다. 무척 조심스럽죠. 쓰기 전이나 쓰는 중에는 남의 이야기를 어디까지 써도 될지, 쓴 뒤에는 잘 표현했는지 그리고 지금은 괜찮아도 혹여 나중에 문제가 되는 건 아닌지 걱정이 꼬리에 꼬리를 뭅니다.

저도 타인이 등장하는 글을 늘 쓰기에 이런 고민의 과정을 거칩니다. 특히 가족 이야기를 선뜻 쓰기 어려워요. 서로 이꼴 저꼴, 밝은 면과 어두운 면을 속속들이 봐온 사이라서겠지요. 너무 모르는 것만큼 너무 아는 것도 쓰기의 걸림돌이 됩니다.

가깝고도 먼 존재, 가족. 흔히들 집은 안전하고 평화로운 휴식의 공간이라고 말하죠. '집이 최고다' '어서 집으로 들어가서 쉬어야지' '즐거운 나의 집'과 같이 집을 긍정하는 표현이 여럿 있는데요. 저한테는 집이 꼭 그렇지만은 않았어요. 결혼 전엔 어느 순간부터 아버지가 집에 있으면 괜히 집안 분위기가 무거워졌거든요. 밥 먹을 땐 음식이 짜네, 싱겁네, 먹을 게 있네, 없네 하며 엄마한테 반찬 타박을 하고, 술이라도 한잔하면 거친 언어를 구사하기도 해서 마음이 조마조마했어요. 자식이던 제게 집은 부모의 감정 기류로 영향을 받는 불안한 공간이었습니다.

세월이 흘러 결혼하고 가정을 이루고 나자 집은 노동의 공간이 되었습니다. 배우자와 아이 둘, 4인 가족을 꾸리느라 숨이 가빴죠. 한숨과 눈물이 자주 삐져나왔어요. 이런 불안정한 감정 기류에 아마 제 아이들도 영향을 받았겠죠? 다행히 저는 식구들에게 불안을 조장하는 사람이 되지 않아야 한다는 경각심을 갖고서 마음을 다스리기 위해서라도 글을 썼습니다. 삶의 버거움을 술로 풀지 않고 글로 풀었던 거죠.

제 산문집에 식구들 이야기가 간간이 있는데요, 몇몇 예리한 독자께서 짚어주셨어요. 제 글에 딸 이야기가 많고, 아들 이야기는 약간 있고, 배우자 이야기는 거의 없다고요. 글은 거짓말을 못 합니다. 뜨끔했어요. 이유가 있는데요. 글을 본격적으로 썼을 때 아들은 초등학교 고학년이어서 학교에서 집에 늦게 오고, 유순한 편이어서 저랑 부딪칠 일이 별로 없었어요. 글감이 되지 않았죠. 유아기이던 딸이 저랑 붙어 지내다보니 글에 자주 등장했고요. 아이가 어릴 땐 예쁜 말, 신통한 말, 재미난 말을 잘하니까 에피소드가 매일 생겼어요. 잘 기억했다가 놓칠세라 밤마다 글로 썼죠. 딸아이는 '꽃수레'라는 별칭으로 제 글에 등장합니다. 캐릭터 형상화에 성공한 것 같아요. 꽃수레가 인상적이라는 리뷰가 많았어요. 강연에 가면 꽃수레에게 주라며 선물을 전해주시는 독자도 많았고요.

　사실 꽃수레처럼 필자와 관계가 좋은 인물을 자기 글에 쓰는 경우는 크게 문제 될 게 없습니다. 반대 경우가 조심스럽죠. 배우자가 그런 인물이었습니다. 감정이 덩굴처럼 얽혀서 쓸 엄두가 나지 않았어요. 무작정 쓰면 별로 곱지 않은 이야기만 할 것 같고 그러면 한 사람을 활자로 심판하는 글이 되어버릴 가능성이 크고요. 나는 다 옳고 남은 다 그르고 그래서 나는 너무 억울하고 저 사람은 너무 나쁘고. 선악 이분법에 갇힌 글을 쓸 거 같았어요. 나에게 그럴 자격이 있는가. 그 인물에게 꼭 그런 면모만 있을까. 여러분이 고민하는 지점도 바로 이런 '단순화의 위험'이 아닐까 싶어요. 내 글에 등장하는 남의 이야기, 더 구체적으로는 나와 갈등 관계에 있는 상대를 어떻게 쓸까 하는 고민을 저는 '재현의 윤리'로 표현합니다.

　어떤 인물에 대해 쓸 때 최대한 여러 측면을 다각도에서 보려고 노력해요. 감정이 아니라 행위 중심으로 쓰자는 이야기를 앞서 드렸죠. 글쓰기는 무언가를 구체화하는 작업이니까요. 가령 '애인은 늘 나를 통제하려고 했다'라는 판단을 내재한 문장보단 관련 사례를 한 장면처럼 보여주는 사실 위주의 문장을 쓰는 거죠. '친구랑 나눈 문자까지 일일이 보려고 했다'라는 식으로요. 이렇게 써놓고 '꼭 그렇기만 할까?' '그는 왜 그랬을까?' 하고 스스로 질문을 던져보는 거죠. 행위를 낳은 구조를 보고, '그가 자상하고 친절한 측면도 있으니까 만났지' 싶은 생각이 들면 그의 자상하고 친절한 모습도 떠올려보고요. 글 쓰는 과정에서 한 인물을 입체적으로 보려는 노력을 의무적으로 해야지, 내 글 속 인물이 납작해지지 않고 말과 행동의 맥락을 살려낼 수 있어요. 그러다보면 그 사람과 연루된 나의 행위나 말, 감정이나 생각도 객관적으로 보게 되죠. 글쓰기로 특정 인물을 형상화하는 작업은 기존의 내 감정이나 판단을 내려놓고 그 사람을 최대한 공정하게 보려고 노력하는 일 같아요. 이스라엘 소설가 아모스 오즈는 이렇게 말했어요. "다른 사람의 처지와 입장이 되어보는 것. 그것이 작가의 일이다."

　이렇게까지 조심해야 하는 이유는 글쓰기가 '서사의 편집권'을 갖는 일이기 때문입니다. 한쪽 면만 도드라지게 편집해서 한 인물을 성자로도 악마로도 만들 수도 있습니다. 그러니까 최대한 공정하고 균형 잡힌 시각으로 인물과 상황을 인식하고 표현하려는 노력과 정성이 필요합니다.

　'재현의 윤리'에 대한 좋은 사례로 참조할 만한 책이 있습니다. 조기현 작가의 《아빠의 아빠가 됐다》인데요. 조기현 작가는 뭐라도 해보려던 스무 살에, 갑자기 쓰러진 아빠의 보호자가 된 청년이에요. 8년간의 돌봄 과정을 기록해 책으로 냈고요. 조기현 작가가 영화를 찍기도 하는데요, 남다른 영상 감각 때문인지 글이 영화의 한 장면을 보는 것처럼 생생하고 장면이 빠르게 전환돼서 잘 읽힙니다. 본문에 작가의 내적 갈등을 다룬 이런 대목이 있어요.

— 돌봄이라는 형벌을 받는 듯했다. 개인 시간이 없어지고, 금전 부담이 커지고, 무엇보다 아빠의 돌발 행동을 제어하지 못했다.[1]

— 도저히 출구가 보이지 않았다. (…) 아빠의 삶을 책임지지 않는 선택이 내 유일한 출구다.

그런데 아빠를 끝까지 책임집니다. 자칫하면 아빠를 무능하고 자식한테 폐만 끼치는 인물로 재현하기 쉬운데, 작가는 아빠의 다른 모습도 발견하고 글로 표현합니다.

— 엄마가 집을 나가자 나한테 아무것도 시키지 않고 혼자 꿋꿋이 가사노동을 하던 모습, 언젠가 내 뺨을 후려치고 미안한 마음에 동네 사람들한테 자기가 아들을 때렸다고 소문내고 다니던 모습이 나를 붙잡았다.[2]

— 아빠를 보호하는 일은 버거운 과제였지만, 아빠를 보호할 때만 나는 인간의 지위를 얻었다.[3]

— 아버지는 자주 짐이 됐지만, 나한테 새로운 생각들도 불어넣
   었다.

— 내가 아버지를 돌보는 가장 큰 이유는 아버지가 사회적이고 신
   체적인 약자이기 때문이다.[4]

　분명 아빠가 원망스럽고 아빠를 돌봐야 하는 현실이 싫었
지만 원망과 억울에 그친 글을 쓰면 아빠가 사회적으로 쓸모
없고 짐짝 같은 존재로 사물화되잖아요. 이런 우려를 조기현
작가는 이렇게 정리해요. "이 글을 통해 나만 통통해지지 않기
를 바랐다."[5] 이 책을 보면서 나를 가장 힘들게 하는 인물에 관
한 글쓰기가 한 사람을 크게 성장하게 하고 그 과정에서 글쓰
기도 성숙한다고 믿게 됐습니다. 여러분에게도 좋은 힌트가
되면 좋겠어요.
　타인의 이야기를 '함부로 쓰면 안 되니까 안 쓴다'가 아니라
'함부로 쓰면 안 되니까 조심스럽게 쓴다'로 방향을 잡으시고
요. 심판자가 아닌 관찰자가 되어 인간 이해에 도움이 되는 인
물을 그려내시길 바랍니다.

글 쓸 때 피해야 할 혐오 표현으로
어떤 것이 있나요?

저는 지금 방에 있는 책상에서 원고를 쓰고 있습니다. 노트북 옆에는 제가 집에서 키우는 고양이 '무지'가 딱 붙어 있어요. 참으로 성가시고 귀여운 존재가 아닐 수 없습니다. 무지가 원래는 폭신한 이불 위에 있는 걸 좋아하는데, 날이 더워지면 시원한 책상 유리 위를 점령합니다.

위의 문단을 초고로 무심코 썼다가 다시 읽어보고 고친 구절이 있어요. 어떤 표현인지 한번 맞혀보실래요? 바로 "키우는 고양이"라는 표현입니다. '같이 사는 고양이'로 바꿨어요. 왜냐면 '키운다'라는 표현은 동등하지 않고 일방적인 관계에 쓰는 표현이라서요. 애완동물을 반려동물로 바꾸어 부르는 것과 같은 차원이죠. 글을 쓸 땐 더 정확한 단어와 표현을 찾아 주저 없이 써야 합니다. 그리고 쓰지 말아야 할 표현도 있고요.

한번은 제가 단발머리 모습으로 페이스북 프로필 사진을 바꿨습니다. 페이스북은 보통 성향이 비슷한 사람들끼리 관계를 맺는 친목 공동체라서 프로필 사진을 바꾸면 '페친'들의 덕담이 오가죠. 이번에도 댓글이 달렸어요. "이미지가 달라졌는데 부드러운 표정은 그대로네요" "왜 이렇게 어려지셨습니까" "지금 헤어스타일 잘 어울리세요" 등등. 그런데 어떤 분이 "영국 황실 며느님감 자태이십니다"라고 쓴 거예요. 누구신지 봤더니 페친이 아닌 낯선 남성분이더라고요. 저는 '며느리'라는 표현이 달갑지 않았어요. 며느리는 순종하고 헌신하는 역할을 강요받는 자리니까요. 기분이 별로길래 굳이 반응하지 않았는데 다음 날 다른 분이 댓글로 지적했어요. "며느님감은 또 뭐죠?"라고요.

아마 영국 황실 며느님감이라고 쓴 분은 좋은 마음으로 굳이 시간 들여 댓글까지 달았을 거예요. 제 딸아이 꽃수레도 제가 잘 차려입은 날은 "엄마, 귀족 같다"라고 말하거든요. 예쁘다는 칭찬입니다. 영국 황실 며느리라는 말도 비슷한 어감이죠. 그런데 그렇게 '그냥 하는 말'에는 차별적 시선이 깃들어 있습니다. 한 언론에서 정은경 전 질병관리청장을 '국민 맏며느리'라고 호칭해서 논란이 됐습니다. 여성은 아무리 자기 분야에서 탁월한 역량을 보여도 온전히 그 자신이 되지 못하고 며느리, 즉 남성과의 관계에서만 규정됩니다. 유능한 남성 관료에게 '국민 맏사위'라고 하지 않잖아요. 며느리 운운은 가부장제의 잔재입니다. 나이 든 중년 여성을 무조건 기혼·출산 여성으로 간주해 '어머님'이라고 호칭하는 것도 비슷한 맥락이죠. 세상에는 어머니가 되지 않기로 했거나, 되지 못한 여성도 있다는 사실을 고려하면 좋겠어요.

　이런 의견에 '웃자고 하는 말에 죽자고 덤비냐' '농담을 다큐로 받아들이냐'고들 하는데 당하는 사람은 웃기지 않을 수도 있습니다. 누구 입장에서 농담인지, 말하는 사람이 아니라 듣는 사람의 기분은 어떨지 헤아려본다면 쓰지 말아야 할 표현을 거를 수 있을 거예요.

　저도 글을 쓰며 이 표현이 적절한지 아닌지 고민하거든요. 공적 글쓰기를 할 때뿐만이 아니라 일상에서 사소한 표현을 쓸 때도요. 한번은 친구가 문자를 보내왔어요. 저한테 반지를 선물해주겠다며 손가락 호수를 알아갔죠. 이후 감감무소식이다가 한 달 만에 연락이 왔어요. 반가운 마음을 호들갑스럽게 표현한다는 게 "죽은 자식이 살아 돌아온 거 같네"라고 문자를 썼는데 쓰고 나니 마음에 걸리는 거예요. 제가 아는, 자식을 잃은 유가족의 얼굴이 생각나서요. '그분들이라면 이런 표현을 농담으로 하지 못할 거고, 다른 누군가가 이런 농담을 하면 가슴이 아프겠구나. 아, 이제 이런 말 쓰지 말자' 싶어서 다른 표현으로 고쳐서 문자를 보냈어요.

　자, 이제 본격적으로 글쓰기에서 주의할 표현을 이야기해보겠습니다. 일상에서 노동에 대한 비하 표현도 관용구로 많이들 씁니다. 다음 글을 한번 보세요.

자녀의 학교에서 가정 조사 서류의 직업란을 작성할 때 당당하게 쓰지 못하던 그였다. 법을 어긴 적도 없고, 누구의 급여를 떼어먹지도 않았고, 누구보다 성실하게 일했는데 왜 그는 자신의 직업을 부끄러워해야만 했을까. 그는 꼼수보다 정석대로 하며 온몸을 사리지 않고 일하던 사람이었다. 그 자신은 누구보다 떳떳해도 된다. 학벌, 경제력이 아니면 한 사람의 존재 가치를 상상하지 못하는 이 사회가 부끄러워할 노릇이다. 그는 '막'노동자가 아닌 가족들의 우주가 무한히 확장할 수 있는 기반을 만들어준 '몸을 쓰는' 존귀한 노동자이다.[6]

글쓰기 수업에서 한 학인이 72세이면서 40년 경력자인 건설노동자 아버지에 대해 쓴 글의 일부입니다. 이 글을 읽고 앞으로는 '막노동'이라는 표현을 쓰지 않겠다고 다짐했어요. "나중에 직업을 못 구하면 막노동이라도 해야지"라는 말을 하잖아요. 막노동이 마치 몸뚱이만 있으면 누구나 쉽게 할 수 있는 것처럼요. 《알지 못하는 아이의 죽음》을 쓰면서 특성화고등학교에 다니는 학생을 인터뷰했을 때도 비슷한 이야기를 들었어요. 그 학생에게 지금껏 들었던 말 중 가장 불쾌했던 차별적 표현이 무엇이냐고 물었더니 "공부 안 할 거면 기술이나 배워라"라는 말이래요. 학생은 "기술을 배우는 일이 그렇게 쉽고 만만하지 않다"고 항변했죠.

흔히 쓰는 '결정 장애'라는 표현도 그렇습니다. 보통 부족함이나 열등함을 표현하는 관용구에 '장애'라는 단어가 들어가는데 그런 관념이 담긴 표현을 쓰다보면 장애인을 열등한 존재로 여기는 무의식이 강화됩니다.

예전엔 농인을 '벙어리'라고 칭했죠. 벙어리는 언어장애인을 낮잡아 이르는 말이라서 지금은 쓰지 않고요. '벙어리장갑'도 '손모아장갑'으로 바꿔 부릅니다. 저는 얼마 전에 농인은 '듣지 못하는 사람'이 아니라 '수어를 제1의 언어로 사용하는 사람'이라는 사실을 배웠어요. 어떤 존재를 결핍으로 규정하지 않는다는 점에서 더 나은 정의라고 여겼습니다.

글쓰기는 나쁜 언어를 좋은 언어로 바꾸어내는 일입니다. 끊임없이 배워야만 가능한 일이고요. 저는 글 쓰는 사람으로 살면서 배우는 것을 두려워하지 않게 됐습니다. 어떤 단어를 쓸 때 타자에 대한 존중이 깃들어 있는지, 배제나 차별의 시선은 없는지, 살펴보고 쓸지 말지 판단해요. 좋은 언어는 적어도 타인을 마음 상하게 하거나 재단하지 않는 언어라고 생각해요. '먼지 차별'이라고 불릴 정도로 일상에 스민 차별과 혐오의 언어를 골라내기는 어렵지만 하나씩 배우면 되고, 헷갈리면 책을 찾아보거나 주변에 물어봐서 지혜를 구하면 됩니다. 누구나 실수하고 그렇게 실수하면서 배웁니다. 그러니까 올바르지 못한 표현을 쓴 사람에게 정색하지 말고 상대가 무안하지 않게 생각과 의견을 전달하고, 자신의 말이나 글에 그런 표현이 있다는 사실을 알았을 때는 반성하고 고쳐나가면 됩니다. 이것이 성숙한 시민의 모습 아닐까요. 우리가 이런 불편함과 부끄러움을 터놓고 수용하는 대화가 가능할 때라야 타인을 존중하는 법을 배울 수 있을 것입니다.

비유를 잘하는 방법은
무엇인가요?

글쓰기 수업 학인들의 글에는 은유법, 의인법, 직유법이 곧잘 나옵니다. 그런데 '와, 정말 적절하다' 싶은 경우보다 '이게 무슨 뜻이지?' 하고 갸웃하게 되는 경우가 더 많았어요. 그래서 늘 말했죠. 멋있는 비유를 하려고 하지 말고 정확한 표현을 하는 게 어떻겠냐고요.

한번은 어느 학인이 "마음이 물안개처럼 무겁게 가라앉았다"라는 문장을 썼어요. 합평 시간에 다른 분이 지적했습니다. "내가 두물머리에 살아서 매일 물안개를 보는데 물안개는 무겁지 않아요. 가볍고 넓게 피어오르죠." 그렇습니다. 자신이 경험한 게 아니라 머릿속에서 상상한 것 혹은 이미지로만 접한 것을 끌어다 비유로 쓰면 역효과가 납니다. 저도 이 뒤로 '칠흑 같은 어둠'이란 말을 안 써요. 칠흑을 본 적이 없거든요.

한번은 큰비가 내린 지 얼마 안 되어 한강에 놀러갔는데, 강물 쪽으로 가까이 가서 사진을 찍다가 진흙에 종아리까지 쑥 빠지고 말았어요. 땅이 채 마르지 않았던 거예요. 다리가 안 빠져서 낑낑대다가 간신히 꺼냈고 나중에 운동화를 빼내느라고 생했어요. 순식간에 옷이고 신발이고 엉망이 됐죠. 늪에 빠진 다는 느낌이 이렇게나 공포스럽다는 걸, 내가 빠지지 않기를 선택할 수 없고 나올 길도 없다는 사실을 체감했습니다. 이제 늪이라는 표현은 나중에 비유로 쓸 수 있겠다 싶었어요.

이런 비유도 기억에 남네요. 부산에서 택시를 탔을 때 들은 표현입니다. 기사님이 코로나 때문에 손님이 너무 없어서 하염없이 손님을 기다린다면서 "컴컴한 바다에 낚싯줄 하나 드리운 기분이에요"라고 말했죠. 바다를 끼고 있는 도시의 기사님답죠. "손님을 기다리기가 무료하고 답답해요"라는 말보다 절박함이 훨씬 와닿습니다. 다시 한번 느꼈어요. 좋은 비유는 역시 오랜 관찰에서 나온다는 걸요. 한 사물과 현상을 오래 응시하는 시간이 필요한 것 같아요. 내가 본 것, 한 것, 경험한 것이 숙성되어 때를 만나 자연스럽게 문장으로 터져나오도록요.

비유를 잘하는 법을 말씀드리고 있는데요. 사실 글에서는 서툰 비유보다 잘못된 비유가 문제입니다. 전자는 필자에게만 영향을 미친다면, 후자는 타인에게 폭력이 되기도 하거든요. 비유는 글쓴이의 인권 의식을 드러냅니다. 정치적 올바름과 관련이 있어요. 어떤 공무원분이 업무차 전화를 많이 걸었던 일화를 이야기하면서 "우리가 콜센터 직원 같다는 자괴감이 들었다"라고 썼어요. 애초에 비하하려는 의도는 아니었을 텐데요, 맥락상 콜센터 업무를 단순노동으로 폄하하는 뉘앙스가 있어요. 어떤 노동도 단순하지도 쉽지도 않습니다. 무엇보다 콜센터에서 일하는 분이 들으면 불쾌할 수 있는 문장이죠. 또 제가 본 어떤 책에서는 화가 나서 거칠게 행동하는 사람의 모습을 "중2처럼 굴었다"라는 비유로 표현하기도 했어요. 특정 집단을 타자화하고 낙인찍는 표현이죠. 중2도 여느 나이대처럼 난폭함도, 의젓함도, 발랄함도 있을 텐데요. 다른 비유를 찾아 쓰거나 적절한 비유가 생각이 안 나면 안 써도 되죠. 그저 '전화 거는 업무를 단순 반복하느라 지쳤다' '제멋대로 거칠게 굴었다'라고 사실만 명시해도 충분합니다.

얼마 전까지만 해도 조직에 해를 입힌 사람에게 '암적인 존재'라는 표현을 막 썼단 말이에요. 이런 식의 표현에 대해 미국의 비평가 수전 손택은 일찍이 1978년에 낸 책 《은유로서의 질병》에서 질병을 앓는 사실을 "뭔가 추한 것으로 변모시키는 은유의 함정"[7]이 있다고 지적했죠. 특정 질병과 질병을 앓는 환자에 낙인찍는 은유에 반대했습니다. 그렇습니다. 질병은 징벌이 아니라 질병일 뿐이라는 것, 치료의 대상이지 비난의 대상이 아님을 인지한다면 질병 관련 비유를 함부로 쓰지 않게 되겠지요.

'아, 비유 쓰기 참 어렵다' 싶은 생각이 드실 것도 같아요. 그렇지만 그런 긴장감과 부담감을 느끼는 게 쓰는 사람이 갖춰야 할 기본 태도입니다. 글을 쓰겠다는 것은 평소보다 사려 깊어지겠다는 다짐이니까요.

처음엔 후루룩 초고를 쓰시고 퇴고할 때 검토해보세요. '다른 존재를 폄하하거나 무시하는 단어나 비유가 있진 않은가?' 성공적인 비유는 명철한 지성을 발휘해 "앎의 전달"에 기여한다고 아리스토텔레스는 말했습니다. 비유가 자기 감정을 자연물에 대입하여 표현하는 한낱 낭만적인 문학적 장식물이 아니라는 겁니다. 글 쓰는 사람은 단어 하나, 문장 한 줄을 아름답게 만드는 게 일이니까요. 마음을 다잡고 고유하고 매력적인 나만의 비유를 찾아보시길 바랍니다.

상식과 관습을 뒤집어서
사고하려면 어떻게 해야 할까요?

'관습적 사고에 저항하라.' '뒤집어서 생각하라.' 많은 글쓰기 책에서 강조하는 내용이기도 한데요. 상식과 관습을 뒤집어서 사고하는 힘이 창의력이고 상상력이죠. 저는 이런 표현이 막막하게 느껴졌어요. 무얼 어디서부터 어떻게 해야 하는지 감이 잡히지 않았죠. 그런데 책을 읽다가 밑줄을 긋고 열렬히 공감하는 부분을 보면 관습이나 상식을 다른 관점에서 본 문장이더라고요. 자연스레 터득해갔죠. '아, 상식과 관습을 뒤집으라는 게 이런 거구나.' 손원평 작가의 소설 《아몬드》에도 좋은 사례가 나와요.

> 계절은 어느덧 5월의 초입에 들어서고 있었다. 5월 정도면 많은 게 익숙해진다. 신학기의 낯섦도 사라진다. 사람들은 계절의 여왕이 5월이라고 말하지만 내 생각은 좀 다르다. 어려운 건 겨울이 봄으로 바뀌는 거다. 언 땅이 녹고 움이 트고 죽어 있는 가지마다 총천연색 꽃이 피어나는 것. 힘겨운 건 그런 거다. 여름은 그저 봄의 동력을 받아 앞으로 몇 걸음 옮기기만 하면 온다.

그래서 나는 5월이 한 해 중 가장 나태한 달이라고 생각했다. 한 것에 비해 너무 값지다고 평가받는 달. 세상과 내가 가장 다르다고 생각되는 달이 5월이기도 했다. 세상 모든 게 움직이고 빛난다. 나와 누워 있는 엄마만이 영원한 1월처럼 딱딱하고 잿빛이었다.[8]

어떠세요? "5월이 한 해 중 가장 나태한 달"이라는 표현이 눈에 들어옵니다. '5월은 계절의 여왕'이라는 통념과는 다른 해석이죠. 이런 생각을 작가는 왜, 언제 하고 어떻게 문장으로 풀어냈을지 참 궁금해요. 혼자 추측해봅니다. 아마 최초의 계기가 있었겠죠. '5월은 계절의 여왕'이라는 말은 관용적 표현이니까 평소라면 흘려들었을 텐데 그날따라 유독 그 말이 이물스럽고 자기 몸에 붙는 듯한 느낌이 들었을 거예요. 생각했겠죠. '나는 왜 이 말이 거슬렸지?' 최초의 느낌을 붙잡고 의심하는 거죠. 5월에 대해서 남들이 정해놓은 대로가 아니라 직접 본 것, 관찰한 것, 느낀 것을 종합해서 정확하게 써나가지 않았을까 싶습니다. 상식과 관습을 뒤집어보는 일은 스치는 말이나 현상을 붙들고 곰곰이 바라보고 기존 상식에 의문이 풀릴 때까지 저항하며 생각하는 것이겠죠.

이 밖에 계절에 관한 낡고 오래된 비유가 많습니다. '가을은 독서의 달이다'처럼요. 그런데 이 표현을 현실에 대입해봅시다. 하늘 높고 바람 좋고 단풍으로 운치 있는 가을날, 가만히 앉아서 책을 읽나요? 가을은 산으로 공원으로 연일 최다 관광객이

몰리는 계절로 야외 활동에 최적이죠. 저는 가을이 되면 책이 아니라 창밖에 눈길을 빼앗겨요. 자꾸 나가서 나그네처럼 거닐고 싶어서 엉덩이가 들썩이죠. 차라리 겨울이 독서에 맞춤한 계절 같아요. 밤도 길고, 한 해를 마무리하고 시작하는 시기라서 상념도 많아지니까요. 저마다 '독서의 달'은 다릅니다.

성탄절이면 흔히들 카드에 '메리 크리스마스'라고 쓰고 인사말도 건네잖아요. 그런데 정말 '메리 크리스마스'인가 생각해보면요, 저한테 성탄절은 '새드 크리스마스'로 각인돼 있어요. 사춘기 무렵에 아버지가 직장을 자주 옮겨서 집안 경제가 불안정했어요. 연말이면 아버지가 그러셨죠. "올해 크리스마스는 새드 크리스마스다." 그 말이 그렇게 처량했어요. 남들은 성탄절에 다 행복한데 나만 불행한 것 같고, 아버지가 무능한 거 같아서 싫고 부끄러웠던 기억이 나요. 평생을 돌이켜보면 화려하고 행복한 성탄절보다 평범하거나 쓸쓸한 성탄절을 더 많이 보낸 것 같아요. 성탄절뿐만 아니라 명절도 행복해야 한다는 강박 때문에 더 불행한 날이 되곤 하잖아요. 이렇게 본 대로, 느낀 대로, 살아온 대로 직접 마주한 감정과 경험을 나부터 인정하고 표현해보는 과정에서 관습적 사고에 저항하는 표현을 해나갈 수 있습니다. 서서히 나만의 사고와 언어가 만들어질 테고요.

한번은 글쓰기 수업에서 어느 학인이 이런 글을 썼어요. 원가족에서 독립해 혼자 사는데 엄마가 자기 없을 때 집에 와서 냉장고에 반찬을 채워넣고 가구 배치도 마음대로 바꿔놓는대요. 요청하거나 부탁하지도 않았는데 그런다고요. 일방적인 관계와 상황에서 느끼는 괴로움을 표현한 글이었어요. 그분의 글을 보면서 느꼈습니다. 흔히 성인이 되면 자식을 독립시켜야 한다고 말하지만 부모도 자식으로부터 독립이 필요하다는 걸요. 저도 반성했죠. 성인이 된 두 아이도 어떤 부분은 제 손을 많이 떠났고, 어떤 부분은 아직 의존하기도 해요. 저도 입으로는 어서, 제발, 부디 아이들이 독립했으면 좋겠다고 말하면서도 습관적으로 아이들한테 얽매인 부분도 많더라고요. 아이가 원하지도 않는데 밥을 차려놓고선 먹으라고 하는 식으로요. 독립이나 자립은 한 사람의 선언으로 되는 게 아니라 상호적일 때 가능함을 학인의 글을 보며 배웠습니다.

《있지만 없는 아이들》을 집필하는 과정에서도 통념을 깨는 사례를 접했어요. 행정소송 끝에 승소한 김민혁 군이 출입국사무소에서 난민인정 확인증을 받는 날, 관계자가 어깨를 두드리며 그랬대요. "열심히 살아라." 당시 이야기를 하면서 민혁 군이 화를 냈어요. 너무 화가 났다고, 지금까지 열심히 살았는데 뭘 더 어떻게 열심히 살라는 말이냐고 하더라고요. 인터뷰하던 중 듣고 뜨끔했습니다. '열심히 살라'는 말은 덕담 같지만 맥락에 따라 비수가 되기도 한다는 것을 알았죠.
상식이나 관습에 저항하라는 말이 막막하게 느껴진다면 일단 두 가지를 실행해보면 어떨까 싶습니다. 남들의 생각이나 기성세대의 말에 무조건 기죽고 복종하지 말 것, 자기 상황과 느낌을 정확하게 말이나 글로 표현할 것. 한 시대의 지배적 관념, 상식, 통념이란 게 알고 보면 허술한 구석이 많습니다. 자기 경험을 믿고 쓰면 됩니다. '원래 그런 것'은 없으니까요.

일상에서 질문하는 힘을
어떻게 기를 수 있을까요?

생각을 키우다보면 질문이 생기고, 질문은 생각을 촉발하죠. 앞선 글 〈상식과 관습을 뒤집어서 사고하려면 어떻게 해야 할까요?〉와 맞닿는 내용이겠네요. 일상에서 상식과 통념에 따라 '생각한다'는 자각도 없이 익숙한 대로 느끼고 판단하며 살잖아요. 이렇게 시스템화된 사고의 회로에 중단이 일어날 때, 진짜 나의 생각이 시작됩니다. 그러려면 부단히 자각해야 하는 것 같아요. 마치 그냥 앉아 있으면 허리랑 어깨가 굽기 쉬운데, 일상에서 '허리 펴기'를 의식해서 자세를 잡아야 체형을 바로 잡을 수 있듯이요. '생각 펴기' '생각 키우기'를 의식적으로 해야 질문하는 몸을 만들 수 있겠죠.

제가 아는 질문하는 힘을 기르는 방법은 '낯선 환경에 놓여 보기' 그리고 '이방인 되기'예요. 일상에서 생각하고 질문하기가 어려운 이유는 자신을 둘러싼 환경에 익숙하기 때문이죠. 다르게 생각할 계기가 잘 없어요. 저는 일 때문에 낯선 환경에 종종 놓입니다. 성인을 대상으로 하는 강연장에 주로 서다가 처음 고등학교 강연장에 섰을 때가 생각나요. 교복 입은 사람이라곤 집에서 보는 아이들이 전부이다가 강연장에서 집단으로 교복 입은 학생들을 만난 거죠. 그런데 아이들이 책상에 죄다 파우치를 꺼내놓고 화장을 하더라고요. 세상이 낯설어지고 '사고의 전구'에 불이 들어왔어요. '학생들이 교실에서 화장을 하네!' 놀라움과 궁금증을 일단 참고 강연을 마친 뒤, 집에 가는 길에도 계속 여러 생각이 났어요. 며칠 후 '나는 왜 아이들은 화장하지 않는 게 예쁘다고 생각했나'라는 질문에 이르렀고 〈화장하는 아이들〉이라는 글을 썼습니다.

교실에 들어가니 아이들이 파우치를 꺼내놓고 입술연지를 바르거나 파우더를 두드린다. 헤어롤을 말고 있거나 셀카에 열중하는 아이도 보인다. 글쓰기에 관심 있는 고등학생 30명이 모인 자리니까 시집이나 만년필이 있어야 한다고 생각한 적 없지만, 책상을 점령한 의외의 사물에 놀란 건 사실. 이 신세계 구경에 어리둥절한 내게 담당 교사는 귀띔했다. 대다수 아이들을 '교칙 위반자'로 만들수 없다는 교장의 용단에 따라 화장 금지 조항을 없앴다고. "아침에 화장 못 하고 출근하면 애들한테 빌려 써요." 하며 웃는다.
비슷한 시기에 대안학교 학생들을 만났다. 교사와 학생의 토론 끝에 교내 화장 금지로 결정이 났단다. 화장하는 것과 공부하는 것이 대립 관계가 아니다, 화장을 하면 내가 다른 사람이 된 거 같아 기분이 좋다는 내용의 과제물을 한 학생이 제출했다. 그 글에 다른 학생이 동조했다. "10대는 화장 안 해도 예쁘다는 어른들 말은 이상해요. 사실 화장하면 더 예쁘잖아요?"

귀가 반짝 열렸다. 정말 그런가 싶어 떠올려보았다. 화장한 얼굴은 해님같이 쨍하다. 화장기 없는 얼굴은 햇살처럼 퍼진다. 또렷함과 은은함의 차이, 같은 신체 다른 표현이다. 근데 나는 왜 교복 입은 아이들은 맨얼굴이 낫다고 믿었을까. 자연에 대한 낭만적 이상화 같은 건가. 생각해보니 생각 자체가 없었다. 크는 동안 어른들에게 들어온 익숙한 말들을 내가 어른이 되어 아이들에게 적용한 것뿐. 대개의 선악 판단이 그러하듯 낯섦에 대한 저항, 익숙함에 대한 옹호일 따름이다.

딸내미는 열여섯 살이다. 얼마 전 생일엔 립글로스와 마스크팩을 선물로 받았다. 앞머리를 목숨처럼 여겨 헤어롤을 가방에 부적처럼 넣고 다니는데 아직 화장은 하지 않는다(밖에서는 하는지도 모름). 고등학생이 되면 입술 색도 짙어지려나. 10년 후쯤엔 직장을 나가면 아마 지하철에서 허둥지둥 손거울 들고 눈썹을 그리는 민폐녀가 될 수도 있겠다. 중년엔 지체 높은 신분이 되어 실수로 헤어롤을 매단 채 회의에 나가면 일하는 여성의 애환을 보여준 미담의 주인공이 될지도.

아이들 말대로 어른들은 이상하다. 화장과 관련한 일련의 삽화들을 떠올려보니 일관성이 1도 없다. 10대의 강을 건너는 순간 여자의 민낯에 대한 평가는 순수의 상징에서 무례의 표시로 뒤바뀐다. 화장이 부덕에서 미덕이 되는 기준은 무엇이고, 누가 정하는지 알 수 없으나 당사자인 여성의 욕망과 목소리는 애초부터 배제된다. 묻지 않고 듣지 않고. 화학 물질이 아이들 피부에 해롭기에 화장을 금한다는 말도 궁색하다. 이 미세먼지 나쁨의 나라를 건설한 어른들이 말이다.

이상한 어른 1인으로서 반성한다. 갑갑한 교육 현실, 세상은 못 바꾸고 화장으로 자신을 바꾸겠다는 주체적인 아이들을 잠시나마 힐끔거렸다. 내면과 외면의 아름다움을 분류하는 자체가 기성세대의 문법이다. 그것도 낡은. 너희들은 육체의 좋음에 무능하여 영혼의 좋음을 최상으로 추구하는 게 아니냐고 니체라면 일갈했을 것이다. 좋은 화장품 사주든가, 해로운 화장품은 만들지 말고 팔지를 말아야 한다. 그게 어른의 일이다.

꾸준한 행동으로 분가루 냄새 약동하는 교실 풍경을 일궈낸 아이들, 화장을 하는 이유를 또박또박 주장하고 어른들의 두서없는 논리와 간섭을 반박하는 아이들, 나탈리 크나프가 정의한 대로 "인생의 지혜에서 아직 멀어지지 않은" 이 존재들에게 화장권이 널리 허용되길. 화장할 권리와 투표할 권리는 멀지 않아 보인다.[9]

이후 다른 학교에도 강연하러 갔습니다. 대개 강연하러 학교에 가면 독서 활동을 좋아하는 아이들을 만나요. 책 읽고 소감문 쓰는 일에 훈련되어 있고 시험 성적이 우수한 아이들이 대다수죠. 그러다가 한 학교에서 금연교육을 받는 아이들을 대상으로 글쓰기 수업을 하게 됐습니다. 아이들이 쓴 글을 읽고,

아이들과 이야기를 나누는 과정에서 불현듯 여러 생각이 찾아왔죠. '학생답다는 건 뭘까.' '학생다움은 왜 어른이 정하나.' '공부 시기를 한 번 놓친 아이들이 공부를 다시 하려면 어떻게 해야 하나.' 이 생각들을 물음으로 키워 한 편의 글을 썼습니다.

강연이나 취재 제안이 왔을 때 익숙한 일, 쉽게 할 수 있는 일만 골라서 하면 편하겠지만 안주하기보다 낯설고도 의미 있는 주제를 다뤄보려고 의도적으로 노력해요. 학생들의 금연교육에 강연자로 와달라는 요청을 받았을 때도 처음에는 자신이 없었지만 용기를 내어 가봤고요. 《있지만 없는 아이들》의 집필 제안이 왔을 때 한번 해보자고 결심한 이유도 '미등록 이주아동'의 존재가 저한테 가장 먼 이웃이었기 때문입니다. 역시나 인터뷰를 위해 만난 이주아동, 이주노동자, 이주활동가의 말을 들으면서 편견이 깨지고, 이주아동에 대한 제 생각을 만들어갈 수 있었죠. 책에 나온 미등록 이주노동자로 한국에서 25년을 산 인화 씨도 이렇게 말했어요. 사람은 불편해야 생각한다고요.

저는 '현장'이라는 말을 참 좋아하는데요. 삶이 발생하는 자리, 생생한 현실을 일깨우는 삶의 진실이 현장에 있습니다. 일상에 매몰되지 않고 낯선 이웃이나 현장을 찾아나설 때, 기존의 앎에 혼란스러움을 느끼고 그 혼돈의 토양에서 생각의 씨앗이 발아합니다. 여러분도 각자 찾아보세요. '나의 현장은 어디인가' '내가 이방인이 되는 자리가 어디인가' '나의 가장 먼 이웃은 누구인가' 하는 것들을요. 하지 않던 상상을 하고 현장을 기웃거리고 새로운 시도를 하는 것 자체가 일상에서 생각을 키우는 시작이지 않을까 싶습니다.

꼭 어딜 가야만 하는 건 아닙니다. 같은 장소도 얼마든지 낯선 곳이 될 수 있습니다. 그런 점에서 아이 키우는 여성이 글쓰기에 좋은 환경에 놓여 있다고 생각해요. 아이를 낳으면 익숙하던 일상이 날마다 한없이 낯설어지거든요. 나는 그대로인 거 같은데 엄마가 되면 기존의 내가 사라지는 느낌도 드니까요. 한번은 유자녀 여성 학인이 이런 글을 썼어요. 엄마를 '워킹맘'과 '전업맘'으로 구분하는 이분법에 반대한다고요. 집에서 아이 키우는 엄마도 가사노동을 하기에 워킹맘이고, 회사에 다니는 워킹맘도 집안일을 상당 부분 한다는 거죠. 또한 자신은 아이를 키우면서 본의 아니게 직장을 관뒀는데, 전업맘이 되니 '집에서 노니까 좋겠다'라는 말을 듣는대요. 전업맘과 워킹맘은 엄마라는 존재를 소득이 있느냐 없느냐를 기준으로 나눈, 즉 경제적 지표에 따른 구분입니다. 세상이 말하는 '쓸모 있는 존재'는 소득이 있는 경제활동인구를 뜻하고요. '사람을 나누는 기준이 왜 돈벌이가 됐는가' 하는 중요한 질문을 던지는 글이었습니다. 일상에서 찾은 좋은 글감이죠.

저는 의문이 들면 그 생각을 말로 많이 해보는 편이에요. 혼잣말로도 중얼거려보고 글을 쓰다가 막히면 친구한테 "내가 이런 글을 쓰려고 하는데……." 하고 입 밖으로 표현해봅니다. 그렇게 말하는 과정에서 생각이 정리될 때가 있어요. 글쓰기 수업에서 한 학인이 쓴 글을 예로 들어볼게요. 우울증으로 자살 충동을 느끼는 파트너와 동거하는 사연을 쓴 글입니다. 자기가 없는 동안에 무슨 사고라도 날까 봐 동거인을 두고 잠시 외출하는 것도 겁이 난다는 내용이었습니다. 한 단락 보여드릴게요.

내가 외출의 어려움을 주제로 글을 쓴다고 하니 ○○이 말했다. "나도 너무 불안해. 혼자 있으면 내가 무슨 짓을 할까 봐." 그 말에 머리를 한 방 맞은 듯했다. 그동안 나는 '죽으려는 ○○'만 보느라 '살려는 ○○'을 보지 못했다. '왜 죽고 싶을까'만 생각했지, 이렇게 힘든 와중에 '어떻게 살아남았나'는 질문해본 적이 없다. 생각해보면 나의 이 아슬아슬한 외출의 가장 가까운 조력자는 그녀였다. 내가 출장 갈 때마다 같이 있어줄 사람을 함께 수소문하고, 혼자 있는 시간을 안전하게 보낼 방법을 의논한 것도 그녀였다. 이 끝없는 싸움에서 ○○은 내게 지켜야 할 사람이 아니라 하나뿐인 나의 동지였다.[10]

이 글을 쓴 학인이 이런 말을 했어요. 글을 쓰기 전엔 한 번도 해보지 않은 생각을 대화를 나누고 글로 쓰며 해보게 되었다고요. 입 밖으로 꺼내 이야기한 자기 고민을 누군가가 받아주고 그 생각에 살을 붙여주고 뒤집어서 안 보이는 면을 보여주기도 하죠. 질문이 만들어지고 발상의 전환이 일어납니다. 모든 멋진 것은 협업의 산물이죠.

'훌륭하게 생각하기'라고 하면 부담스러운데 '다르게 생각하기'라고 표현하면 해볼 만하다는 생각이 듭니다. 이방인이 되는 자리에 들어가보고, 마음에 걸리는 말을 붙잡아보고, 자기 생각을 말해보는 과정에서 다른 생각을 만날 수 있을 것입니다.

추상적이고 관념적이라는 평을 듣는 글을
어떻게 고칠까요?

"추상적이고 관념적이라는 평을 듣는 글을 고칠 방법이 없나요?"라는 질문에 저는 방법이 있다고 답합니다. 방법이 없는 일은 없는 거 같아요. 시간이 부족한 일은 있어도요.

처음으로 마음에 새긴 글쓰기 팁이 '멋진 글보다 쉬운 글을 쓰라'는 말이었어요. 처음에는 이 조언이 못마땅했죠. 쉬운 글은 시시하고 밋밋한데 왜 쉬운 글을 쓰라는 건지, 멋진 글을 지향해서 써야 하는 거 아닌가 싶어서요. 무조건 멋지게 써야 한다는 생각이 강했거든요. 그런데 쓰다보니까 쉬운 글을 쓰라는 말이 맞더라고요. 멋진 글을 쓰려고 하면 나도 모르게 글이 추상적으로 써져요. 괜히 아는 척도 좀 해야 할 것 같으니까 철학 용어도 쓰고, 현실의 구질구질함을 담지 않은 개념어도 골라 쓰고요. 물론 개념어나 관념어도 때론 필요하지만 과하면 글에 메시지가 아니라 허세만 남기도 해요. 쉬운 글을 쓰라는 건, 내가 어떻게 보일지만 생각하며 자아도취 하지 말고 독자 중심으로 독자가 알아듣도록 쓰라는 뜻입니다. "산문에서 모호하게 글을 쓰는 자는 대개 허세를 부리고 자기중심적인 자다.

열린 마음과 공감하는 태도로 자기만의 목적을 넘어서 더 큰 목적을 달성하려고 글을 쓰는 자는 글이 명료할 수밖에 없다."[11] 언어학자이자 작가인 F. L. 루카스가 한 말입니다.

예를 들어보겠습니다. 한 학인이 사랑하는 사람한테 편지를 썼어요. 결혼한 지 7년 차 커플의 이야기입니다.

내가 우울증 진단을 받고 어찌할 줄 모를 때 당신은 내가 똑똑해서 그런 거라고 말해줬어. 세상은 우울한 거고, 그걸 볼 줄 알기 때문에 나도 우울한 거라고. 그 말이 얼마나 힘이 됐는지 알아? 한순간에 환자가 되어버린 기분에 앞으로 어떻게 헤쳐나가야 할지 막막했는데, 어깨를 으쓱하며 우울함을 조금 떨쳐버릴 수 있었어. 감정이 오르락내리락해서 나도 모르게 화가 치밀어 오르거나 슬플 때, 그런 감정을 미안해할 필요가 없다고 말해줘서 고마워. 말하기 어려울 땐 그냥 다가와 안기라고 말해줘서 고마워. 그 말이 얼마나 위로가 됐는지 알아?[12]

어떤가요? 쉬운 글인데 멋지게 느껴지죠? 일상이 서로 얽힌 가까운 사이이고 같이 나눈 시간의 폭이 클수록 마음을 표현하기가 어렵잖아요. 뭐부터 어떻게 표현해야 할지 난감합니다. 그래서 이렇게 쓰기 쉽죠. '지난 시간 우리 사이에 너무 많은 일이 있었고, 울기도 했고 웃기도 했다, 돌이켜보니 아름다운 추억이 됐다'라는 식의 글이요. '고마우니까 고맙고, 사랑하

니까 사랑하고, 미안해서 미안하다. 내 마음 알지? 더 잘할게'
와 같이 메시지가 공회전하는 글이요. 추상적이고 모호해서
추억 당사자인 두 사람만 이해할 수 있죠. 그런데 일기가 아닌
이상 독자가 있는 글쓰기는 감정의 결과를 쓰는 게 아니라 감
정이 발생한 기원부터 그 과정을 제3자도 이해할 수 있게 써야
겠죠.

　동시에 글 쓰는 사람은 자기 경험을 객관적으로 재구성하
고 재해석하여 구체적으로 써야 해요. 쉬운 듯 어려워요. 어떤
상황을 세세하게 쓰려면 기억을 복기해 찬찬히 상황을 되짚어
보고 무슨 사건을 쓸지 고민하고, 왜 좋고 나빴는지 감정을 깊
이 들여다봐야 하는데 이 과정에 상당한 노동이 들거든요. 힘
도 들고 시간도 듭니다. 또 낱낱이 쓰려니 무언가 부끄럽고 주
저하게 됩니다. 그러니까 뭉뚱그려서 추상적인 글을 쓰는 거
예요. 어떤 사람의 글이 관념적이고 모호한 이유엔 여러 가지
가 있겠지만 '게으름'도 한몫한다는 것을 알 수 있습니다.

　정리하자면 글이 모호하고 추상적이라는 지적을 받는다
는 건 노동하지 않았다, 자기한테 집중하지 않았다, 감추고 싶
은 게 많다는 뜻입니다. 그래서 모호하고 추상적인 글쓰기에
서 벗어나는 방법으로 저는 늘 자기 경험의 특정 상황에서 글
쓰기의 발상을 시작하라고 권합니다. 삶의 한 장면이요. 우울
증이라고 진단받은 진료실 장면, 아버지가 불콰하게 취해서
현관문을 여는 장면, 잠이 안 오는 밤, 침대에 누워 있는 장면

처럼요. 희미해진 과거 기억을 되살리는 노동을 감내하고 그때 지닌 자기 생각, 감정, 느낌을 살펴봐야겠지요. 지루하고 답답하고 외면하고 싶은 시간을 견디고 사건과 감정을 복구하는 데 집중해보세요.

추상적인 글쓰기를 피하는 방법 두 번째는 글을 쓸 때 내 글을 읽었으면 하는 독자 한 명을 상정해보는 겁니다. 친구한테 드라마의 한 장면을 말해주듯이 글 속 인물의 행동과 감정의 동선을 따라서 생생하게 써보세요.

세 번째는 글을 다 쓰고 나서 개념어, 관념어에 동그라미 쳐보세요. 그런 단어를 지우고 생활 언어로, 구체적인 동사로 바꿔보는 것도 방법입니다. 가령 '나는 글 쓰는 걸 좋아하지만 가끔 쓴다. 어떤 일을 계획할 때나 다짐이 필요한 순간에만 쓰는 편이다'라는 문장을 보겠습니다. "가끔" "일" "계획" "다짐" 이런 단어가 모호해요. 계획하고 다짐한 일의 구체적 사실을 문장에 채워 넣어야죠. '나는 한 달 동안 글을 두 편 썼다. 필라테스 강사 자격 시험에 대비해 공부 계획을 짤 때랑 나에게 상처 주는 친구를 더 이상 만나지 말자는 다짐을 할 때였다.' 이렇게 고치면 자기 상태를 더 명확하게 진단할 수 있습니다. 글을 쓰고 싶다고 생각만 했지 쓰지 않았다는 것, 언제 내가 글쓰기 앞에 서게 되는지를 인식하면 다음 문장도 찾아지겠죠.

글쓰기는 시험대에 오르는 일 같아요. 내 생각이 얼마나 진실하고 정교한지 증명하는 자리이고, 내가 무엇을 알고 무엇을 모르는지, 무엇을 모르면서도 안다고 생각했는지 검증받는 시간이기도 하고요. 삶은 너무나 구체적이고 실질적이기에 우리의 글이 모호하고 추상적이라면 초점이 안 맞는 사진처럼 되어버린다는 이야기로 이번 글을 마무리해보겠습니다.

간결하고 쉬운 글이
좋은 글인가요?

'정확하게 쓰자' '간결하게 쓰자' '쉽게 쓰자' 세 가지 표현은 맥락이 비슷한 듯 다릅니다. "간결하고 쉬운 글이 좋은 글인가요?" 이 질문을 뒤집어보면 "복잡하고 어려운 글이 나쁜 글인가요?"라고 표현할 수도 있겠지요. 여러분은 어떻게 생각하시나요?

간단하고 쉬운 글이라고 다 좋은 글이 아니고, 복잡하고 어렵다고 다 나쁜 글도 아니다, 저는 이렇게 말씀드리고 싶어요. 이분법 구도에서는 좋은 질문이 안 나와요. 대답도 단순해져요. 세상일을 선악으로 명확히 구분할 수 없듯이 글쓰기도 그렇습니다. 우선 '쉽다' '어렵다'라는 기준도 사람마다 다르겠죠. 쉽거나 어려운 글보단 내용이 빈약한 쉬운 글 혹은 얻어갈 내용 없이 어렵기만 한 글, 이런 글이 문제가 되는 것 같습니다.

왜 어떤 글은 내용 없이 쉬운 글이라고 느껴질까요? 쉽게 읽히는 이유가 여럿 있겠지만, 막힘 없이 술술 읽히는 글은 기존의 관념이나 사고 체계에서 비롯했기 때문일 가능성이 있습니다. 아는 이야기면 술술 읽히죠. 그런데 새로울 게 없는 글은 냉정하게 말해서 읽어도 그만, 안 읽어도 그만인 글이죠. 해롭지도 않지만 이롭지도 않은 글입니다.

한문 투나 번역 투나 학술 용어를 총동원해서 전문적으로 보이는데 정작 내용 전달이 안 되는 글도 있어요. '이 필자는 뭘 말하는지 본인도 모르고 썼을 거야'라는 의심이 드는 글을 가끔 봅니다. 가령, 제가 "'쉽다' '어렵다'라는 기준도 사람마다 다르겠죠"라고 앞서 표현했는데 같은 말을 '난이도는 자의적이죠'라고 쓸 수도 있겠죠. 한문 투를 쓰면 입말보다는 정돈되어 보입니다. 함축적이니까요. 저도 간결한 문장을 선호해서 가끔 써요. 그런데 과하면 역효과가 생깁니다. 한문 투와 번역 투 그 자체가 문제라기보다 적절하지 못해서 문제가 되는 것 같습니다. 독자와 소통하려는 마음보다 어휘력이나 지식을 과시하려는 마음이 더 크게 느껴지는 글은 좋은 글이라고 보기 어렵습니다. 쓰는 사람의 안중에 읽는 사람이 있는지 없는지 독자는 다 느끼잖아요. 나쁜 글의 예를 들지는 않고 좋은 글의 예를 들게요. 아서 프랭크가 《몸의 증언》에 쓴 글입니다.

질병 그 자체는 예측가능성의 상실이다. 그리고 그것은 그 이상의 상실을 이야기한다. 요실금, 숨가쁨 혹은 건망증, 떨림과 발작, 그리고 아픈 몸으로 인한 다른 모든 "실패들." (…) 질병은 통제를 상실한 채로 살아가는 것을 배우는 것이다.[13]

내용이 쉽고 표현도 간결하지만 깊고 묵직합니다. 읽는 사람이 쉽게 읽으면 쓰는 사람은 쉽게 쓰지 않았다는 뜻이기도 하죠. 반대로 읽는 사람이 어렵고 복잡하다고 느끼는 글은 쓰는 사람이 독자에게 가닿는 글을 쓰기 위해 충분히 노동하지 않았다는 뜻일 수도 있어요.

저는 독자를 적당히 긴장시키는 글을 좋아해요. '두뇌 운동을 하게 하는 글'이라고 표현하는데요. 지나치게 매끄러운 글보다 거칠어도 에너지가 느껴지는 글을 좋아하고요. 약간 어렵더라도 다 읽고 되돌아가서 처음부터 다시 읽고 싶고, 한 문장 한 문장 곱씹어보고 싶은 즐거운 노동을 독자가 자처하게 하는 글이 있습니다. 예를 들어볼게요. 얼마 전에 글쓰기 수업에서 한 학인이 쓴 글입니다.

땅이 너무 무르면 그 위에 뭔가를 새로 지어 올리는 일이 어려워진다. 말랑한 땅을 단단하게 만들기 위해 가장 손쉬운 일은 무른 성질의 것들을 들어내는 것이다. 그러고선 단단한 성질의 흙으로 채워넣는다. 땅 주인은 그렇게 신선한 땅을 얻게 된다. 상황이 여의치 않아 흙을 퍼낼 수 없을 때가 있다. 그럴 때면 큰 기계로 수없이 땅을 다져야 하는데, 가장 난감한 상황은 무른 데다가 물까지 잔뜩 머금고 있는 땅을 만났을 때이다. 그런 땅은 기계로 한참을 내리쳐도 물을 내놓지 않고 잔뜩 안고 있다. 이런 경우를 토목에서는 '다짐이 잘 먹지 않는다'고 한다.

땅이 마음에 들지 않으면 쓰지 않고 버리면 되는데, 가진 게 이 땅 하나뿐인 경우는 조금 다르다. 땅 주인은 땅을 포기하지 않기 위해 뭔가를 해야만 한다. 그는 땅에 큰 빨대를 꽂아 넣고 새 흙으로 무른 흙을 덮어준다. 무른 흙은 새 흙의 무게를 견딘다. 무거운 시간을 충분히 가진 무른 땅은 그제야 빨대를 통해 물을 내뱉는다. 땅 주인은 재촉 없이 조용히 물을 내보내는 땅을 기다려줘야 한다.

토목에 대해 잘 모르는데도 숨죽이고 한숨에 읽었고요, 다 읽고 돌아가서 한 번 더 읽었어요. 전문가가 쓴 글이지만 어렵지 않죠. 간결한 표현으로 독자를 하고 싶은 이야기로 데려가요. 전문용어를 사용하여 복잡하고 어려워 보이게 쓸 수도 있는데 보편적인 삶의 내용으로, 토목 이야기를 글쓰기 수업의 이야기로 풀어냈습니다.

어찌어찌 수업을 마무리하고 집으로 돌아왔다. 평소보다 늦게 잠자리에 들었는데도 잠이 오지 않았다. 그러고는 다시 눈물이 흐르기 시작했다. "이번엔 빨대를 제대로 꽂았구나." 나는 생각했다. 10차시의 수업이 나를 통과한 후 얼마나 많은 물이 내 위에 떠올라 있을까 두려웠다. 또한 얼마나 단단한 나의 지반이 저 밑에 모여 있을까 궁금해졌다. 무른 나에게서 물이 빠져나간 후를 상상해 본다. 그 위에 조심스럽게 뭔가를 지어봐도 되지 않을까 기대되고. 또 아직 조금은 이르지 않을까 하는 마음도 들었다. 조바심이 들어울다가 눈물을 닦다가 또 울었다. 땅 주인이 땅을 버릴 수 없어 재촉 없이 땅을 기다려주듯이. 나도 나에게 무거운 시간을 선물하기로 한다. 마음껏 물을 내보내기로 한다.[14]

토목만이 아니라 농사든 가사노동이든 자신이 몸담은 분야에 관해 쓰면 좀 더 간결하고 쉬우면서 아름다운 글로 표현할 수 있는 것 같아요.

글쓰기 책에서 말하는 '간단하고 쉽게 쓰라'는 의미는 지식만 전시하는 글, 자아만 비대하고 독자의 자리가 없는 자아도취형 글을 쓰지 말라는 뜻으로 저는 해석합니다. 승객도 안 태우고 자기만 앞서가면 곤란합니다. 좋은 작가는 숙련된 기관사처럼 독자를 정확하고 안전하게 자신이 본 세계로 데려다줍니다.

SNS 글만 쓰다보니 긴 글을 쓰기가 어려워요.
어떻게 하면 긴 글을 쓸 수 있나요?

하루가 지나면

하루가 지나간다

너와의 시간

이제 곧 하지다

일본의 과학자이자 시인 나가타 가즈히로가 쓴 시입니다. 세계에서 가장 짧은 정형시, 하이쿠죠. 길이는 짧은데 여운은 길어요. 아니, 길이가 짧아서 여운이 긴 걸까요? 다 읽고 나면 '아!' 하고 마음에 파문이 일잖아요. 언뜻 길가의 풀 한 포기처럼 흔한 단어로 구성된 시라서 누구나 쓸 수 있을 것 같지만, 막상 써보면 아마 어설퍼서 쓰다만 문장처럼 보이기 쉽겠죠. 하이쿠를 보며 생각합니다. '말을 하지 않는 것도 말하는 것이구나. 진실을 전달하는 일에는 그렇게 많은 단어가 필요하지 않을지도 모르겠구나.'

글의 길이에 관해 이야기해보려고 합니다. "SNS 글만 쓰다보니 긴 글을 쓰기가 어려워요. 어떻게 하면 긴 글을 쓸 수 있나요?"

라는 질문을 받은 적이 있어요. 음, SNS 자체의 문제는 아닌 것 같아요. SNS라고 해서 꼭 짧은 글을 쓰라는 법이 없고, 플랫폼마다 특성이 다르거든요. 트위터는 280자 한정이고 인스타그램은 이미지 위주이고, 페이스북엔 주로 긴 글이 올라와요. 페이스북에 쓴 글을 모아서 책을 내는 분도 봤거든요. 특별한 경우일 테지만요. 일반적으로 SNS에는 일시적인 느낌, 생각, 의견이 오가죠. 저도 페이스북에 쓰는 글은 가볍게 올려요. 오탈자나 단어를 몇 개 고치기도 하지만 각 잡고 퇴고하는 과정 없이 가벼운 마음으로 글을 올려요. 여러 말들이 머물기보다 물처럼 흘러가는 공간인 SNS가 제대로 글을 쓰기엔 적합한 환경이 아닌 건 맞습니다. 글쓰기는 말을 붙잡는 일이니까요.

긴 글을 쓰고 싶다면 무르익지 않은 생각이라도 표현을 자제하기보단 SNS를 활용하는 것도 좋습니다. 발상을 저장해두는 용도로요. 글을 완성하면 블로그나 브런치같이 타인의 반응이 비교적 즉각적이지 않은, 고요하고 안정적인 느낌의 플랫폼에 공간을 마련해 쓰는 겁니다. 우선 얼마나 쓸지 분량을 정해보세요. '긴 글'의 기준은 저마다 다르니까요. 저한테 긴 글은 A4용지에 서체 크기 10포인트를 기준으로 네 장 넘는 글이거든요. 한 장이 200자 원고지 기준으로 대략 10매이니, 원고지 30~50매 정도 분량으로 청탁이 오면 살짝 긴장하죠. 여러분도 길다고 느끼는 글의 분량이 어느 정도인지 헤아려보세요.

처음에는 SNS에 쓰던 글의 두 배 분량을 써보겠다고 목표를 세우고 그렇게 약 열 편, 스무 편 정도 글을 써보세요. 그 정도 분량을 쓰는 일이 수월해지면 A4용지 한 장 반으로 분량을 또 늘려보고요. 그 정도 분량이 200자 원고지를 기준으로 15매 정도 됩니다. 제가 글쓰기 수업에서 내는 과제의 분량이죠. 처음 글쓰기를 배우는 분에게 A4용지 한 장은 무언가를 온전히 말하기에 좀 짧고, 두 장은 길게 느껴져서 좀 부담되는 분량인 듯합니다. 한 장 반에서 두 장 사이 분량이 자기 생각 한 가지를 잘 정돈해 표현해내기엔 무리가 없는 것 같아요. 그렇게 쓰다 보면 두 장 정도는 어느새 어려움 없이 쓰는 자신을 발견할 수 있습니다. 그렇게 쓰다보면 자연스럽게 페이지가 넘어가고 점차 써내는 분량이 늘겠죠.

수영을 배울 때도 그렇잖아요. 처음엔 레인 한 바퀴조차 돌지 못하고 가다가 멈춥니다. 숨을 못 쉬어서요. 한 바퀴를 간신히 돌다가 세 바퀴, 다섯 바퀴, 일곱 바퀴, 열 바퀴…… 이렇게 헤엄치는 거리와 폐활량을 늘려가거든요. 글 호흡을 늘리는 방법도 비슷한 거 같아요. 아무리 길게 써도 내 글의 분량이 한 장에 묶여 있으면 당장 긴 글을 쓰려고 할 때 막막한데, 한 편 한 편 조금씩 분량을 늘리다보면 긴 글도 쓰게 됩니다.

긴 글을 쓰고 싶다는 생각을 저도 했거든요. 예전에 사보 기자로 글을 쓸 때, 원고 분량이 항상 12매 정도였어요. 길면 18매 정도였죠. 3년 이상 사보 기자로 일하면서 이러다가 긴 글 못 쓰면 어쩌나 싶은 불안감이 엄습했어요. 계속 적게 먹으면 위 크기가 줄어들듯이 길지 않은 분량만 쓰다보니까 '사고 용량'이 줄어드는 느낌이 들었죠. 그래서 사보 원고가 아닌 글쓰기를 애써 해나갔습니다. 블로그에 글을 쓰거나 오마이뉴스에 20매 정도 분량의 글을 써서 투고해보기도 하고요. 책 세미나에 참석할 때 과제로 책 한 권 읽고 나서 약 30매 분량의 글을 써보기도 했죠. 아, 정말 무안했습니다. 알맹이 없이 분량만 채운 것 같아서요. 그래도 일단 양적 확장을 해놓으면 질적으로 부족하던 부분도 점차 메울 수 있습니다. 50매 정도 되는 글을 몇 편 쓰다보면 그 이상 도전할 용기도 생기고요.

글의 길이와 질이 비례하는 건 아닙니다. 다만, 여러분도 자기 한계를 조금씩 늘려가는 느낌으로 평소 쓰던 글보다 사고의 호흡이 깊은 글쓰기에 도전해보시라는 겁니다. 오늘 주제와 관련된 좋은 글이 있어서 나누며 마무리하겠습니다. 발터 벤야민의 〈사유이미지〉에 나오는 글이에요.

훌륭한 작가는 자기가 생각하는 것 이상을 말하지 않는다. 그리고 이 점은 대단히 중요하다. 말한다는 것은 생각하기의 표현인 것만이 아니라 생각하기의 실현이기 때문이다. 이것은 걸어간다는 것이 어떤 목표에 도달하고자 하는 소망의 표현인 것만이 아니라 그 소망의 실현인 것과 마찬가지다. 하지만 그 실현이 어떤 종류의 것인지, 즉 그 실현이 목표에 정확하게 합당한 실현이 되는지, 아니면 탐욕스럽고 흐리멍덩하게 소망에 자신을 탕진하는지 길을 가고 있는 자의 훈련 여부에 달려 있다. 그가 자신을 절제하면서 불필요거나 장황하거나 어슬렁거리는 동작들을 피하면 피할수록, 모든 신체의 자세는 자신에게 그만큼 더 족하게 되고, 그 신체를 더욱더 적절하게 운용하게 된다. 열악한 작가는 착상이 많이 떠올라 그 착상들 속에서 기력을 탕진해버린다. 이것은 제대로 훈련받지 못한 열악한 달리기 선수가 사지를 맥 빠지게 움직이거나 지나치게 활발하게 움직이느라 기력을 탕진하는 것과 마찬가지다. 바로 그렇기 때문에 그 열악한 작가는 자기가 생각하는 바를 냉철하게 말할 줄 모른다. 재기발랄하게 훈련받은 신체가 펼치는 연기를 자신의 스타일에 맞게 사유에 부여하는 것이 바로 훌륭한 작가의 재능이다. 훌륭한 작가는 결코 자신이 생각했던 것 이상을 말하지 않는다. 그래서 그가 쓰는 글은 그 자신에게 도움을 주는 것이 아니라 오로지 그가 말하고자 하는 것에만 도움을 준다.[15]

글 한 편을 완성하는
노하우나 훈련법이 있을까요?

"글을 쓰다만 채로 두지 말고 한 편을 끝까지 완성해보세요." 글쓰기 수업에서 자주 하는 조언 중 하나입니다. 격식을 갖춘 글 한 편 쓰기를 완수하는 체험을 통해 성취감을 느끼고 자기 글의 현 상태와 능력치를 파악하는 거죠. '아, 내가 이 정도 쓰는구나' 하고요. 그런데 오래 붙들고 있어도 완성하지 못하는 글이 있죠. 가까스로 마무리를 지었는데 분량만 채웠을 뿐 내용은 엉성하기 짝이 없고요. 아무리 시간과 공을 들여도 완성되지 않는 글도 있습니다.

글을 완성하지 못하는 이유는 글감에 대한 생각이 설익었기 때문입니다. 멸치 육수를 내는데 멸치가 서른 마리 있는 육수랑 세 마리 있는 육수를 비교해보면 농도가 다르겠죠. 세 마리밖에 없으면 오래 끓여도 육수가 밍밍합니다. 멸치가 서른 마리 있으면 잠깐 끓여도 육수가 진하게 우러나고요. 진한 글을 쓰고 싶으면 생각의 멸치를 모아야 합니다. 다음 글을 한번 읽어보세요.

2년 동안 나는 생각했던 만큼 자주 사람들을 만나지도 글을 쓰지도 못했다. 읽기만 했다. 내 책은 무엇을 이야기하게 될까? 글쎄, 전쟁에 대한 또 한 권의 책이라……. 무엇 때문에? 전쟁은 사실, 크고 작은 전쟁들에서부터 널리 알려지거나 알려지지 않은 전쟁들까지, 이미 수천 번도 더 넘게 있지 않았던가. 하지만……. 그건 모두 남자들이 남자들의 목소리를 들려준 것이다. 그건 분명한 사실이다. 우리는 전쟁에 대한 모든 것을 '남자의 목소리'를 통해 알았다. 우리는 모두 '남자'가 이해하는 전쟁, '남자'가 느끼는 전쟁에 사로잡혀 있다. '남자'들의 언어로 쓰인 전쟁. 여자들은 침묵한다. 나를 제외한 그 누구도 할머니의 이야기를 묻지 않았다. 나의 엄마이야기도. 심지어 전쟁터에 나갔던 여자들조차 알려들지 않았다. 우연히 전쟁 이야기가 시작되더라도, 그건 '남자'들의 전쟁 이야기이지, '여자'들의 전쟁은 아니다.[16]

어느 책에서 발췌했는지 짐작하신 분도 있을 거예요. 참전한 여성의 목소리를 담은 책《전쟁은 여자의 얼굴을 하지 않았다》의 일부입니다. 이 책을 쓴 스베틀라나 알렉시예비치는 2015년 노벨문학상 수상자죠. 노벨문학상 최초로 저널리즘 문학으로 상을 받았습니다. 일명 '목소리 소설'이라는 새로운 장르를 개척한 작가이기도 하고요.

저 글에서 "읽기만 했다"는 대목이 눈에 띄었어요. 글이 생각만큼 잘 써지지 않고 2년 동안 읽기만 했다는 건데요. 전쟁에 대한 또 다른 책을 왜 내야 하는지 자기 정리가 필요했다는 겁니다. 저 고민의 시간, 저 읽기의 시간을 통과했고 저 생각들을 차곡차곡 쌓아 발효했기 때문에 이렇게 묵직한 좋은 책이 나왔다는 것을 알 수 있습니다.

　글 한 편을 완성하는 노하우나 훈련법도 다르지 않을 것 같아요. 일단 목표한 분량을 채워 써보는 것. 완성한 글에 세상 사람들과 나눌 만한 '알맹이'가 있는지 점검하는 것. 알맹이가 부족하다고 판단했다면 보완하기 위해 무엇을 해야 할지, 책을 더 읽을지, 자료를 더 찾을지, 취재를 해볼지 생각해보고 실행하는 것. 다시 써볼 것. 이 과정을 반복하는 거죠.

　한 편의 글을 완성하는 일은 '이게 최선이다'라는 완성도에 대한 자기 기준을 세우고 감각을 기르는 일입니다. 글쓰기 경력이 쌓인다고 해서 저절로 생기지도 않는 것 같아요. 스베틀라나 알렉시예비치도 고민하잖아요. 일전에 아는 시인 선배랑 통화를 했는데, 그도 요즘 너무 괴롭다는 거예요. 왜 그러냐고 물었더니, 3년 동안 쓴 시를 엮어 시집을 내기로 했는데 스스로 만족스럽지 않아서 계속 붙들고 있었대요. 고치고 다듬으며 계속 글을 매만진 거죠. 그런데 너무 고치고 다듬었는지 점점 이상해지는 것 같대요. 소설과 다르게 시는 퇴고를 많이 하면 안 좋은데, 알면서도 이대로는 마음에 안 들고. 이 가을에 너무 절망스럽다고 하소연을 했어요. 선배의 이야기가 이상하게 위로가 되더라고요. 글 한 편이든, 책 한 권이든 '완전한 상태'라고 느끼는 건 어쩌면 영원히 불가능할지도 모르겠습니다. 우리가 할 수 있는 일이란 '글 완성'이란 임무에서 너무 빨리 떠나지도 말고, 너무 늦도록 매달려 있지도 말아야 하는 것. 이게 전부 아닐까요.

《올드걸의 시집》은 2008년부터 블로그에 쓴 글들을 엮은 책입니다. 블로그에 올리기 전에도, 올리고 나서도, 수정 버튼을 눌러서 거슬리는 단어나 문장을 고치기는 했지만 저 혼자만 보는 글이라고 생각해서 현재 지면에 연재하는 글의 수준으로 공력을 들이지는 않았거든요. 그래서인지 어설퍼도 자유로운 활력과 검열 없는 감성이 글에 담겨 있어요. 분량 제한도 없어서 훨씬 가벼운 마음으로 썼죠. 퇴고를 많이 안 했다고 해서 열 번 퇴고한 글보다 완성도가 무조건 떨어지는 것 같지도 않아요. 그래서 헷갈려요.

글쓰기는 이제 끝내야 하나 계속 써야 하나 영원히 헤매는 일 같습니다. 저는 주로 기권하는 심정으로 글을 마쳐요. 이만하면 됐다는 확신보다는 더는 못 하겠다는 몸의 신호를 따르죠. 오래 앉아 있어 허리가 너무 아프거나, 똑같은 글을 너무 여러 번 봐서 토가 나올 것 같을 때 "더는 못 고쳐." 하면서 그냥 누워버립니다. 하하. 다른 일도 해야 하니까 더 이상 붙들고 있을 수 없고요. 이렇게 물리적 한계 상황까지 끈질기게 내 글을 붙들어보는 것. 과연 완성한 것인지, 내가 질문하고 내가 대답하는 이 외롭고 불확실한 과정을 견디는 것. 이것이 글 한 편을 완성하는 노하우가 아닐까 싶습니다. 영화 〈블랙스완〉에 이런 대사가 나옵니다. "완벽함은 집착만으로 안 돼. 놓을 줄도 알아야 돼. 너를 가로막는 건 너 자신밖에 없어."

누군가의 표현대로 완벽함은 안 주시고 완벽주의만 주신 신을 원망하며 끝나지 않는 글쓰기를 잘 마무리하시길 바랍니다.

자기 검열을 뛰어넘으려면
어떻게 해야 하나요?

자기 검열, 남들의 시선과 평가로 자신을 옭아매는 상태죠. 아마 글쓰기 최강의 방해물이라고 해도 과언이 아닐 것입니다. 쭉쭉 써내려가도 글을 완성하는 일이 만만치 않은데, 자기 검열을 하면 망설임과 주저함이 더해지니까요. 특히 상실을 다루거나 자신의 취약함을 내보이는 글을 쓸 때 내 안의 검열관이 더 엄격하게 활동해요. '이 글을 읽은 사람들은 나를 어떻게 볼까?' 하는 생각이 먼저 들죠. 때로는 어떤 시선이나 평가가 그릇된 사회 통념인 걸 알아도 자꾸 위축되고, 제아무리 내가 옳다고 생각하는 걸 쓰더라도 세상 사람들이 어떻게 받아들일지 걱정하며 써내길 망설이는 건 자연스러운 자기 보호라고 생각해요. 그래도 자기 검열에 너무 오래 결박되어 있으면 생각이 시들고 글이 되지 못하겠죠.

자기 검열을 뛰어넘는 방법은 바로 자기 검열을 뛰어넘은 글을 많이 읽는 것입니다. 용기를 내기 위해서 검열 없이 쓴 표현과 그런 작품을 사례로 많이 접하는 거죠. 《아버지의 사과 편지》라는 책이 있습니다. 세계적으로 유명한 연극 〈버자이너

모놀로그〉의 작가 이브 엔슬러가 썼죠. 이브 엔슬러는 친족 성폭력 피해자입니다. 아버지에게 다섯 살 때부터 성폭력을 당했고요, 10대가 된 이후에는 학대, 폭행, 가스라이팅 등 잔혹한 폭력에 시달렸어요. 가해자인 아버지는 이 책이 나오기 약 30년 전에 세상을 떠났고요. 죽은 아버지에게 더 이상 법적 처벌을 내릴 수 없고 사과조차 기대할 수 없잖아요. 그래서 이브 엔슬러가 글쓰기를 통해 아버지를 무덤에서 불러내요. 가해자인 아버지가 딸인 자신에게 사과 편지를 보내는 일을 상상해서 쓰죠. 아버지가 화자로 등장해서 "딸아, 나는 너를 강간했다"라고 잘못을 시인하고 사죄하는 내용의 책이 《아버지의 사과 편지》입니다.

이 책의 추천사 중 이런 표현이 있어요. "입이 벌어질 정도의 잔인성을 묘사하면서도 동시에 완벽한 악행의 표면 아래에 자리 잡은 온갖 복잡한 층위들을 상상 속 아버지의 편지로 보여준다. 이브 엔슬러는 움츠러들지 않고 가장 어두운 인간의 경험을 털어놓는다."[17] 여기서 "움츠러들지 않고"라는 표현이 눈에 들어옵니다. 이브 엔슬러가 태생적으로 담대함을 타고나서 이런 글을 쓴 건 아닐 거 같아요. 독자인 우리가 보는 건 결과물로서 책이지 쓰는 과정이 아니라서 작가는 원래 용기 있고 자기 검열을 안 하는 사람처럼 보일 수도 있지만요. 움츠러들고 싶고, 숨고 싶고, 포기하려고 할 때 침을 다시 한번 삼키고 아버지와의 일들을 직면하여 쓰려고 했을 것이고, 물러섰다가도 기운 차리고 책상 앞에 앉지 않았을까 짐작해봅니다.

보통 성폭력 피해를 다루는 기사에서 피해자에게 '씻을 수 없는 상처가 남았다'라는 표현을 관용구처럼 쓰잖아요. 그런데 성폭력 피해로 생긴 상처를 정말 씻을 수 없을까요? '씻을 수 없는 상처'라는 말 자체가 순결주의에 따른 낙인이죠. 사라져야 할 말입니다. 제가 《아버지의 사과 편지》의 해제를 썼는데요. 쓰면서도 그 부분을 강조했습니다. "《아버지의 사과 편지》는 씻을 수 없는 상처의 기록이라서가 아니라 '기록할 수 없는 상처는 없다'는 것을 보여준다는 점에서 탁월하다. 이 책은 자신의 목소리를 잃은 여성들, 혹은 자신이 목소리를 가졌다는 사실조차 모르는 여성들에게 용기가 될 것이다."

우리에게도 그런 책이 있습니다. 한국 조직 문화의 고질적인 위계 폭력을 드러낸 안희정 성폭력 사건의 생존자 김지은 씨가 쓴 《김지은입니다》가 그렇죠. 자기 검열이라는 두터운 벽을 뚫고 힘 있게 써낸 '진실 말하기parrhesia'의 좋은 교본이라고 생각합니다.

사람은 변합니다. 노력하면 느리게라도 달라져요. 당장은 자기 안에 있는 검열관의 눈치를 보느라 쓰지 못하지만 쓰고 싶은 글이 있다면 그것에 대해 쓴 글로 주변을 채우세요. 젊은 여성이 청소노동자로 일한 경험을 기록한 김예지 작가의 책

《저 청소일 하는데요?》가 있어요. 청소노동을 낮추어 보는 사회적 통념으로 인해 직업을 부끄럽게 느낄 수도 있는데 자기 검열을 덤덤하게 넘어선 작품이에요. 결혼은 했지만 아이를 낳고 싶지 않다면 최지은 작가의 《엄마는 되지 않기로 했습니다》 같은 책도 좋고요. 결혼을 안 했지만 아이를 원해서 아이 둘을 입양한 백지선 작가가 쓴 《비혼이고 아이를 키웁니다》라는 책도 있어요. 그런 비출산 경험자들의 글에서 언어를 수집하면 됩니다.

소위 '정상적인 삶'에 대한 환영을 지운 자리에 저마다 자기 삶의 지도를 그리도록 용기와 지침을 주는 책은 찾아보면 반드시 있습니다. 긴 시간에 걸쳐 이런 책을 꾸준히 읽어나간다면 자기 검열로 고민하던 여러분도 '아, 그냥 쓰면 되는구나' '써도 별일 안 일어나는구나' '쓴 사람이 이상해 보이는 게 아니라 당당하고 멋있어 보이는구나'라고 느낄 거예요. 서서히 그런 언어에 물들 때 자기 안에 있는 검열관의 목소리가 힘을 잃을 것입니다.

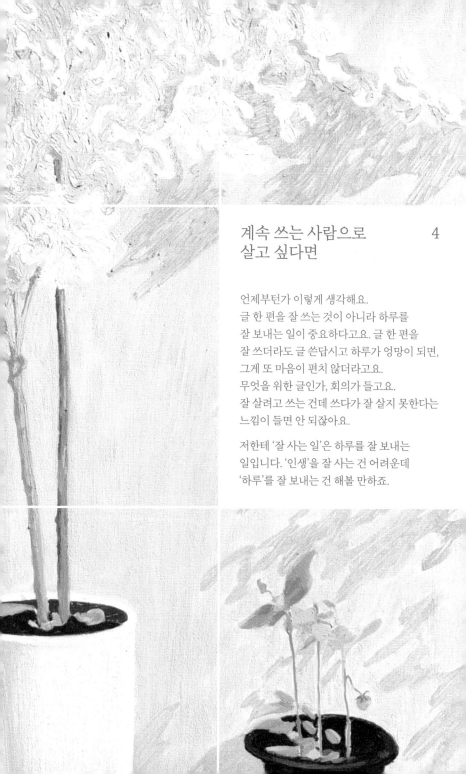

계속 쓰는 사람으로 4
살고 싶다면

언제부턴가 이렇게 생각해요.
글 한 편을 잘 쓰는 것이 아니라 하루를
잘 보내는 일이 중요하다고요. 글 한 편을
잘 쓰더라도 글 쓴답시고 하루가 엉망이 되면,
그게 또 마음이 편치 않더라고요.
무엇을 위한 글인가, 회의가 들고요.
잘 살려고 쓰는 건데 쓰다가 잘 살지 못한다는
느낌이 들면 안 되잖아요.

저한테 '잘 사는 일'은 하루를 잘 보내는
일입니다. '인생'을 잘 사는 건 어려운데
'하루'를 잘 보내는 건 해볼 만하죠.

좋은 책이란
어떤 책인가요?

어느 교육청에서 교육공무원을 대상으로 강연을 한 적이 있습니다. 질의응답 시간에 어느 분이 질문했어요. "작가님, 좋은 책 한 권만 추천해주세요." 그래서 제가 "혹시 제 책은 읽어보셨나요?" 하고 여쭈었더니 그분이 "아직 못 봤어요"라고 했죠. 그래서 제가 "그렇다면 제 책부터 먼저 읽어보세요" 이랬습니다. 좌중에 웃음이 터졌죠. 처음부터 이렇게 뻔뻔했던 건 결코 아닙니다. 저런 질문을 하는 분 대부분이 제 책을 안 읽었다는 사실을 경험으로 알게 됐죠. 왜냐면 제 책에는 다른 책을 소개하는 내용이 많거든요. 여러 독자께서 "작가님 책을 읽고 나면 보고 싶은 책 목록이 늘어나요"란 말을 자주 하시거든요. 그리하여 좋은 책을 추천해달라는 요청에 나름대로 찾아낸 최선의 답변이 "제 책 읽으세요"가 되었답니다.

모든 저자는 더 많은 독자가 자기 책을 읽길 바라겠지요. 그런데 책은 다른 누군가가 읽으라고 한다고 읽게 되는 건 아니잖아요. 3분짜리 동영상을 클릭하게 만드는 일도 쉽지 않은데, 하물며 몇 시간을 들이고 몸을 세우고 마음을 먹어야 가능한 독서 행위를 강제하기란 쉽지 않습니다.

그렇다면 우리는 어떤 책에 손이 갈까요? 제 경우, 지금 제가 품고 있는 화두와 관련 있는 책에 끌리거나 믿을 만한 사람이 쓴 책에 관심이 가요. '무슨 책이냐'보다 '누가 쓴 책이냐' 혹은 '누가 추천하는 책이냐'를 더 중시해요. 책은 자기 주관과 직관에 따라 집었을 때 실패 확률이 적을 것 같아요. 버지니아 울프는 이렇게 말했습니다.

독서에 관해 한 사람이 다른 사람에게 줄 수 있는 유일한 조언은 아무 조언도 따르지 말고 자신의 본능에 따라, 자신의 이성을 사용하여, 자신의 결론에 이르라는 것뿐이다.[1]

제가 도달한 결론은 이렇습니다. '좋은 책이란 읽는 사람을 다른 생각, 다른 세계로 안내하는 책이다.' 몰랐던 사실을 알게 해주고, 모호했던 감정을 선명하게 만들고, 도망가고 싶은 현실을 직시하게 하는 책. 이해 안 되는 사람을 이해하는 단초를 제공하는 책. 무력감이 들 때 하고 싶은 일을 안겨주는 책, 그래서 읽다보면 자세를 고쳐 앉게 하는 책. 베껴 쓰고 싶은 문장이 많아서 다급하게 노트와 펜을 찾게 하는 책. 궁극적으로 읽고 나면 나도 세상도 조금 더 나은 방향으로 바뀌도록 돕는 책. 이런 책이 저한테는 좋은 책입니다.

읽을 당시에 하는 고민에 따라 좋다고 느끼는 책도 달라지는데요. 30대였던 제게 좋은 책은 니체의《차라투스트라는 이렇게 말했다》예요. 요즘도 인생 책이 뭐냐는 질문을 받으면 표지가 나달나달해진 저 책이 먼저 떠오릅니다. 문장이 아름답고 명쾌하고 통찰력 있는 표현으로 일깨움을 줍니다.《차라투스트라는 이렇게 말했다》에 이런 구절이 있습니다.

> 힘든 노동을 좋아하고, 신속하고 새롭고 낯선 것을 좋아하는 너희들 모두는 너희 자신을 제대로 감당하지 못하고 있다. 너희들의 근면이란 것도 자신을 잊고자 하는 도피책이자 의지에 불과하다.[2]

처음 이 문장 읽고 굉장히 놀랐어요. 꾀부리지 않고 묵묵히 일하는 '근면·성실'이 좋은 덕목인 줄 알았는데 '열심히 일하는 건 너 자신을 잊기 위해서'라는 일갈이 너무 맞는 말인 거예요. 일하느라 지쳐서 생각할 겨를이 없잖아요. 퇴근 후엔 맥주 한 캔 따서 넷플릭스 보다가 자고 싶지, 내 문제만 해도 머리 아픈데 남 일이나 사회문제에 신경 쓰고 싶지 않고요. 니체가 이런 우리의 현실을 들여다보는 듯이 말해요. 니체의 또 다른 책《아침놀》에는 이런 대목이 나옵니다.

> 왜냐하면 노동은 극히 많은 신경의 힘을 소모하고, 성찰, 고민, 몽상, 걱정, 애정, 증오를 위해 쓰일 힘을 앗아가기 때문이다. 그것은 항상 작은 목표를 겨냥하면서 수월하고 규칙적인 만족을 가져다

준다. 따라서 고된 노동이 끊임없이 행해지는 사회는 보다 안전하게 될 것이다. 그리고 이 안전이 현재는 최고의 신성으로서 숭배되고 있다.[3]

고대 노동자와 달리 근대 노동자는 노동에 대한 '독특한 자기 위안'이 있다고 니체가 말합니다. 노동이 자아실현의 수단이기도 하지만 자아붕괴를 초래하고 건강을 해치기도 해요. 김밥집에서 일하는 중년 여성이 온종일 김밥을 말다보니 손목 관절이 망가져서 다른 일을 못 한다는 말을 들었습니다. 글 쓰는 노동도 허리와 손가락 관절을 망가뜨립니다. 니체가 물음을 제기합니다. '신체와 영혼을 변질시키는 활동으로써 노동이 어떻게 가치를 획득하게 되었을까?' 니체에 따르면, 기독교 윤리학이 성행하자 사회에선 근면·성실한 모습을 찬양하게 되었고 개개인의 충동을 효과적으로 길들이고 노예화하였다는 겁니다. 아침부터 늦은 밤까지 행해지는 고된 노동을 비판하며 이렇게 단언하죠. '노동은 경찰이다.'

니체를 '망치의 철학자'라고 부릅니다. 낡은 관념을 깨부수고 새로운 사상을 세운다는 의미에서요. 그 말이 딱 맞는 거예요. 니체는 '나'와 세상을 둘러싼 장막을 걷어내고 현실을 직시하게 하는 언어를 구사했죠. 자기 자신에 대한 의도적 무지와 세상에 대한 무관심을 일깨워주었고, 내가 행하는 노동이 누구의 이익에 복무하는가를 정신 차리고 따져보게 했거든요.

40대에는 페미니즘 책들이 니체 전집의 자리를 대체했습니다. 새로운 인식의 틀을 제공해주었다는 점에서요.《분노와 애정》이라는 책이 있습니다. 에이드리언 리치, 도리스 레싱 등 여러 여성 작가가 모성에 관해 쓴 글을 모은 책이에요. 아이를 키우면 애정도 넘쳐나지만 분노도 못지않게 솟구치거든요. 제목부터 끌렸고 책장을 펼치고는 내려놓지 못했습니다. 이런 문장들 때문에요.

> ─ 아이를 낳고 무엇을 배웠나요? (…) 나는 말하지 못하는 게 어떤 건지를 배웠다.[4]

> ─ "애들을 위해서라면 죽을 수도 있을 것 같아." (…) "하지만 애는 내 삶을 망가뜨려."
> (…) 두 번째 문장은 첫 번째 문장과 모순되는 것처럼 보이지만 그 안에는 일관성이 있었다. 우리가 양가성을 더욱 잘 받아들일 수 있게 되었기 때문이다. 양가성을 받아들이는 능력, 그것이 바로 모성애가 아닐까.[5]

> ─ "엄마는 늘 우리를 사랑해야 한다고 느끼셨던 것 같아요. 하지만 한시도 빠짐없이 누군가를 사랑할 수 있는 관계란 없어요."[6]

아이를 키우면서 힘든 이유가 나 자신이 인내심이 부족하고 이기적인 사람이라서가 아니란 사실을 일러주는 문장들입니다. 타인을 위해 살라는 강요는 비상식적으로 여기면서, 아이를 위한 엄마의 희생은 자연화되어 당연한 것이라고들 여기죠. 이른바 가부장제가 지어낸 모성 이데올로기입니다. 이런 현상이 얼마나 허구이며 폭력인지를 이 책은 밝힙니다. 이처럼 좋은 책은 억압된 존재를 해방시키는 힘이 있어요. 나를 해치지 않고 나를 돌보게 하죠. 아이와의 관계에서도 희생이 집착이 되어 파국에 이르는 게 아니라 애정을 적절히 분배하고 공생하는 거리를 찾는 데 책이 도움을 주었거든요. 나도 이롭고 남도 이롭고 그러면 세상도 이로워지겠죠.

소설가 박완서 선생님은 책 쓰는 이유를 이렇게 밝혔어요. "나는 이웃들의 삶 속에 존재의 혁명을 일으키고 싶기 때문입니다."[7] 책은 충분히 그런 역할이 가능한 매체라고 생각합니다. 대상과 사물과 현상에 대한 인식 체계는 언어로 이루어져 있으니까요. 다르게 생각할 수 있다면 다르게 살 수도 있습니다.

솔직히 저도 책 쓰는 사람으로서 존재 해방에 기여하는 책을 쓰는 데 욕심이 나거든요. 대단한 프로젝트라기보단, 그저 나를 해방시킨 언어들을 타인의 삶에 이식하려는 노동이 제게는 글쓰기라는 뜻입니다. 그래서 제 책을 읽고 삶이 달라졌다거나 사회문제에 관심을 갖게 됐다는 리뷰를 볼 때 보람을 느낍니다.

《글쓰기의 최전선》 추천사에 홍세화 선생님이 이런 표현을 썼어요. "독서는 사람을 풍요롭게 하고 글쓰기는 사람을 정교하게 한다." 좋은 책을 읽거들랑 내게 들어온 가장 좋은 것들을 세상에 풀어놓는다는 보시의 마음으로, 글로 써서 널리 나누시길 바랍니다.

글을 잘 쓰려면
책을 많이 읽어야 하나요?

글을 잘 쓰려면 책을 많이 읽어야 하냐는 질문도 강연장에서 자주 받습니다. 저는 읽기와 쓰기가 꼭 비례하진 않다고 답해요. 조심스러운 말인데, 직업 때문에 책을 많이 읽는 학자나 서평가가 반드시 최고의 작가가 되는 건 아니지 않느냐고요. 그렇지만 책을 안 좋아하는 작가는 못 본 거 같다는 말도 덧붙이죠. 주변에 글 쓰는 사람을 보면 대부분 다독가예요.

읽기가 쓰기에 곧바로 영향을 준다기보다는, 독서 행위로 인해 생각할 시간을 확보하고 좋은 문장을 통과하게 된다는 점에서 장기적으로 글쓰기에 도움을 주는 것 같습니다. 내 생각이 발아했을 때, 이미 사유의 줄기가 튼튼히 뿌리내리고 열매가 열린 책을 읽으면 힘을 얻기도 하죠. 나의 직관이나 느낌이 영 엉터리는 아니었음을 확인하면 안도감이 들어요. 반대로 나의 어떤 생각이 무지에 근거한 편견이었음을 알아채기도 하고요. 이렇게 책은 생각의 토양에 햇살과 바람과 물을 공급해줍니다. 장대비와 천둥, 번개를 동반한 자극도 주죠. 글쓰기에 필요한 양분을 제공해주는 책에 본능적으로 손이 가는 것 같습니다.

저의 독서 경력을 돌이켜보면요, 처음에는 분야를 불문하고 목적 없이 읽는 편이었어요. 아이를 키우던 시기에는 육아서를 많이 봤고, 지적 쾌락을 위해서는 사회과학책과 평론집을 편애했고요. 시집을 늘 가방에 넣고 다녔어요. 그렇게 가리지 않고 읽은 책들이 훗날 사보 기자로 일할 때 밑천이 되었죠. 사보는 잡지와 구성이 비슷해서 사회, 예술, 경제, 문화 등을 고루 다루죠. 그래서 관심사가 폭넓으면 취재하고 원고를 쓸 때 유리하거든요. 또한 아무래도 기업에서 펴내는 간행물이다 보니 자기계발서와 경제·경영서를 꾸준히 봐야 했어요. 한 달에 한 권씩 경제경영서의 내용을 요약해서 소개하는 코너를 맡아 연재하기도 했습니다. 서양음악의 아버지가 바흐라면, 경영학의 아버지가 피터 드러커라는 것도 이때 알았죠.

그렇게 한세월 독서생활자로 온갖 책을 두루 섭렵하고 나니 쓸데없이 괜히 읽었다고 생각이 드는 책은 없더라고요. 분야에 구애받지 않고 다독하는 시기가 필요한 것 같아요. 그러면서 옥석을 가리는 눈도 생기고 유난히 끌리는 책을, 나를 위해 쓴 것 같은 인생 책을 만나기도 하죠. 자기만의 독서 방향과 취향이 생깁니다.

여성이자 노동자로 현실의 불의에 맞닥뜨리고 분노하면서부터 사회학, 철학, 여성학 분야 서가를 주로 찾았어요. 목적이 있는 독서, 즉 삶의 문제를 풀어가는 읽기 활동이었습니다. 그랬더니 도수 맞는 안경을 낀 것처럼 세상이 더 선명해졌어요. 내가 놓여 있는 사회의 구조와 모순이 조금씩 보이기 시작했고, 그걸 어서 사람들과 나누고 싶어서 글을 썼습니다. 읽기가 쓰기를 재촉한 거죠.

글을 잘 쓰려면 책을 많이 읽어야 하냐는 질문에 이렇게 답할 수도 있겠어요. 어떤 읽기는 읽는 사람을 쓰지 않을 수 없게 만든다고요. 제 경험을 근거로 말씀드리면 '좋은 엄마란 뭘까' '인간답게 산다는 건 뭘까' 이렇게 자기 삶의 문제에 대한 답을 찾는 수험생의 마음으로 한 독서는 쓰기에 큰 도움이 됩니다.

단, 이 책 저 책 여러 권을 읽기보다 같은 책을 여러 번 읽어보세요. 생각을 펼치고 다지는 읽기를 지나서 나만의 언어를 고르고 만드는 읽기로 도약하기 위해서요. 물론 지적 쾌락을 위한 독서는 끌리는 대로 폭넓게 읽어도 되지만 쓰는 사람으로서 관찰력, 사고력, 표현력을 기르고 싶다면 꼼꼼하게 읽어야 책을 내 것으로 만들겠죠. 저는 처음 집어든 책은 일단 그냥 읽어요. 그러다보면 개중에 느낌이 강렬한 책이 있어요. '이 책 좋다'라는 생각이 들면 다시 첫 장으로 가요. 인상적인 단어나 문장을 베껴 쓰면서 한 번 더 읽어봅니다. 그리고 필사한 내용만 따로 추려서 또 보고요. 그렇게 책 내용을 충분히 소화해내 내 살과 피로 저장해둡니다. 좋아하는 것을 곁에 계속 붙잡아두고 싶은 마음으로요.

제게도 재독 삼독하는 일이 말처럼 쉽지 않아요. 다시 읽고 정리하려면 귀찮고 번거롭죠. 책은 매일 쏟아집니다. 날 봐달라는 신간 도서의 유혹도 물리쳐야 해요. 이미 읽은 책에 머물기보다 어서 새 책으로 달아나고 싶잖아요. 그럴 때면 저에게 준엄하게 묻습니다. '내가 왜 이렇게 책을 빨리, 많이 읽으려고 안달이란 말인가.' 장안의 화제인 그 책을 나도 읽었다고 말하거나 1년에 100권 읽었다는 식으로 어디 가서 권수를 내세운들 순간의 기분에 그칠 뿐이죠. 과시하기엔 좋을지 몰라도 실속이 없어요. 고백하자면 저도 분명히 읽었는데 내용이 전혀 기억 안 나는 책도 있고, 이미 산 책을 안 본 줄 알고 또 산 적도 있어요. 그런 어이없는 일을 하던 중에 아래 글귀를 만났습니다.

> 속성을 바라기 때문에 옛것을 익힐 겨를이 없으며, 읽고 있는 글 또한 세심히 살피고 익숙하게 할 겨를이 없습니다. 마음은 바쁘고 언제나 급박하게 쫓기는 것과 같아서, 본디는 여러 가지 글을 널리 읽고자 하되 소홀히 하고 잊어버려 나중에 가서는 한 번도 글을 읽지 않은 사람과 다름이 없게 될 것입니다.[8]

요즘은 한 권 읽고 나면 한 권 정리하는 수고로운 절차를 지키려고 노력합니다. 훈련이 힘들면 실전이 쉽다는 말이 있죠. 의미 없는 헛수고처럼 느껴지더라도 조급함을 내려놓고 거듭 읽고 정리하며 머릿속에 들어온 것들은 나만의 언어로 무르익는 것 같습니다. 생각을 펼치고 지식과 지혜를 얻는 읽기에서 나아가 자기 언어를 고르고 만드는 읽기 활동을 해보세요. 그런 뒤 나만의 독서 노트에 잘 정리해두는 거죠. 좋은 책이 주는 언어와 사유를 한 단어도 흘리지 말고 살뜰히 챙기시길 바랍니다.

책 리뷰는
어떻게 쓰나요?

"책은 인생 여정에서 내가 찾아낼 수 있는 최상의 장비다." 프랑스 철학자 미셸 몽테뉴의 말입니다. 인터넷에서 발견하고 메모해두었는데요, 여러분은 이 표현 어떠세요? 저는 접하자마자 고개를 끄덕였어요. 온몸, 온 삶으로 동의합니다. 몸에 물이 필요하듯 삶에 책이 필요했어요. 매일매일 일상은 비슷한데 왜 매일매일 새삼스럽게 힘이 들까요. 이제 좀 살 만하다 싶으면 왜 또 발목을 잡는 문제들이 불쑥 등장하는지. 한 번씩 알 수 없는 허무감에 시달리는데, 환절기 감기처럼 찾아오는 번뇌를 풀어가거나 잠시 도망치려고 할 때 책에 크게 의지했습니다. 제게 책은 생각의 갈피를 잡아주고 마음을 잠잠하게 해주는, 현명하고 너그러운 존재죠. 멋진 책을 읽으면 몸에 통째로 저장해두고 싶은 마음이 드는데, 책을 빨리 떠나보내지 않고 더 잘 사랑하는 방법이 저에겐 글쓰기입니다.

신문 등 각종 활자 매체에 책 리뷰 혹은 서평 코너가 있어요. 시사IN 구독자인 저는 장정일 작가가 연재하는 〈독서일기〉

를 챙겨봅니다. 해설자이자 해석자로서 책의 핵심 내용을 짚어주고 생각이나 성찰을 더하는 형식의 글이죠. 보면서 많이 배워요. 그런데 저는 그런 방식의 글쓰기는, 그러니까 '삶의 세목'이 들어가지 않은 글은 어쩐지 쓸 자신이 없어요. 안 해봐서 못 할 거 같기도 하고요. 제가 경향신문 〈은유의 책편지〉에 책 이야기를 쓸 때는 장정일 작가처럼 독서전문가라기보다 독서 생활인 입장에서 쓰죠. 책 자체의 평론이 아니라 책이라는 현미경으로 일상과 이웃의 삶을 들여다보고 관찰하여 쓰는 에세이입니다. 그래서 이번 글에서는 책 읽고 글 쓰는 방법에 대해 저만 할 수 있는 이야기를 해보려고요.

《나, 조선소 노동자》라는 책을 읽었습니다. 2017년 5월 1일 노동절에 삼성중공업 거제조선소 현장에서 작업을 하던 크레인끼리 충돌하는 사고가 발생했어요. 사망자 6명, 부상자 25명이 발생한 큰 참사였죠. 이 사건에 대해 마산·창원·거제 지역에서 활동하는 마창거제 산재추방운동연합이 기획하고 여러 명의 작가가 기록했습니다. 사고 당사자만이 아니라 동료의 죽음을 목격한 이들 중 환영, 환청, 불안증에 시달리는 분들의 목소리도 담긴 책이죠. 저는 노동과 산재 문제에 관심이 있고 기록 작업을 하는 사람이기에 찾아 읽었습니다. 인상적인 대목이 있었어요.

사고를 당해보니까 내가 아무리 이야기해도 안 들을 것 같아요. 그래도 말을 해야 할 거 같아요…. 언젠가는 하긴 해야 할 거 같아요. (…) 사람이 살다 보면 사고도 나고 실수도 할 수 있죠. 그래도 좀 덜 나게, 큰 사고 날 것을 작은 사고로 줄일 수 있게 자꾸 뭐라도 누구라도 해야 할 것 같아요. 계속 관심을 갖고 해야 할 것 같아요.[9]

피해자를 무력한 존재로만 생각하기 쉬운데, 상황에 따라 피해자가 능동적인 힘을 발휘하기도 합니다. 타인의 고통에 눈을 뜨고 남들은 나만큼 아프지 않았으면 좋겠다는 마음으로 세상을 향해 자기 고통을 증언하죠. 저도 피해자를 인터뷰하며 여러 차례 목격했습니다. 피해자가 피해자로 머물지 않고 사회를 더 낫게 만드는 일에 뛰어들면서 주체적인 시민으로 거듭나는 모습을요. 한 개인의 고통이 사회적 자원이 됩니다. 그런 차원에서 《나, 조선소 노동자》의 저 대목에 감응했고, 이 책을 사람들과 나누고 싶다는 생각이 들었어요. '피해자의 말하기와 윤리'라는 주제로 글을 썼죠. 책에 나오는 어떤 대목이 불러일으킨 저의 직간접적인 경험을 예시로 들고요.

문학이든 비문학이든, 모든 글쓰기는 기본적으로 자기 생각을 내보이고 논증해서 독자를 설득하는 일이라고 생각합니다. 날것의 생각과 사례를 다듬고, 데치고, 익혀서, 먹을 만한 이야기로 접시에 담아내 제공하는 거죠. 이게 저만의 책 리뷰 방식입니다. 가령 거제도의 한 조선소에서 발생한 산재 사건을 지식 정도로 알아두자는 게 아니라, 동떨어진 세상의 일처럼 보이는 그 일이 어떻게 우리 일상과 맞닿아 있는지 연결 고리를 발견하고 상상해보자고 표현하는 거죠. 책 자체의 요점을 정리하기보다 책과 일상의 연결을 책 리뷰의 목표로 삼고 있습니다. 그 일환으로 《나, 조선소 노동자》를 글쓰기 수업 교재로 선정한 적이 있어요. 한 학인이 책을 읽고 이런 글을 써왔습니다.

사업하던 아빠가 일용직 일을 했다는 걸 아무에게도 말한 적이 없었어요. 머리로는 창피한 일이 아니라고 생각하는데, 입에서는 그 말이 안 나오더라고요. 사실 창피했던 거겠죠. 아빠가 일한 회사도 삼성의 하청업체였어요. 일을 마치고 돌아오면 거기서 보낸 하루를 재미있게 말씀해주셔서 저는 아빠가 힘들게 일했는지 몰랐어요. 꼭 영화 〈인생은 아름다워〉의 귀도가 아들 조슈아에게 하는 것처럼……. 현장에 들어가기 전, 조회 시간마다 하는 체조도 우스꽝스럽게 보여주고, 공사장 높은 곳에 올라가면 동네가 다 보인다고, 다들 담배 피러 갈 때 아빠는 거기 앉아서 경치 구경하는 게 좋다고 말씀해주셨던 기억이 나요. 그때 아빠가 작업복 주머니에 수첩을 가지고 다니면서 하루 일당을 매일 적었다고 하는데, 그게 고된 노동을 버티는 유일한 힘이었을 거라는 걸 이제야 알았네요.
(책에서) 두려움을 참고, 사고 현장에 다시 나가게 된 노동자가 "돈 없는 게 더 무서운 거 같아요"라고 말한 대목에서 무척 울었어요.[10]

아버지의 고통에 그리고 삼성중공업 참사의 피해를 입은 분의 고통에 의미와 품위를 부여하는 글이죠. 이 글을 읽고 무척 뭉클했습니다.

사실 《나, 조선소 노동자》를 글쓰기 수업 교재로 삼을 때 조심스러운 마음이 있었죠. 서울에 합정동이라는 힙한 동네에서 낮 시간에 글을 쓰겠다고 모인 비교적 젊은 사람들이, 가본 적 없는 조선소에서 일어난 참사를 다룬 책에 어떻게 얼마나 공감할 수 있을까 해서요. 한편 이런 생각도 들었죠. 조선소 참사가 '나'와 무관해 보이지만, 조선소가 아니더라도 어딘가에서 일하는 사람이라면 누구나 몸과 마음이 다치거나 타인의 고통을 목격할 수밖에 없는 노동 환경에 놓여 있다는 것. 나와 주변에서 일어난 일을 이해하는 데 이 책이 분명히 도움을 준다는 믿음이요.

우리가 왜 읽고 쓰는지, 근원적인 물음으로 되돌아가 답을 찾아보면 잘 살기 위해서입니다. 물질적 풍요가 아니라 인간의 존엄을 지키면서 살고 싶은 마음이죠. 그러니 인간다운 삶을 방해하는 구조와 요소를 보게 하는 책이 좋은 책이겠고, 그 책을 읽은 사람이 자기 삶의 서사까지 보태어 책의 좋음을 글로 증명한다면 믿을 만한 책 리뷰라고 생각합니다.

시를 읽으면
글쓰기에 도움이 되나요?

당신을 보려고 애쓸수록

내 두 눈이

혼란스러워진다

지금 이 순간에조차

굶주린 아이처럼

당신 자리를 손가락으로 더듬으며

그들이 찾는 것은

당신 얼굴이 아니니까

내가 만들고 싶은 건

시가 아니다

내가 원하는 건

당신을

나 자신의

일부에 가깝게 만드는 것.[11]

미국 시인 오드리 로드의 〈치료Therapy〉라는 시입니다. 어떤 느낌이 들었나요? 저는 "내가 만들고 싶은 건/ 시가 아니다/ 내가 원하는 건 / 당신을/ 나 자신의/ 일부에 가깝게 만드는 것."에서 가슴이 쿵 했거든요. 황지우 시인의 〈나는 너다〉라는 연작시도 생각이 났고요. 당신을 나 자신의 일부로 만드는 게 아니라 일부에 가깝게 만든다는 표현이 시적이어서 울림이 컸어요. 완전한 합일이 아니라 하나됨을 위해 애쓰는 조심스러움이 느껴져서요. 저 시구에서 "시"와 "당신"의 자리에 '글'을 넣어도 될 것 같아요.

내가 만들고 싶은 건
글이 아니다
내가 원하는 건
글을
나 자신의
일부에 가깝게 만드는 것.

그렇습니다.《은유의 글쓰기 상담소》를 읽는 시간도 글쓰기에 대한 나의 생각, 느낌, 의견을 최대한 나에 가깝게 만드는 방법을 모색하는 시간입니다.

"글을 잘 쓰고 싶은데 시를 읽는 게 도움이 되나요?" 이렇게 묻는 분을 종종 만납니다. 아마 제가 쓴 책에 시가 많이 나와서 그런 듯해요. 저의 첫 책은 좋아하는 시 한 편에 산문을 더해 엮은 《올드걸의 시집》입니다. 제목이 '시집'이란 단어로 끝나서인지 시집으로 아는 분들이 있어요. 한번은 강연을 갔는데 행사장의 현수막에 "은유 시인"이라고 써 있는 거예요. 정말 깜짝 놀랐죠. 강연 시작 전에 "저는 시를 좋아하는 독자이지, 시인은 아닙니다. 저는 시인을 참칭하지 않았습니다"라고 다급하게 해명하고 손사래를 쳤던 기억이 납니다.

제 글쓰기는 시에서 매우 영향을 받았다고 말할 수 있습니다. 그런데 몸에 좋은 영양제를 챙겨 먹듯이 글 쓰는 데 도움받으려고 시를 의도적으로 골라 읽은 건 아니고, 단지 좋아해서 읽다보니 시가 글에 스민 것 같아요. 그래서 시가 글쓰기에 미친 영향을 일목요연하게 증명하며 답하긴 어렵습니다만, 시에서 얻어온 것들을 하나씩 짚어볼게요.

시를 허겁지겁 폭식하듯 읽은 시기는 인생이 가장 괴로웠을 때였어요. 정신이 탁해지고 마음이 울렁이면 출구가 필요했고, 그때마다 시집을 폈어요. 시에는 어지러운 것들, 하찮은 것들, 삐뚤어진 것들, 버려진 것들, 다친 것들의 이야기가 늘 나와요. 읽노라면 내 안의 어둠이 환하게 드러났어요. 특히 저는 최승자 시인을 가장 좋아해요. 고통의 발산과 응축으로 단련된 그의 단단한 시어를 보며 고통도 아름다움이 될 수 있음을 배웠습니다. 〈여성에 관하여〉라는 시가 있어요. 이렇게 시작합니다.

여자들은 저마다의 몸속에 하나씩의 무덤을 갖고 있다.

읽으면서 가슴이 쿵 했어요. 그리고 이렇게 이어집니다.

죽음과 탄생이 땀 흘리는 곳,
어디로인지 떠나기 위하여 모든 인간들이 몸부림치는
영원히 눈먼 항구.[12]

〈여성에 관하여〉는 놀라운 시였어요. 시 바깥 세계에선 '여자들은 저마다의 몸속에 자궁 하나를 갖고 있다'라는 명제가 참이죠. 여성의 몸에 있는 자궁을 생명을 잉태하는 장소로서 굉장히 성스럽고 신성하게 여겨요. 그런데 최승자 시인은 "여자들은 저마다의 몸속에 하나씩의 무덤을 갖고 있다"라고 표현한 거예요. 출산을 경험한 여성인 제 입장에서 "무덤"이라는 단어가 훨씬 더 진실에 가깝다고 느꼈습니다. 여성은 보통 10대가 되면 생리를 시작해요. 매달 일주일씩 몸에서 피가 흘러나오고 생리대를 착용해야 하는 현상을 거의 30년간 반복합니다. 좀 끔찍하죠. 임신하고 아기를 낳는 과정에서도 죽음에 이르는 듯한 고통을 느낍니다. 실제로 출산하다가 목숨을 잃는 경우도 있고요. 그래서 "무덤"이라는 표현에 짜릿했어요. 생리혈도 그 자체가 생명이 되지 못하고 쏟아져 나오는 피니까 무덤과 이미지가 연결됩니다. 생리와 출산 과정에서 티도

233

못 내고 힘들었던 걸 한 단어로 단번에 정리한 느낌이랄까요. 생리통으로 큰 고통을 느끼는 여성도 주변에 많거든요. 이런 식으로 시에는 현실에서 숨겨놓고 외면하고 덮어두었던 진실을 직시하게 하는 힘이 있죠. 시를 읽는 동안 마음이 정화되고 뿌연 감정이 선명해지고 지지받습니다.

시에 쓰인 단어, 그러니까 시어에서 받는 자극은 자연스레 글쓰기로 흘러가겠죠. 읽기와 쓰기는 순환하니까요. 이번에도 최승자 시인의 작품으로 예를 들어볼게요. 〈끊임없이 나를 찾는 전화 벨이 울리고〉라는 시입니다. 첫 행은 이래요.

많은 사람들이 흘러갔다.
욕망과 욕망의 찌꺼기인 슬픔을 등에 얹고

이 구절을 읽을 때 슬픔을 "욕망의 찌꺼기"라고 표현할 수도 있단 걸 알게 됐죠. 평소라면 '찌꺼기'라는 단어에서 더러움을 느끼죠. '음식의 찌꺼기'나 '감정의 찌꺼기'라는 표현은 들어봤는데 "욕망의 찌꺼기"라는 표현을 보니 '찌꺼기'라는 단어가 낯설게 느껴졌어요. 이처럼 시를 읽을 때면 평소에 무심코 넘겼던 단어가 시라는 간결한 배치 속에서 하나하나 도드라져 존재를 드러냅니다. 보이지 않던 단어가 보이죠.

조사 하나, 어순 하나에도 민감해져요. 제가 수업을 할 때 학인들에게 시를 암송해보라고 권해요. 시를 암송하는 학인의 목소리를 눈을 감고 잘 들어보면, 특히 조사를 자신에게 익숙한 조사로 바꿔서 외우곤 해요. 조사만 바꿔도 시의 느낌이 달라지거든요. 직전에 언급한 최승자 시인의 시 중 2연을 예로 들어보겠습니다.

나는 흘러가지 않았다.
열망과 허망을 버무려
나는 하루를 생산했고
일년을 생산했고
죽음의 월부금을 꼬박꼬박 지불했다.[13]

"나는 흘러가지 않았다." 다음에 "~생산했고/ ~생산했고"라는 식으로 "생산했고"라는 시어가 3행, 4행에 반복되죠. "~생산했고/ ~생산했으며"로 조사 한 개만 바꿔도 시의 느낌이 달라져요. 언어적 긴장이 덜해집니다. 여운이 덜 고여요. 조사 하나 바꾸는 게 뭐 대수냐고 생각할 수도 있지만, 글에서는 조사하나의 무게가 문장 하나의 무게와 다르지 않습니다. 피아노를 칠 때 음 하나하나가 중요한 것처럼 글에서도 그런 것 같아요. 조사가 만든 작은 뉘앙스 차이가 모여서 문장을 이루고 단락이 되고 글이 되면서 자기만의 문체를 형성합니다. 문체의 최소 단위인 조사 하나, 단어 하나가 굉장히 낯설어지고 소중해지는 경험을 시를 읽으며 할 수 있습니다.

저는 시에서 언어를 경제적으로 사용하는 방법 그리고 어둠을 직시하는 방법을 익혔습니다. 그래서 여러분에게도 권해드리고 싶어요. 시를 읽어보시라고요. 글 쓰는 사람은 문자와 단어에 민감할 때 더 정확한 단어, 속 깊은 단어를 쓸 수 있습니다.

그런데 시 읽기가 녹록지 않죠. 시를 어떻게 읽어야 하느냐는 질문도 자주 받아요. 읽어도 그 뜻을 도통 모르겠다면서 말이죠. 최승자 시인의 시는 비교적 이해하기 나은 편이에요. 이번 글 도입부에 소개한 오드리 로드의 시집 《블랙 유니콘》도 글쓰기 수업 교재로 썼는데, 게시판에 질문이 올라왔어요. 도저히 안 읽힌다고요. "시 근육이 없는 사람은 시를 어떻게 읽어야 할까요?" "수능 시험 끝나고 시 한 편도 안 읽어봤어요." "당최 무슨 말인지 모르겠고요. 느낌도 안 와요." 이런 항의성 질문은 시 수업마다 반복됩니다. 그래서 시 읽는 방법을 친절하게 답변해드렸어요. 그 답변을 공개합니다. 별건 아닙니다만.

시 읽는 법

1번. 도통 무슨 말인지 모르는 시는 읽고서 넘어간다.

2번. '이러다가 한 편도 이해하지 못하는 거 아닌가?' 싶어도 넘어간다.

3번. 어쩌다 하나 얻어걸리는 시구가 있으면 밑줄을 긋는다.

4번. 맨 끝까지 인내심을 갖고 일독한 후 해제까지 읽는다.

5번. 다시 시집 맨 앞으로 가서 그나마 읽을 만했던 시 위주로 골라서 소리 내어 읽는다.

6번. 세상에는 원래 이해 안 되는 말이 많다는 것, 내가 모르는 게 많다는 엄정한 사실을 받아들인다.

7번. 또다시 시집을 편다.

8번. 1~7번을 체력과 시간이 허락할 때까지 반복한다.

저도 시가 여전히 어렵습니다. 한 번 읽고 나면 이게 무슨 말인가 싶어서 어리둥절하죠. 그런데 바로 그 이유 때문에 시를 읽는 것 같아요. 글자는 알아도 맥락을 모르는 문장이 세상에 많다는 사실에 대한 환기이죠. '왜 내 말을 못 알아들어!'라고 서로 아우성치는 인간 세상에 대한 축소판이 시집입니다. 시를 읽으면 언어에 대한 유희와 긴장과 겸손을 잃지 않게 되더라고요.

마음에 들어오는 시 한 편 얻기가 얼마나 어렵게요. 그렇지만 운명처럼 마주한 시 한 구절은 한 사람이 한 시절을 버티게도 해줍니다. 여러분도 어서 삶에 시를 들여서 언어의 섬세함과 아름다움을 탐닉하시길 바랍니다.

나만의 스타일과 문체를 만들려면
어떻게 해야 하나요?

문체는 한 작가의 고유함, 즉 글 안에 들어 있는 세계관, 정서, 문제의식, 표현력 등이 어우러져 만들어집니다. 그러니까 글쓴이의 이름을 가리고 글을 읽었는데 누가 썼는지 알겠으면 그 작가는 고유한 문체를 지녔다고 말할 수 있겠죠. 저에겐 소설가 박완서 선생님 글이 그래요. 아무런 정보 없이 읽어도 선생님 글인 걸 바로 알겠더라고요. 시대의 풍속화와 삶의 세목을 그려내는 대가죠. 박완서 선생님이 쓴 글은 소설이든 산문이든 흉내 낼 수 없는 단단함과 날카로움이 있어요. 전개 속도가 빠르면서, 생활과 체험의 무게가 실린 튼튼한 문장을 쓰는 '사실주의 문체'의 소유자입니다. 《아무튼, 술》을 쓴 김혼비 작가는 문장의 길이가 긴 편인데 읽기를 멈출 수 없는 마법이 걸려 있습니다. 행간을 따라가다보면 웃음보가 터져요. 독자를 웃게 하고, 웃다가 생각하게 하는 '우아한 웃음체'의 소유자입니다.

만약에 누군가 제 글을 읽고 "어, 이거 은유가 쓴 산문이다." "은유 작가가 쓴 인터뷰다." 하고 알아보면 문체가 있는 작가겠죠. 민망함을 무릅쓰고 말씀드리자면, 제가 독자에게서 주로 받는 칭찬이 있어요. "금방 읽을 줄 알았는데 생각에 잠겨서 읽는 데 오래 걸렸다." "솔직담백하지만 결코 단순하지 않은 문체, 지극히 일상적이면서도 무게감 있게 다가오는 말들." 한번은 어느 고등학교 강연에서 한 학생이 포스트잇에 이런 메시지를 써서 질문했어요. "작가님처럼 부드럽고 마음이 편안해지는 글을 쓰려면 어떻게 해야 할까요?" 와, 저 너무 좋아서 그 포스트잇을 고이 모셔와서는 고개만 들면 보이는 책상 위에 붙여놨어요.

제 글에 대한 피드백을 종합해보면 문장의 밀도와 온도에 관한 이야기 같아요. 그래서 생각한 저의 문체는, '두부체?' 몰랑몰랑하고 맛있고 단백질 함량이 높고 몸에도 좋잖아요. 그런 글을 쓰고 싶었고 그렇게 되도록 노력했습니다. 문체를 갖겠다고 의식하지 않았는데, 글을 쓰면서 '정확하되 아름답게 쓰자' '현실을 날카롭게 짚더라도 글에 칼날을 넣지 말자'라는 신조를 갖게 되었습니다. 누군가를 저격하는 글이나 과격하고 신랄한 글을 읽으면 마음이 힘들어요. 독자로서도 그런 글을 잘 읽지 못하기에 쓰지도 못하는 것 같아요.

저는 사회의 불편한 진실을 글로 담아내요. 일하다가 죽는 노동자의 문제를 파헤치고, 헌신과 희생을 요구당하고 자기 몫의 삶을 빼앗긴 여성의 존재, 시민권을 얻지 못하는 존재, 고생 끝에 낙이 온 사람들이 아니라 같은 자리에서 계속 패배하

는 사람들이 등장해요. 빈곤, 폭력, 불평등처럼 흔히들 어둡다
고 말하는 사회 요소가 제 글에 있죠. 하지만 어두운 게 나쁜
건 아닙니다. 밤보다 낮이 더 좋은 게 아니듯 삶에 존재하는 한
부분이죠. 한번은 〈어정쩡한 게 좋아〉라는 글을 썼어요. 일부
분을 인용해보겠습니다.

나도 20~30대엔 애매함을 배척하고 확실함을 동경했다. 표류보
다 안착을 원했다. 돈 걱정 없이 원하는 글을 쓰는 안정된 집필 환
경을 꿈꿨고, 내 이름으로 된 책이라도 있다면 존재 증명이 수월하
리라 기대했다. 그런데 책상과 고요가 확보된다고 글이 싹 바뀌지
않았고, 책이 나온다고 삶이 확 달라지진 않았다. 아이가 기저귀만
떼면 엄마 노릇 수월할 줄 알았는데 걸으면 넘어질까 걱정, 취학
하면 학교 적응 못할까 봐 걱정, 성장할수록 근심의 층위도 깊어갔
다. 어영부영 이만큼 떠밀려오고 나서야 짐작한다. 인간이 명료함
을 갈구하는 존재라는 건 삶의 본질이 어정쩡함에 있다는 뜻이겠
구나.[14]

이 글에 많은 독자가 공감하셨거든요. 글 쓸 때 생각해요.
'판단이 들어간 단어, 이분법적이고 단정적인 말, 감정이 드러
나는 말, 옳은 말, 당위적 표현은 자제하자.' '생활의 언어와 일
상의 사례를 중심으로, 사람을 살게 하는 방향으로 쓰자.' 가령
뉴스를 보고 하루에 열 번쯤은 '세상 왜 이래?' '지구에서 인간

이 싹 사라져야 한다' 하면서 분노하지만 글에다가 거친 감정을 그대로 쏟아내진 않아요. 그건 분풀이지, 글쓰기가 아니니까요.

다른 작가의 문체도 살펴볼게요. 《계속해보겠습니다》를 쓴 황정은 작가도 고유한 문체를 가진 대표적인 소설가입니다. 《백의 그림자》라는 소설은 작가만의 문체를 비롯해 주제 표현 등 참고할 만한 내용이 많아서 글쓰기 수업 교재로 썼었고요. 《계속해보겠습니다》는 읽었을 때, 이건 정말 황정은 작가만 쓸 수 있는 소설이라는 생각이 들었어요. 좋았던 구절이 여러 군데 있지만 한 단락만 여러분께 공유해볼게요.

목숨이란 하찮게 중단되게 마련이고 죽고 나면 사람의 일생이란 그뿐,이라고 그녀는 말하고 나나는 대체로 동의합니다. 인간이란 덧없고 하찮습니다. 하지만 그 때문에 사랑스럽다고 나나는 생각합니다.
그 하찮음으로 어떻게든 살아가고 있으니까.
즐거워하거나 슬퍼하거나 하며, 버텨가고 있으니까.

문장이 덤덤한데 기저에는 삶에 대한 뜨거움이 있어요. 문장에 쉼표를 많이 쓰고 행도 자주 바뀌어서 장시 같고요. 소설 전반에 '간장 한 방울'과 같이 굉장히 사소한 것들과 무의미에 가까운 덧없는 존재들을 이야기하는 것 같은데, 읽다보면 가습에 점점 파문이 인다고 할까요. "그래서 소중하지 않은 걸까, 생각해보면 도무지 그렇지는 않은 것입니다."[15]라고 쓴 문장 때문입니다. 사람이란 존재가 애틋하게 느껴지고, 생에 대한 사유를 자극합니다.

여러분도 고유한 문체를 갖고 싶다면 이렇게 해보세요. 자신의 글이 어땠으면 좋겠는지 고민해보는 거예요. '웃기면 좋겠다.' '담백한 문장을 쓰고 싶다.' '서늘하면 좋겠다.' '독자가 얻어갈 게 글에 꼭 있어야 한다.' 이런 지향점을 두고 글을 쓰다보면 자기만의 세계관과 정서, 읽는 호흡에 따라 고유한 문체가 생기지 않을까요. 문체는 남들이 가진, 좋아 보이는 걸 가져오는 게 아니라 내 안의 가장 고유한 본질에서 형성되는 것이기에, 글쓰기는 자기 탐구라는 결론에 이르게 됩니다.

문체에 관해 제가 좋아하는 정의가 있습니다. 프랑스 철학자 질 들뢰즈의 표현입니다. "문체란 모어母語 속에서 더듬는 것이다." '모어 속에서 더듬는다'는 표현은 편안하고 익숙한 것에 길들여지지 말고 움직이고 되물으며 자신만의 언어를 찾으라는 뜻 같아요. 날카롭든, 다정하든, 단단하든, 의뭉스럽든, 어떤 문체를 갖든 글쓰기에서 중요한 것을 환기하는 의미에서 글 한 단락 보여드리겠습니다.

나의 요지는 글쓰기가 사랑에서 나와야 한다는 것이다. 우리는 자기방어나 증오심에서 나온 글, 남에게 명령하거나 반박하기 위한 글, 남을 공격하거나 남에게 사과하기 위한 글이 아니라 사랑에서 나온 글을 써야 한다. 부정적인 감정을 떨쳐내기 위한 글 역시 곤란하다. 독자가 그 부정적인 감정을 고스란히 떠안게 되기 때문이다.

내 말은 세상을 너그럽게 바라보자는 것이 아니다. 솔직한 분노가 담긴 글도 얼마든지 사랑에서 나올 수 있다. 중요한 것은 어떤 감정을 원천으로 세상을 바라보느냐다.[16]

인용구를 쓸 때
무엇을 주의해야 하나요?

글쓰기는 기본적으로 나의 좋음을 나누는 일입니다. 자기 생각이나 경험, 지혜를 글로 엮으면서 내 것과 의미의 파장이 맞는 다른 이의 표현을 넣기도 합니다. 이렇게 다른 사람이 쓴 문장을 곁들이는 일이 '인용'이죠. 저는 인용구를 즐겨 씁니다. 인용구로 이루어진 책《쓰기의 말들》도 냈고요.

인용구를 쓸 때 주의할 점은 '애매하면 뺀다'입니다. 모자를 떠올려보세요. 기껏 옷 잘 입고 안 어울리는 모자를 쓰면 스타일이 망가지잖아요. 글도 마찬가지죠. 글 전반에 맞춤한 인용구를 고르는 게 관건입니다.

《글쓰기의 최전선》원고를 쓰면서 막판까지 수정한 부분이 각각의 글마다 소제목과 본문 사이에 들어간 인용구예요. 적절한 인용구를 고르는 작업이 만만치 않았어요. 본문을 읽어보고 주제와 맞는지 계속 확인했죠. 안 맞는 인용구는 오히려 역효과를 만드니까 신중하게 작업했습니다. 원고를 출판사에 넘겨놓고 더 나은 인용구를 찾으면 바꾸고 또 바꾸는 식으로 몇 번이나 수정하다가 나중에 편집자한테 원성을 좀 들었죠.

그만 좀 바꾸라고요. 하하. 아무튼 막판까지 고심해서 작업한 보람이 있었어요. 《글쓰기의 최전선》을 본 유유의 조성웅 대표님에게 출간 제안을 받았습니다. 글쓰기 명언을 모아서 책을 내자고요. 그렇게 쓴 책이 《쓰기의 말들》입니다. 인용구가 한 권의 책을 낳은 셈이죠. 《쓰기의 말들》에는 글쓰기에 관한 명언 104개를 담았습니다.

저는 책 쓸 때 항상 서문에 진심이거든요. 서문은 저자가 이 책을 왜 썼는지 설명하는 지면으로, 책의 첫인상을 만들죠. 독자를 서문에서 끌어당겨야 본문으로 이끌 수 있으니까 매력 있게 쓰고 싶어요. 《쓰기의 말들》 서문을 어떻게 쓸지 고민하다가, 이번 책이 명언을 인용한 글쓰기 에세이라는 점에 착안해 아예 인용구로만 된 서문을 써보자는 아이디어를 떠올렸죠. 좋아하는 문장을 잇대어 '인용구로 만든 퀼트' 같은 서문을 완성하고는 저 혼자 흡족했던 기억이 납니다.

제가 인용구를 쓰는 방법은 세 가지예요. 첫째, 평소 외우는 인용구를 곧장 씁니다. 둘째, 어렴풋이 기억하는 인용구를 글에 대략이라도 써놨다가 나중에 원문을 찾아 확인합니다. 셋째, 초고를 일단 쓰고 나서 몇 문장을 인용구로 교체하기도 합니다.

이 세 가지 방법을 쓰기 위한 전제 조건이 있어요. 평소에 '문장 잔고'가 넉넉해야겠죠. 외우고 곱씹고 되새겨서 몸에 저장한 문장이 충분해야 글을 쓸 때 적절한 인용구가 튀어나오듯 반사적으로 떠오릅니다. 저는 영어 단어나 관용구 외우듯 시간을 들여서 인용구로 쓸 만한 표현을 달달 외우진 않았는데, 같은 책을 여러 번 읽고 베껴 쓰다보니 저절로 외워졌습니다. 그래서 어느 책에 어떤 구절이 있는지 파악하고 있죠.《쓰기의 말들》서문에 인용한 마르크스의《경제학·철학 초고》에 나온 문장은 제가 굉장히 좋아해서 외우다시피 하는 구절이고요. 최승자 시인의 시도 그렇고요. 인생 친구 같은 '반려 문장'이 저에겐 좀 있습니다. 이렇게 표현하고 나니 으쓱하네요. 여러분도 인용구를 잘 활용하고 싶다면 애정하는 책의 탐나는 구절을 발췌해서 베껴 쓰고 소리 내어 읽어보세요.

북콘서트에서 이런 질문을 자주 받습니다. "작가님은 글에 인용구를 적절하게 쓰시던데, 비법이 뭔가요?" 현장에선 제가 "영업 비밀이라서 안 됩니다"라고 장난처럼 말씀드리는데요, 사실 비법이 없어요. 앞에서 말씀드린 것처럼 문장을 체화시켜야 적절한 인용구가 떠오르니까요. 온전히 내게 기입된 문장이라야 필요할 때 자연스레 연상되고, 인용구로 넣은 표현이 내 글에서도 어색하거나 겉돌지 않고 조화롭게 어우러지겠지요.

《다가오는 말들》도 인용으로 된 책입니다. 이 책은 일종의 독서 에세이로, 제가 읽은 책에서 발췌한 문장과 제 경험을 엮어서 쓴 산문집이에요. 경향신문에 연재한 〈은유의 책편지〉도 비슷한 형식이고요. 《다가오는 말들》을 쓸 때도, 〈은유의 책편지〉를 쓸 때도, 시간이 참 많이 걸렸어요. 한 권의 책에서 밑줄 친 문장을 타이핑해서 컴퓨터 파일로 저장하고, 그 파일을 열어 읽어보고, 선별한 문장에서 더 중요한 표현을 별색으로 표시해놓고 다시 봤습니다. 그리고 원고를 쓰면서 넣고 빼기를 반복했고요. 한 번에 딱 맞는 인용구를 넣는 경우는 없어요. 퍼즐을 맞출 때 조각을 주변 조각에 이리저리 대보는 것처럼 인용구도 주변 문장에 이리저리 맞춰보며 쓰죠. 무언가를 만들어내는 작업이 그러하듯 인용구 넣기는 망설임과 결단의 연속입니다.

일본의 철학자 사사키 아타루가 쓴 책에서 봤는데요, 사무엘 베케트가 스물여덟 살쯤 됐을 때부터 닥치는 대로 책을 읽으면서 '이런 표현도 있구나'라고 느낀 문장을 전부 메모했다고 해요. 사사키 아타루가 그 이야기를 전하면서 자기도 10년 정도 그런 작업을 계속해왔다고 말합니다. '이런 일본어가 있구나' '이런 표현이 있구나'라고 생각이 드는 문장을 꾸준히 메모해왔고, 그 노트를 처음부터 끝까지 읽은 다음 하루 동안 써야 할 분량의 글을 썼다고 합니다. 학문에는 지름길이 없다는 것, 이 역시 제가 마음에 새긴 마르크스의 말인데요, 글쓰기에서 특히 실감합니다.

정리하자면, 인용구를 쓸 때 주의할 점은 과유불급이죠. 주

247

제 전달을 돕지 않는 인용구는 차라리 없는 게 낫다는 것, 잊지 마시고요. 여러분의 인생 책을 옆에 두고 근사한 인용구가 들어간 글을 한 편 써보시길 바랍니다.

인터뷰를 잘하는 방법은
무엇인가요?

저의 글쓰기에서 인터뷰가 차지하는 비중이 큽니다. 자유기고가로 일할 때부터 인터뷰를 좋아했고, 좋아하니 잘하고 싶고, 잘하려고 노력하니까 좋은 결과물이 나왔는지 인터뷰 요청을 꾸준히 받았고요. 책 작업을 하면서도《폭력과 존엄 사이》《출판하는 마음》《알지 못하는 아이의 죽음》《있지만 없는 아이들》《크게 그린 사람》까지 인터뷰집을 다섯 권이나 냈습니다. 나머지 책도 인터뷰 형식이 아닐 뿐, 세상 사람들의 말을 귀담아듣고 썼다는 점에서는 큰 틀에서 인터뷰라고 해도 무리가 없을 것 같아요.

그래서인지 인터뷰 노하우를 많이들 물어보세요. 인터뷰가 비문학만이 아니라 다방면으로 두루 쓰이더라고요. 소설가도 쓰고자 하는 작품에서 설정한 주인공의 직업에 관련된 직업인을 만나보고, 방송작가도 방송 프로그램을 준비하면서 관련된 사람들을 취재하고요. 제가 아는 연극 연출가는 청소년 노동에 대한 극을 올리기 전 배우들에게 배달 노동을 하는 청소년을 인터뷰해보라는 숙제를 냈다고 해요. 일전에는 제게 국립

극단 작품개발팀 작가들을 대상으로 하는 인터뷰 강의 의뢰가 오기도 했죠. 이처럼 인터뷰는 소통의 도구이자 타인의 삶의 맥락을 이해하는 방법으로 쓰입니다.

우선 마음가짐이 중요합니다. 인터뷰가 상대의 마음을 여는 일이고, 마음은 마음으로만 얻을 수 있어요. 제가 인터뷰어로서 인터뷰를 진행하기도 하지만 작가로서 인터뷰로 인터뷰에 응하기도 하는데요, 상대의 태도에 따라 제 자세도 달라져요. 상대가 최선을 다하면 저도 허리를 곧추세우고 진지하게 임하게 되더라고요. 안 하려던 이야기도 막 하고요. 또 제가 인터뷰어로서 '이 인터뷰, 특별히 잘하고 싶다'라는 간절한 마음으로 준비하고 임하면 처음엔 덤덤하던 인터뷰이의 눈빛도 같이 깊어지는 걸 느끼기도 합니다.

좋아하는 영화 〈캐롤〉에 이런 대사가 있어요. "궁금한 것들이 있는데 당신에게 물어봐도 될지……." 테레즈(루니 마라)가 캐롤(케이트 블란쳇)에게 말해요. 캐롤이 답하죠. "뭐든 물어봐줘요, 제발." 아, 저는 이 장면을 이 영화에서 가장 아름다운 장면으로 꼽아요. 당신을 알고 싶다고 말하는 바로 그 장면이요. 캐롤은 중산층으로 가족이나 지인과의 관계가 피상적인 인물이에요. 주변엔 그를 전시하려고만 할 뿐, 그의 내면까지 깊게 알고 싶어 하는 사람이 없었어요. 그러니 테레즈가 자기의 존재를 궁금해하면서 말을 걸어올 때 캐롤이 얼마나 벅찼을까요.

인터뷰도 '나는 너를 알고 싶어'라는 프러포즈입니다. 존재와 존재가 만나는 일, 인터뷰할 때 저는 두 가지를 상기해요. 첫 번째, 그냥 사는 사람은 없다, 사람은 누구나 자기 이야기가 있다는 점입니다. "나 같은 사람을 뭐하러 인터뷰해요"라고 말하는 인터뷰이가 더러 있는데 '나 같은 사람'은 세상에 둘도 없어요. 사람은 존재 자체로 귀합니다. 역사적으로 미천한 존재, 고귀한 존재를 나누는 신분 제도가 사회에 관습처럼 남아 있을 뿐이죠. 지금도 권력이 있거나 업적을 이룬 인물의 서사만 주목하죠. 그런 무의식의 지배를 받아서 우리도 사회적 성취나 쓸모에 따라 자신을 평가해요. 그런데 '그냥 사는 사람'은 없어요. 평범해 보이는 사람들도 다들 엄청난 자기 서사를 품고 있어요. 평범하게 살기 위해선 평범하지 않은 노력이 필요하기 때문이죠. 지금까지 살아왔다는 것은 대단한 일이고요. 인터뷰해보면 '한 사람이 저마다 우주'라는 말을 수긍하게 됩니다. 그러니 어떤 사람이든 존경하는 마음으로 만나보세요.

두 번째로 상기하고 내려놓지 않는 점은 '그렇게 훌륭한 인물'은 세상에 없다는 것입니다. 〈이진순의 열림〉이라는 인터뷰 기사를 연재했던 이진순 선생님은 6년 동안 122명을 만났습니다. 그랬더니 사람들이 많이 물어본대요. 지금까지 만난 사람 중에 누가 제일 훌륭하냐고요. 이진순 선생님은 이렇게 답합니다. "누구의 인생도 완벽하게 아름답지만은 않다. 그러나 누구에게나 한 방은 있다."[17] 인터뷰하는 사람은 그 한 방과

누추함이 버무려진 이야기를 발견하고 끌어내는 거예요. 사람은 누구나 모자란 구석과 빛나는 구석이 있는 복합적 존재라는 것, '그냥 사는 사람'은 없지만 '그렇게 훌륭한 사람'도 없다는 것. 이러한 모순을 통합해내는 게 지성입니다.

인터뷰에서 가장 중요한 것, 바로 질문이죠. 질문은 인터뷰의 꽃입니다. 사전 준비를 잘하는 건 기본인데요, 준비한 내용에만 의존한 채 이미 아는 사실을 확인만 하고 오는 인터뷰는 좋은 인터뷰가 아니라고 생각해요. 저에게 좋은 인터뷰란, 그 사람을 만나기 전에는 몰랐던 것을 알게 되는 인터뷰입니다. 틀에 박힌 이야기가 아니라 새로운 진실을 발견하는 시간이고, 그러려면 '열린 질문'이 필요합니다.

예를 들어볼게요. 제가 《있지만 없는 아이들》을 쓸 때 미등록 이주아동을 인터뷰했어요. 그중 마리나는 한국에서 태어난 몽골계 한국인으로, 부모가 몽골 사람입니다. 그에게 이런 질문을 했어요. "본인이 원하지 않았는데 한국에서 태어났고 체류자격이 없는 불편한 삶을 감내해야 해요. 부모에게 어떤 마음이 들었나요?" 이건 '열린 질문'이에요. 상대의 마음을 미리 재단하지 않고 답변의 여러 가능성을 열어두었죠. 반면 "나를 한국에 태어나게 한 부모가 미웠나요?"라는 물음은 '닫힌 질문'입니다. 답을 듣기도 전에 미리 개입하여 상대의 마음을 규정했으니까요. 인터뷰어의 자세로 바람직하지 않습니다.

실제 《있지만 없는 아이들》을 집필하는 과정에서 쓴 인터뷰 질문 목록을 보여드릴게요. 열린 질문을 하고자 노력했는데, 잘된 거 같은지 독자 여러분도 한번 봐주세요.

— 근황, 마리나의 주말과 평일의 일상들. 여기 오기 전에 무엇을 하며 보냈는지?

— 마리나에게 비자가 없다는 사실을 몇 살 때 어떻게 알았는지?

— 한국어를 모르는 청각장애인 부모님과 어떻게 소통하는지?
  (사전 조사에 따르면 수어로 2%, 98%는 바디랭귀지로 대화함)

— 학교에서 '아이들과 나는 다르다' '쟤는 되는데 나는 안 된다'는 것을 실감한 사례는?

— 초등학교와 중학교 친구들과 관계가 끊겼다고 했는데, 미등록 상태인 것과 어떤 관련이 있을까?

— 가장 상처가 됐던, 친구에게 들은 차별의 말은?

— 편견을 갖고 자신을 대하는 사람에게 어떻게 대응하는지?

— 영어, 수학 등의 실력이 약하다고 했다. 영어와 수학 공부를 하는 데 어떤 어려움이 있었는지?

— "노인 봉사 동아리를 조직해서 열심히 했다. 대개는 타인을 돌본다는 것이 힘든 일이고 그래서 기피한다"라는 내용을 자료집에서 봤다. 가장 힘들었던 돌봄 사례는?

— 본인이 원하지 않았는데 한국에서 태어났고 불편하고 불안정한 삶을 감내해야 했다. 부모에게 어떤 마음이 들었는지?

253

— (부모님이 밉고 원망스러울 때가 있다면) 그럴 땐 어떻게 하는지?

— '그래도 세상은 살 만해'라고 느끼게 해준 사람이 있다면?

— 아무것도 안 하는 게 제일 큰 손해라고 했는데 그렇게 생각한 계기는?

— 마리나가 생각하는 평범한 삶은 무엇일까?

인터뷰하며 부모에 대한 마음을 묻자 마리나가 이렇게 답했어요. '부모가 저를 돌본 게 아니라 제가 부모를 돌본 거나 마찬가지'라고요. 예상치 못한 답변이었죠. 흔히 지니는 고정관념이 있어요. '장애인은 비장애인에게 돌봄만 받을 것이다' '부모가 자식을 돌본다' 같은 생각들. 현실은 그렇지 않기도 해요. 빈곤층 청소년이 아픈 보호자를 대신해 아르바이트로 월세나 생계를 책임지고, 할머니 약값을 대는 등 가장 노릇을 하기도 합니다. 마리나의 저 발언은 사회 통념에 가려진 부분을 드러내주었죠.

마지막 질문으로 마리나가 생각하는 평범한 삶을 물었을 때 그가 말했습니다. "결국 다른 사람들과 동등하게 살 수 있는 것. 내가 나임을 인정받는 것. 제가 원하는 건 그런 최소한의 것들이에요. 저는 한국에서 유령으로 지내온 거나 마찬가지예요. 살아 있는 사람으로 인정받고 싶어요."[18] 참 가슴 아픈 말이었죠. 비단 미등록 이주아동이 아니라도 여러 이유로 자기 존재를 온전히 드러내지 못한 채 살아가는 존재라면 누구나 한 번쯤 해봤을,

보편적인 삶에 가닿는 말이어서 울림이 컸습니다.

이주민이나 난민 관련 기사에는 "너네 나라로 돌아가라" "왜 한국에서 살려고 하느냐"라는 댓글이 달리곤 합니다. 이런 현상에 대해 인터뷰어가 미리 가치 판단을 내리지 말고, 당사자로서 그런 말을 들으면 어떤 기분이 들고, 뭐라고 말하겠느냐고 물어보는 게 열린 질문입니다. 제가 이주아동 페버에게 물었더니 이런 답이 돌아왔어요.

> 왜 한국에서 계속 살고 싶으냐고 묻는 사람이 있어요. 저는 이 질문을 한 사람에게 그대로 되돌려주고 싶어요. 그럼 왜 당신은 한국에 살고 계시나요? 똑같아요. 저는 이곳에서 태어나 자랐어요. 그러니까 여기에 사는 거죠. 만약에 제가 나이지리아에서 태어나 자랐으면 아마도 거기 살지 않았을까요? 꼭 특별한 이유가 있어야 하는 건 아니잖아요?[19]

인터뷰 질문지 내용은 크게 두 갈래로 나뉘어요. 인터뷰이의 사회적 정보 등 꼭 들어가야 하는 기본 요소, 그리고 그 외 인터뷰어가 궁금한 것들. 앞의 내용은 주로 객관적인 정보이기에 인터뷰하는 사람이 누구라도 비슷할 거고요, 어떤 주관적인 내용을 묻는지에 따라 인터뷰가 차별화됩니다. 거기엔 인터뷰어의 가치관과 욕망이 반영되니까요. '나는 주거 독립이 화두야, 돈을 모으고 싶어'라고 생각하는 인터뷰어라면 돈이나 경제, 파이어족 등에 대한 내용을 궁금해하겠고요. 제 관심사는 삶의 가치, 돌봄, 불평등 같은 사안이어서 그와 관련된 질문을 질문지에 넣어요. 그래서 인터뷰는 인터뷰이를 보여주면서도 인터뷰어, 즉 인터뷰하는 사람을 드러내기도 해요. 같은 사람을 누가 인터뷰했는지에 따라 다른 빛깔의 글이 나오죠. 그래서 저는 말합니다. '인터뷰는 삶과 삶의 합작품이다.'

인터뷰에 대해 말하려면 책 한 권으로 풀어도 모자랄 것 같은데요. 제게 인터뷰란 '나를 흔들어놓는 대화'입니다. 독서와 경험으로 형성된 인식의 지반이 있는데, 인터뷰를 하면서 들은 타인의 말이 틈을 만들어내요. 균열과 혼란에서 다른 사유로 넘어가고, 시야가 넓어지고, 생각이 깊어지는 계기가 생깁니다. 그래서 인터뷰가 '인생 수업 심화반' 같다는 생각을 자주 하죠. 인생 수업, 일대일 과외 같기도 하고요.

"우리는 경험을 가진 개인들이 아니라 경험을 통해 구성된 주체들"[20]이라고 미국의 페미니즘 역사학자 조앤 스콧은 말했죠. 인터뷰이는 자기 경험과 생각을 말하는 과정에서 다시 한번 자기 자신이 됩니다. 인터뷰어도 타인의 삶을 경유하고 나면 이전과는 다른 사람이 되겠지요. 사람에 대한 사랑과 삶의 신비를 배우는 '인생 수업 심화반'에 여러분도 등록하시길 바랍니다.

글 쓰는 시간을
사수하는 방법은 무엇인가요?

강연장에서 높은 빈도로 받는 질문을 여럿 언급했는데요, 이 것도 '자주 나오는 질문 탑 5' 안에 들어갈 것 같아요. 바로 글 쓰는 시간에 관한 질문입니다. 크게 두 가지로 나누어보면요, '작가님은 그렇게 바쁜데 언제 글 쓰세요?' 등 시간 확보에 관 한 것과 '시간을 어느 정도 정해놓고 글을 쓰시나요?' 등 시간 관리에 관한 것이죠. 우선 앞의 것부터 이야기해보겠습니다.

사실 이런 질문을 처음 받았을 땐 왜 물어보는지 좀 의아했 어요. 사람마다 생활 여건이나 생체 리듬, 습관이 다르잖아요. 뇌가 깨어나는 시간이 오전인지 오후인지, 직장인인지 프리랜 서인지 등을 고려해 글 쓸 시간을 자기에게 맞게 정해야 하는 거 아닌가 싶었죠. 그런데 곰곰이 생각해보니까 그걸 몰라서 가 아니라 답답해서 물어보는 거 같았어요. 그만큼 글쓸 시간 을 확보하는 일이 어렵다는 거겠죠. 어떻게 하면 좋을까요?

자, 하루는 24시간으로 정해져 있고, 그 시간을 평소엔 이미 다른 일들로 채운 상태입니다. 기본 일정 외 여가 시간에 게임 도 하고, 드라마도 보고, 요가 학원도 다니고, 축구 동호회에도

257

나갑니다. 그런데 글을 쓰지 않는 사람에서 글을 쓰는 사람으로 변신하고 싶다면 이미 하던 활동에서 무언가를 빼야 해요. 그리고 글쓰기를 1순위에 놓는 거죠. 즉, 시간 안배부터 다시 합니다. 집안일 다 하고, 친구도 다 만나고, 취미도 다 즐기면서 글까지 쓸 순 없겠죠. 우리에게 주어진 시간과 활동 에너지가 한정적이잖아요. 그리고 글도 알아요. '저 사람이 날 안 중요하게 생각해서 우선순위 중 맨 끝으로 미뤄놓는다'라고요. 글이 삐져서 우리한테 안 옵니다.

제 하루는 글쓰기를 중심으로 굴러가요. 아이들이 학령기일 땐 아침 먹이고 학교 보내고 나서 바로 책상 앞에 앉았어요. 서너 시간 쓰다가 집중력도 떨어지고 허리도 아프고, 그러면 그때부터 다른 일을 처리했습니다. 청소도 하고, 빨래도 하고, 장도 보고, 이메일 답장도 하고요. 여러분도 글을 쓰고자 한다면 '글쓰기와 기타 등등'으로 하루 또는 일주일 계획을 짜보세요. 초고를 쓰기 위해 통으로 최소한 네다섯 시간을 비워두는 거죠. 퇴고는 자투리 시간이 날 때마다 써도 되거든요. 저의 경우, 빈 문서 상태에서 뭐라도 써야 하는 초고 작업에 가장 많은 에너지가 들지, 써놓은 글을 고치는 퇴고는 상대적으로 부담이 덜해요. 물론 퇴고하다가 미궁에 빠지는 경우도 많지만요.

글을 붙들고 있다보면 시간이 뭉텅이로 흘러가잖아요. 아이가 어렸을 땐, 어린이집 마칠 시간에 맞춰 데리러 가야 하는데 글 쓰다가 못 간 적도 있어요. 설거짓거리가 쌓이고 아이들

밥을 못 해놔서 배달 음식을 시켜서 끼니를 때우기도 하고요. 완벽한 엄마가 아니라 최소한의 엄마 역할을 수행하자고 마음먹었어요. 그래서 글 쓰는 시간을 사수하는 법에 대한 제 대답은 '철저히 이기적으로 굴어라'입니다.

그렇지만 제아무리 그러고 싶어도 생활의 중력 때문에 일상적인 일들이 비집고 들어와서 글쓰기를 방해하기 마련입니다. 매일 글도 쓰면서 수학 시험에서도 1등급 받는 학생도 있겠지만 보통은 둘 다 잘하긴 어려우니까, 글쓰기를 우선으로 하고 남은 시간에 수학 문제를 풀고요. 직장인이라면 업무 외 시간을 무조건 사수해서 퇴근 후 시간은 물론이고 점심시간에도 글쓰기 모드가 되는 겁니다. 대인 관계도 잘 유지하고 회식에도 안 빠지고 사람 좋다는 말도 듣고 글 못 쓰는 것보다 "쟤는 점심시간에 책 읽으니까 같이 밥 먹으러 못 가"라는 소리를 듣는 사람이 되는 편을 택할 용기가 필요하겠죠. 갑자기 글 쓴답시고 요란스럽게 인간관계를 파탄 내라는 게 아니라, 그만큼 시간을 안배하는 중심에 글쓰기가 자리할 필요가 있다는 뜻입니다.

《연과 실》의 작가 앨리스 매티슨은 16, 17세기 문학을 공부했는데 아이를 낳고 육아를 위해 일을 그만두었다고 해요. 서문에서 글쓰기를 어떻게 시작했는지 이야기하는 대목이 인상적이었습니다.

나는 아이를 낳은 첫해에 얼룩진 목욕가운 차림으로 젖을 먹이면서,

또는 겨우 샤워를 하고 옷을 입은 다음 아기띠로 아기를 안고 산책하면서 대부분의 시간을 보냈다. 나는 아이를 돌보는 것 외에는 아무것도, 심지어 빨래조차도 할 수 없었다. 세탁기와 건조기가 지하실에 있었으므로 빨래를 하려면 긴 실외 계단을 내려가야 했는데, 지하실에서는 아기 울음소리가 들리지 않았기 때문에 아들이 잠들어도 혼자 남겨두고 빨래를 하러 갈 수 없었다. 아기가 작을 때에는 세탁 바구니의 빨랫감 위에 아이를 올리고 지하실로 내려갈 수 있었지만 한 살이 지나자 너무 커서 바구니에 들어가지 않았다. 결국 나는 보모를 쓰면 지하실에서 글을 쓸 수 있음을, 심지어는 빨래도 할 수 있음을 깨달았다. 나는 휴대용 타자기를 지하실에 가져다놓았다.

(…) 나는 빨래도 했지만 주로 글을 썼다. 그전까지는 한가한 시간이 10초만 생겨도 그 시간에 글을 쓰지 않으면 죄책감을 느꼈지만 이제 진짜로 글을 쓸 시간이 생겼기 때문에 그런 죄책감에서 몇 년 만에 해방되었다. 나는 공공도서관에서 시를 실어주는 잡지 목록을 찾아서 내가 쓴 시를 투고했고, 그중 한 편이 실렸다. 지하실에서 보낸 시간이 나를 바꾸었다.[21]

정말 치열하죠. 저도 아이를 키우면서 글을 썼던 경험이 있던지라 더 와닿았습니다. 핵심은, 글쓰기에 넉넉한 시간이나 좋은 조건은 없다는 것입니다. 글도 쓰고 빨래도 하고 아이도 보는 일상이 굴러가려면, 지하실을 유배지가 아니라 집필실로 만드는 것. 한계를 출구로 만드는 지혜와 용기가 필요하지 않을까 싶어요.

여러분의 '지하실'은 어디인가요? 저의 '지하실'은 식탁이었는데요. 좁은 집에 서재는커녕 책상을 놓을 자리도 없어서 식탁에서 찌개 냄비를 한 편에 밀어넣고 바로 그 자리에 노트북을 놓고 글 쓰는 시기를 몇 년간 보냈어요. 지금은 널찍한 책상이 생겼는데 동틀 무렵까지 앉아 있을 체력과 쓰지 않으면 잠들지 못했던 절박함이 사라졌네요.

현대인은 시간의 빈자이죠. 돈에 쪼들리듯 시간에 쪼들려요. 프랑스 시인 샤를 보들레르는 "시간의 학대받는 노예"라는 표현을 쓰기도 했습니다. "지금은 취할 시간! 시간의 학대받는 노예가 되지 않으려면, 취하라, 끊임없이 취하라!"[22] 이런 사회 구조에서 어떻게 마시는 사람이 아니라 쓰는 사람이 될 것인가. 앨리스 매티슨은 말합니다. "나는 운이 좋았지만 노력도 열심히 했다. 이기적이었다. 나는 글 쓰는 시간을 사수하는 법을 배웠다."[23] 여러분도 글쓰기를 우선으로 하여 이렇게도 해보고 저렇게도 해보며 일상을 재편해보세요. 그렇게 써나갈 때 시간의 학대받는 노예로 살지 않고, 내 삶의 주인이 되는 방법을 글쓰기가 알려줄 것입니다.

작가님도 글쓰기 리추얼과
루틴이 있나요?

앞서 언급한 글 쓰는 시간에 대한 질문에서 두 번째 질문을 이번에 다뤄볼게요. "작가님도 글 쓰는 루틴이 있나요?" "아침에 글 쓰세요? 아니면 저녁에 쓰세요? 새벽에 쓰시나요?" 이런 질문을 받았을 때 이렇게 답해요. "아무 때나, 쓸 수 있을 때마다 씁니다." 무라카미 하루키나 여느 다른 작가처럼 작업 전후에 하는 규칙이나 리추얼이 있거나 작업 시간을 별도로 정해두진 않았어요. 제가 '싱글'이 아니라서 또 업무 시간이 불규칙한 프리랜서라서 그런 것 같아요. 주변에 계속 영향을 받거든요.

가령 '오전 9시부터 오후 3시까지는 무슨 일이 있어도 글 쓸 거야' 하고 다짐했는데 아이가 아프다고 조퇴해요. 그러면 글 쓰다가 멈추고 아이를 소아과에 데리고 가야 해요. 글 쓰는데 고양이가 이불에 토를 해요. 그러면 얼른 일어나서 세탁기에 이불을 돌려야 해요. 이런 식이에요. 글 쓸 계획을 촘촘히 세워놓으면 다른 일이 생기고, 예상대로 글을 못 쓰면 상처받고 좌절만 해요. 타인을 미워하게 되죠. '쟤 때문에 글 못 썼어' 하고 원망하죠. 그러면 너무 괴롭잖아요. 또 프리랜서로 일하다보니까 오전에 강연이나 취재가 있는 날도 있고요. "그럼 오전에 일을 안 잡으면 되잖아"라고 누군가는 말할 수 있겠죠. 실제로 오전에 전화나 연락을 안 받는다는 어떤 작가의 이야기도 들었는데요, 저는 못 그랬어요. 저한테 강연이나 취재가 생계 활동인데 이것저것 가리면 막상 할 수 있는 일이 없거든요. 안정적인 생활을 보장하는 인세처럼 적당하고 꾸준한 수입이 있지 않는 한, 일에 대한 유연한 태도가 필요합니다. 또한 편집자나 강연 기획자 등 다른 사람과 협업으로 일하다보니까 제 기준으로 제 시간만 중시하며 글 쓸 계획을 세울 수 없었습니다.

그래서 매일 '무슨 일이 있어도' 글 쓰는 시간이나 '무슨 일이 있어도' 책 읽는 시간을 확보하진 않았습니다. '무슨 일'이 쓰는 일보다 시급한 경우가 있으니까요. 대신 글 쓰는 날을 정했어요. 칼럼 마감일이 정해지면 일주일 전에 하루를 비워놓고, 귀엽고 도도한 방해꾼 고양이 무지를 피해서 아침부터 카페에 가서 글쓰기 활동에 진입합니다. 한 1, 2년 전부터는 주로 신체 배터리가 제일 짱짱한 아침에 쓰기 시작했어요. 밤이 되면 하루치 피로가 몰려오고 눈이 침침해서 글쓰기에 집중할 수 없더라고요. 30대에는 취재하고 와서 새벽 한두 시까지도 거뜬히 글을 썼어요. 전생의 일처럼 아득하지만 과거의 저는 그랬고, 지금의 저는 아침에 초고를 씁니다. 제게 글이 잘 써지는 시간대는 배고프지 않고, 체력이 비축되어 있고, 마감을 일주일 앞둔 아침이라고 말씀드릴 수 있겠네요.

저의 글쓰기 리추얼도 이야기해볼게요. 그다지 특별할 게 없어요. 커피 한잔 옆에 두고 글 쓰는 도중에 틈틈이 마시며 정신을 일깨우고, 초콜릿이나 휘낭시에 같은 기분 좋아지는 스위츠를 먹는 정도죠. 가끔 시 한 편을 필사하고 글쓰기를 시작하는 경우가 있어요. 괜히 그러고 싶을 때 그럽니다. 일종의 짧은 기도 같은 느낌이죠.

여러분에게 도움이 될 만한 별다른 노하우가 없어서 민망합니다만, 언제부턴가 이렇게 생각해요. 글 한 편을 잘 쓰는 것이 아니라 하루를 잘 보내는 일이 중요하다고요. 글 한 편을 잘 쓰더라도 글 쓴답시고 하루가 엉망이 되면, 그게 또 마음이 편치 않더라고요. 무엇을 위한 글인가, 회의가 들고요. 잘 살려고 쓰는 건데 쓰다가 잘 살지 못한다는 느낌이 들면 안 되잖아요.

저한테 '잘 사는 일'은 하루를 잘 보내는 일입니다. '인생'을 잘 사는 건 어려운데 '하루'를 잘 보내는 건 해볼 만하죠. 아침에 일어나서 밥 먹고《은유의 글쓰기 상담소》한 편을 초고라도 완성하고, 아이들 먹을 닭볶음탕이라도 한 냄비 가득 만들어놓고, 카페 가서 거품 곱게 내려진 카푸치노를 마시면서 책 두어 시간 읽다가 산책하고, 저녁에 친구 만나서 생맥주 한잔하면서 수다 떨고, 잠들기 전 한 시간이라도 책상 앞에 앉아 오전에 쓴 원고를 퇴고한 날. 이런 날이 제가 생각하는 최고의 하루에요. '오늘 하루 잘 살았으면 내일도 살 수 있다.' 이렇게 기운을 내는 거죠. 이렇게 하루를 잘 살려는 다짐 속에 글쓰기 활동이 들어 있습니다.

물론 제가 앞에서는 글을 쓰기로 다짐한 분께 아침에 글쓰기부터 하라고, 설거지나 청소 같은 살림 등 미룰 수 있는 건 다 미루고 우선 글을 쓰라고 했어요. 그만큼 일상에서 글 쓰는 틈을 내는 게 쉽지 않아서 그렇게 제안드렸죠. 직장인도 하루 종일 회사에 매여 있고 학생도 학교 일과를 마치면 학원에 가고, 얼마나 바쁩니까. 그래서 글쓰기 습관을 만들려면 초기에는 양보 없이 안간힘을 써야 하죠. 그렇지만 중장기적으로 글쓰기가 일상에 자리를 잡으려면 균형과 조화를 고려해야 꾸준히 쓸 수 있습니다. 무턱대고 글, 글, 글 하며 글에만 매달리면 목 디스크가 생기는 등 건강이 무너져서 쓰는 사람으로 장수하지 못하겠죠. 나의 하나밖에 없는 몸뚱이와 살림을 초토화시키고 관계를 결딴내면서 고수해야 하는 루틴은, 그게 글쓰기든 뭐든 없는 것 같아요.

의사이자 소설가죠. 《아내를 모자로 착각한 남자》라는 작품으로 유명한 올리버 색스가 이런 말을 했어요.

일이 곧 삶이라고 할 수 있겠죠. 저는 주말을 싫어합니다. 주말의 공허함, 심연, 무질서가 겁나요. 월요일이 오면 병원에 가서 환자를 만나거나 타자기 앞에서 글을 쓸 수 있어서 기뻐하는 편이지요.[24]

공감합니다. 저도 노는 것을 좋아하지만, 마냥 놀기만 하면 불안해요. 써야 할 글이 있으면 편히 놀지 못하고, 글을 쓴 뒤 놀아야 개운해요. 주말이나 연휴의 무질서가 싫고요. 하지만 올리버 색스가 저렇게 일 중독으로 살아갈 수 있었던 데는 집안의 누군가가 재생산 노동을 해주지 않았을까 짐작해보아요. 제 손으로 밥상을 차리고 옷을 빨아 입고 타인을 돌보면서 글을 쓰는 사람의 이야기가 많아지면 좋겠습니다.

사는 일에 쓰는 일이 자연스럽게 녹아들어서, 당장만 쓰는 사람이 아니라 오래 쓰는 사람으로 살아가도록 에너지를 안배하고 시간을 조율하는 지혜를 각자 삶에서 발휘하시길 바랍니다.

글을 잘 쓰려면
어떤 태도를 갖춰야 하나요?

얼마 전, 지인들과 모여 이야기를 나누었습니다. 그중에는 아나운서 출신의 스피치 강사와 노래를 가르치는 음악 교사가 있었어요. 음악 교사인 분이 말하기를, 노래를 잘 부르려면 잘 들어야 한대요. 반주하는 악기 소리를 잘 들어야 한다는 말이었어요. 그랬더니 옆에 있던 스피치 강사분이 맞장구쳤어요. "말 잘하는 것도 그래요. 말 잘하려면 잘 들어야 해요" 그 말을 듣고 제가 뭐라고 했게요? "어머, 연기도 그렇대요. 연기 잘하는 배우는 잘 듣는 배우래요."

일본 영화감독 고레에다 히로카즈가 한 말이에요. 저는 고레에다 감독이 만든 영화를 다 보고, 쓴 책도 다 읽었거든요. 그가 쓴 책 《걷는 듯 천천히》《영화를 찍으며 생각한 것》 등은 한국에도 출간됐어요. 《걷는 듯 천천히》에는 감독 입장에서 좋은 배우에 관한 이야기가 나와요. 영화 〈진짜로 일어날지도 몰라 기적〉의 주인공으로 발탁된 고키 군을 오디션장에서 처음 봤는데 첫 만남부터 사랑스러웠다고 해요. 고키 군이 지원한 역할은 극 중에서 부모가 이혼하고 아버지와 떨어져 사는

267

상황에 있었죠. 감독이 '어떻게든 아버지와 어머니를 화해시키고 싶은 상황이다' 정도의 설정만 설명하고, 상대역이 할 만한 말로 대사를 전달하면 아역 배우가 연기하는 방식이었다고 해요. 다른 아역 배우들과 달리 고키 군은 완벽하게 아버지와의 대화를 연기했다고 전하면서 고레에다 감독은 책에 이렇게 썼어요.

> 상대의 대사를 들을 수 있는 힘이야말로 배우로서 가장 중요한 능력임이 분명하다. 말하는 힘이란 우선 이런 듣는 힘이 있어야 생긴다고, 고키 군을 보며 확신했다.[25]

한동안 고레에다의 말을 잊고 있었는데 어느 날 문득 그런 생각이 드는 거예요. '글을 잘 쓰는 것도 결국 잘 듣는 일이겠구나.' 왜냐하면 제가 쓴 글을 봐도, 제가 사람들한테 들은 많은 이야기가 들어 있더라고요. 타인의 삶에 접속하는 건 결국 세상에 흘러다니는 이야기를 통해서 가능하잖아요.

제가 한국방송통신대학에서 발행하는 신문에 〈기록되지 않은 전태일을 기록하며〉란 글을 썼습니다. 이렇게 시작합니다.

> 10대부터 60대까지 연령대가 모인 글쓰기 수업에서 《전태일 평전》을 읽을 때, 그의 생애만큼이나 뜨겁고 척척한 말들이 오간다. 감응의 지점이 세대별로 조금씩 다르다. 60대는 '신발에 물이

새지 않으면 다행인' 찢어지는 가난에 좀 더 공감하고 40~50대는 '비참한 현실을 바꿔내는' 집요한 싸움에 반응한다. 20~30대는? 가장 열렬하다. 전태일이 그리는 생생한 노동 현장 실태에 맞장구치며 목소리를 높인다.

"월급 받아도 교통비를 제하고 나면 남는 게 없다는 전태일 말이 그때나 지금이나 틀리지 않구나 싶어요." "먹고살 길이 막막한 젊은이들이 서울로 몰린다는 것도요." "노동력으로 전락한 인간상을 증오한다는 문장이 팍 와 닿아요." "'왜 이렇게 의욕이 없는 일을 하고 있는지 나 자신도 모르겠다. 그러나 어렴풋이 생각이 확실해질 때는 퇴근 시간이 다 될 때이다.' 이 대목 읽으면서 진짜 제가 쓴 줄 알았어요."

전태일은 1948년생. 살아 있었다면 일흔을 바라보는 나이다. 책에 나오는 수기는 1960년대 후반에 쓴 글들이다. 무려 50년 전 어느 노동자의 참담한 수기를 '요즘 젊은이들'이 지루해하면 어쩌나 하는 나의 걱정은 기우였다. 무지와 편견이었다. 마르크스 말대로, 어떤 노동자가 어떤 자본가를 만나느냐는 우연적일 수 있지만 전체로서 노동자 계급이 자본가 계급을 만나는 것은 거의 필연적인 법. 전태일의 평화시장이 그들에겐 편의점이고 사무실이다. 완장 찬 작업반장 대신 CCTV가 감시할 뿐, 사람을 이윤 창출의 도구로 보는 현실은 너무도 닮았다.

며칠 전 수업 때다. 머리카락 희끗한 어느 남자 학인은 《전태일 평전》을 읽고 무슨 예언처럼 이런 말을 보탰다. "전태일은 기록이 남아 있고 분신을 해서 후대에 알려졌지만 아마 그 당시 전태일만큼 열심히 싸운 다른 노동자가 또 많을 겁니다." 그리고 그날 수업을 마치고 집으로 가는 길, 난 거짓말처럼 어느 노동자의 '부고'를 들었다.

다음 단락에 경기도 시흥시의 스티로폼 파쇄업체에서 한 노동자가 파쇄기에 상반신이 끼어 사망한 압착 사고 소식을 썼어요. 2016년 3월에 일어난 사건인데요. 기억할 것 많은 봄, 기억 하나 더 없는 심정으로 남현섭이란 분의 이름을 《전태일 평전》 한 귀퉁이에 조심스레 쓴다며 글을 마무리했습니다.

이 글은 제가 귀를 열고 남의 말을 들었기 때문에 쓸 수 있었던 글입니다. 만약 요즘 젊은이들이 전태일이 살던 시대만큼 고생도 안 하는데 뭘 알까 싶은 선입견이 있었으면 대충 듣거나 듣지 않았을 말들이죠. 결국 작가의 일이란 잘 듣고 들은 이야기를 재구성해서 세상에 내놓는 일 같아요.

김중미 작가도 저와 했던 인터뷰에서 말했어요. 당시 막 출간한 소설 《곁에 있다는 것》에는 주인공이 여성 청소년 세 명이고 엄마, 할머니까지 삼대에 걸친 여성 서사가 나옵니다. 페미니즘이 대두되는 지금 시대의 반영인지 여쭈었더니 그렇지 않다고, '기찻길옆작은학교'라는 공부방을 연 초창기부터 들어온 이야기를 바탕으로 썼다고 합니다. 그 당시 공부방에 다니는 아이들의 엄마들과 매주 글쓰기를 했대요. 엄마들이 밤열 시, 열한 시까지 공장에서 잔업하고 집에 가다가 공부방에 불 켜져 있으면 불쑥불쑥 와서 신세타령했답니다. 할머니들이 늘 "여자들이 강해" "남자들은 다 나자빠지는데 우리는 그 일을 다 했어"라거나 "가족이 그나마 굶지 않고 사는 것은 순전히 어머니와 딸들 덕분이었는데, 그런데도 집안을 이끌어갈 사람은 아들이라고 하니 황당했다" 같은 말을 했다고요. 작가님이 항상 들었던 이야기였고 언젠가는 하고 싶은 이야기였는데 섣불리 할 수 없어서 묻어두다가 30년이 흐른 뒤에야 잘 숙성한 이야기로 소설에 담아낸 거죠.

《시와 산책》의 저자 한정원 작가도 말하는 것보다 듣는 걸 좋아한다면서 이유를 이렇게 말해요. "들으면서 상대방을 넉넉히 바라볼 수 있기 때문이에요."[26]

어떤 이야기든 편견 없이 빨아들이는 커다란 귀, 작은 차이도 구별해내는 섬세한 귀가 있는 사람이 작가이지 않을까 생각합니다. 마치 세상에 나는 온갖 재료에 민감한 요리사처럼 세상에 떠다니는 이야기에 주의를 기울이는 직업이 작가라고 생각하니 정말 잘 들어야겠죠.

작가님도
글쓰기 멘토가 있나요?

앞서 리베카 솔닛, 스베틀라나 알렉시예비치, 최승자 등 수많은 작가를 언급했는데요. 저는 한두 명이 아니라 여러 작가를 멘토로 삼아요. 그들의 말과 글에 영향을 받았고 닮고 싶어서 몸살을 앓았죠. 그렇게 쓰다가 글이 쌓이니까, 언제부턴가 다른 작가가 아니라 과거의 나한테 부끄럽지 않은 글을 쓰고 싶다는 생각이 들었어요. 첫 마음, 그야말로 '글쓰기의 최전선'에 있다는 긴박함과 절실함으로 다졌던 다부진 각오, 무모한 결의, 순정한 마음을 여전히 잘 간직하는지 스스로 묻게 됩니다.

일전에 어느 분이 《쓰기의 말들》에서 "글쓰기에는 충분한 시간이 아니라 정해진 시간이 필요하다"[27]라는 구절이 인상 깊어서 필사했다고 말했어요. 사실 뜨끔했어요. 저야말로 시간을 안배해놓지도 않고서 글 쓸 시간이 부족하다며 글 못 쓰는 핑계를 댈 때가 있거든요. 젊었을 때 한 말에만 책임지고 살아도 훌륭한 인간이 되겠구나 싶었죠. 특히 글에는 온갖 사려 깊은 말과 훌륭한 생각을 쏟아내니까요. 이렇게 말해도 될까요. "내가 어떻게 써야 할지는 내 글에게 물어라."

가수이자 뮤지컬 배우 옥주현 씨가 어느 인터뷰에서 했던 말도 글쓰기 목표나 지향점을 어디로 정할지, 멘토를 누구로 하여 계속해나갈 수 있을지 고민하는 우리에게 생각할 만한 지점을 던져줍니다.

사람들은 제게 묻죠. "발레는 어떻게 해요?" "다이어트는 어떻게 해요?" 저는 이렇게 묻는 사람의 지속성을 못 믿어요. 먼저 내가 뭘 하고 싶은지를 질문하고 그다음엔 '뭘 공부하면 되지?' 하고 물어야죠. 적성에 맞으면 오래 하고 싶고 오래 하려면 탐구하게 돼요. 계속한다는 건 그냥 숨 쉬듯이 놓지 않고 하는 거예요. 그래서 오래 한 사람이 보여주는 우주는 깊이가 달라요. 그 시간을 들였기 때문에 찾은 우주예요.

대작가들은 햇살이고 물이고 바람이에요. 이 햇살과 물과 바람은 자기 삶에 뿌리내린 사람에게만 지속적인 양분이 되는 것 같아요. 대작가의 말과 글을 자기만의 관점으로 해석하고 녹여내지 않으면 고유한 글을 써내기 어렵죠. 멘토로 삼은 작가를 모방하는 글로 글쓰기를 시작할 수는 있어도 언제까지 흉내만 낼 수는 없어요. 한 그루 나무처럼 자기만의 중심이 있어야 하니까 글쓰기에서 궁극의 멘토는 나 자신이 아닐까 싶습니다.

작가가 되려면
어떻게 해야 하나요?

나는 작가라는 말이 여전히 어렵다. 뜻과 범주가 모호하다. 행위인지, 직업인지, 자격인지, 욕망인지, 존재 그 자체인지 잘 모르겠다. 그래서 '글 쓰는 사람'으로 내 꿈을 구체화하고 실천했다. 주변에서는 작가로 활동하려면 문창과나 국문과를 늦게라도 가라고 권했지만, 글 쓰는 사람이 되고 싶었기에 자격 요건을 갖추기보다 일단 쓸 수 있는 걸 쓸 수 있는 데에 썼다. 블로그에 에세이를 쓰고 〈오마이뉴스〉에 시민기자로 등록해 활동했다. 본 것, 들은 것, 한 것을 쓰다보니 그게 사실과 경험에 기반한 논픽션이었다. 논픽션 분야는 등단 제도나 절차가 없으니 내가 작가가 됐는지 안 됐는지 가늠할 척도가 없었다. 그게 속 편했다. 작가라는 긍지 없이, 작가가 아니라는 결핍도 없이 쓸 수 있었다.[28]

제가 쓴 글입니다. 왜인지 '작가'라는 말을 쓰기가 조심스럽기도 하고 치사하다고 느끼기도 했어요. '작가라는 말을 써도 되나?' 하는 마음과 '안 쓴다, 안 써' 하는 마음이 공존했죠. 선망, 열등의식, 회의, 집념 등이 착종된 복합 감정인데요. 제가 아는 '작가'라고 불리는 존재는 너무 대단한 사람이어서 저를 감히 작가로 규정할 수 없을 것 같다가도 한편 어떤 글을 보면서는 대단한 사람이 아니어도 누구나 작가가 되는구나 싶은 생각이 들기도 했어요. 마치 중세시대의 작위 수여처럼 권위 있는 제도나 절차를 통과한 사람에게 작가라는 칭호가 부여된다는 사실(이를테면 등단 제도처럼요)이 반反작가적인 것 같았죠. 권위에 복종하는 건 작가의 태도가 아니지 않나 싶어서요.

제가 정의 내린 작가란 '쓰는 사람'입니다. 나만 보는 글을 쓰는 사람이 아니라 전체 공개로 어디에서든 누구나 볼 수 있는 글을 쓰는 사람. 그래서 이번 글 도입부에 소개한 칼럼에 이런 표현을 썼습니다.

> 작가를 꿈꾸는 학생에게 말했다. "쓰고 싶으면 빨리 쓰세요. 작가는 쓰는 사람이지 쓰기 위해 준비하는 사람이 아니에요."[29]

작가가 되려면 어떻게 해야 하냐는 질문을 이렇게 바꿔볼 수 있겠죠. '쓰는 사람이 되려면 어떻게 해야 하나요?' 저는 독자를 대상으로 글을 쓰라고 답하겠습니다. 작가는 독자와의 관계에서 태어나는 존재입니다. 독자가 당장 내 눈앞에 있든, 내가 죽은 뒤 미래에 존재하든, 내 글을 읽어주는 사람이 있어야 쓰는 행위에 비로소 의미가 발생하고 작가라는 이름에 피가 도는 것 같습니다.

얼마 전에는 아들이 저한테 묻더군요. "엄마, 프리랜서 작가로 사보에 글 쓸 때, 그 글 읽는 사람이 얼마나 있었어요?" 제가 말했죠. "많지 않았어. 사보 담당 편집자랑 홍보실 직원, 인터뷰 기사를 썼을 때는 인터뷰이가 더해지는 정도? 회사에서 배포하는 무가지니까 열독률이 높지 않았지. 그래서 사보 일이 어느 순간 재미없었어. 누군가가 내 글을 읽어준다고 실감할 수 없으니까 글 쓸 동력이 안 생겼달까." 그땐 그랬습니다. 제가 저를 작가라고 말하기 망설였던 이유가 독자가 없었기 때문이었던 것 같아요. 지나고보니 그래요. 책을 한 권, 두 권 내고, 누가 제 책을 읽어줬다고 말해주고, 심지어 잘 읽었다고 말해주는 기적 (하고 많은 책 중에 제 책을 읽어주었으니까, '기적'이 맞습니다)을 경험하다보니 자신감도 생기고 더 잘 쓰고 싶은 의지도 생겼죠.

그렇기에 이번에는 비교적 폭넓은 독자층을 대상으로 한 출판에 한정해서 "(책을 내는) 작가가 되려면 어떻게 해야 하나요?"라는 질문에 대해 이야기해볼까 합니다.

첫 번째, 국내외를 막론하고 블로그나 브런치 등에 썼던 글을 출판사에서 정식 출간하는 경우가 있습니다. 《아이들의 계급투쟁》은 일본 출신 작가 브래디 미카코가 영국의 빈민촌에서 보육 교사로 일한 경험을 쓴 책인데요. 작가가 블로그에 쓴 글이 책의 시작이었다고 합니다. 저는 이 책을 읽으면서 만인에게 열린 글쓰기 공간이 얼마나 소중한지 다시금 느꼈어요.

특히 뉴스나 신문 등에서 주목하지 않는 사회적 약자의 목소리를 세상에 드러낼 때, 이런 온라인 플랫폼을 글쓰기에 잘 활용할 수 있습니다.

두 번째, 독립출판으로 책을 직접 내는 방법입니다. 한 의대생이 교도소에서 3년간 대체 복무를 했던 경험을 글로 써서 독립출판물을 냈습니다. 그 책을 한 출판사 대표가 보고 내용을 개정·보완해서 내자고 제안했고요. 아무래도 혼자 책을 만들 때보다 상업출판사의 시스템을 활용하면 더 많은 독자를 만날 가능성이 생기죠. 물론 조용히 묻히는 책도 있고요. 또한 원도 작가는《경찰관속으로》라는 책을 독립출판으로 냈다가 동명의 책을 상업출판으로도 내고, 또 다른 출판사를 만나《아무튼, 언니》라는 후속작을 내기도 했습니다.

세 번째, 자기 글의 성격에 맞는 출판사 찾아서 투고하는 방법도 있습니다. 시인, 소설가, 평론가 등은 신춘문예에 공모하거나 문예지에 투고하는 방법 등이 있겠네요. 드라마 작가가 되고 싶다면 지망생을 대상으로 하는 드라마 작가 아카데미가 있다고 해요. 그런 곳을 두드려보면 되지 않을까 싶습니다.

단, 출판사에 투고할 때 주의할 점이 있습니다. 제 주변에 출판사를 운영하거나 편집자로 일하는 지인들에게 들은 이야기에요. 많은 투고를 검토하면서 느낀 아쉬운 점을 각기 말하는데, 공통점이 있더라고요. 예비 저자가 책 한 권 분량으로 완성해서 보내온 원고를 읽다보면 글 한 편 한 편은 각각 다른 이야기를 하는 듯해도 글마다 비슷하게 끝난다는 거죠. 처음엔 '아, 이 원고 괜찮네' 싶어서 읽다가도 고만고만한 에피소드와 결론을 반복하니까 원고 전체가 빈약해지는 거죠. 이런 현상이 자신도 모르게 하는 자기 복제겠죠. 실제로 글쓰기 수업이나 강연에서 만난 분들도 자기 복제에 관한 고민을 많이 터놓습니다. 어떻게 하면 될까요?

좋은 예를 들어볼게요. 김달님 작가의 《나의 두 사람》이라는 에세이집입니다. 조부모 손에서 자란 필자의 성장기 40편을 담고 있죠. 자칫 '할머니와 할아버지의 사랑과 은혜가 깊다'와 같이 추상적인 주제가 글마다 중복될 수도 있었을 거 같아요. 그런데 빠르게 전개되지 않고 각각의 에피소드가 살아 있어요. 어떤 글은 웃기고, 어떤 글은 뭉클하고, 어떤 글은 슬프고요. 글 한 편 한 편에서 다채로운 사랑의 결이 보여요. 다 읽고 나니까 한 아이를 키우는 데는 두 사람의 안정적인 보호자가 필요하구나, 그게 꼭 엄마와 아빠일 필요는 없구나, 그래서 제목도 '나의 두 사람'이구나 하고 생각했어요. 자기 복제의 위험을 잘 피해간 책이라고 생각합니다.

글 몇 편 쓰는 것과 책 한 권 쓰는 것은 글쓰기의 체급을 다르게 요구합니다. 각기 다른 서사와 의미를 담은 수십 편의 글을 하나의 주제로 꿰어내려면, 무엇보다 자기 글을 객관적으로 보는 '매의 눈'을 장착해야 하죠. 한 편의 글마다 핵심 문장이라고 생각하는 대목에 밑줄을 그어보고요. 이전 글과 비슷한 주제를 담은 건 아닌지, 에피소드와 구성을 반복하지는 않았는지, 꼼꼼하게 점검하며 글을 살펴보세요. 글쓴이의 눈에는 잘 안 보일 수가 있으니 가까운 사람에게 봐달라고 부탁해보기도 하고요. 내가 내려는 책과 유사한 도서를 찾아 참고해보는 것도 좋습니다. 끝까지 긴장을 내려놓지 않고 모든 수단을 동원하여 할 수 있는 것을 해보는 집념이 필요합니다. 그래서 결국 쓰는 일은 체력 문제이고요.

　미국 해양생물학자 레이첼 카슨은 《침묵의 봄》이란 작품으로 잘 알려진 작가인데요. "책이 베스트셀러가 되는 희귀한 기적을 제외하고, 책을 쓰는 것은 경제적으로 승산 없는 도박과도 같다"[30]고 말합니다. 맞아요. 고역이죠. 그런데 왜 썼을까요? 자신의 첫 에세이 《바닷바람을 맞으며》에서 "바다의 생명에 대해 알아야 한다는 깊은 확신에서 우러나 이 책을 썼다"[31]라고 고백합니다. 여러분의 확신은 무엇인가요? 그에 대한 답변이 첫 책의 주제로 담길 것입니다.

책을 내려면
어떤 마음을 가져야 할까요?

왜 때문인지 책 내는 이야기를 하려니까 조심스러워요. 모두가 글을 쓰는 시대에서 모두가 책을 내는 시대가 됐다는 기사가 신문에 나오기도 하고요. 독립출판 시장도 활성화됐고 1인 출판사도 많아지고 출판 접근성이 좋아져서 그런지, 자고 나면 새 책이 쏟아집니다. 1년에 약 6만 권 정도의 단행본이 나온다고 해요.[32] 제가 출판사와 동네 책방의 인스타그램 계정을 여러 곳 팔로우하는데요. 제목을 다 훑기 어려울 정도로 신간 소식 게시글이 여럿 올라오고, 제 방엔 서문도 채 못 읽은 책이 쌓여만 갑니다. 물론 저도 1년에 평균 신간 한 권씩은 내고 있으니 책 범람 시류에 일조하는 셈입니다. 읽는 사람은 줄어드는데 쓰는 사람은 늘어나는 현상이 역설적이죠. 독자가 곧 저자고 저자가 독자입니다.

이런 시절에 "책을 내려면 어떤 마음을 가져야 할까요?"라는 질문을 받았어요. 어떤 마음이어야 할까요? 책 내는 기술이 아니라 마음을 묻는 이 질문이 좋았어요.

저는 가진 걸 내어주는 마음 그리고 돌려놓는 마음으로 책을 내고 있습니다. 우리가 맨몸으로 세상에 태어나서 많은 것을 얻고 경험하고 누리고 죽잖아요. 사랑하고, 실패하고, 좌절하고, 성취하고, 상처받고, 상처 주고, 일어서고, 살아가다 소멸하죠. 저마다 치열한 세상살이에서 무언가를 느끼고 깨닫습니다. 삶에서 얻은 것 중 가장 귀한 것을 죽기 전에 글로 엮어 세상에 내어놓는 것, 세상에서 받은 것 중 쓸 만한 것을 추려서 돌려놓는 게 책이라고 생각해요. 사람이 죽으면 육체가 흙으로 돌아가 자양분이 되어 나무가 되고 열매가 되듯이, 내가 삶에서 얻은 배움과 지혜도 환원하는 게 자연의 이치를 따르는 게 아닌가 싶습니다.

　《모리와 함께한 화요일》이라는 책이 있죠. 루게릭병으로 죽음을 앞둔 노교수와 그의 제자가 인생의 의미에 대해 나눈 열네 번의 대화를 담은 책입니다. 2001년에 국내에 출간된 이후 많은 독자에게 사랑받은 베스트셀러죠. 워커홀릭으로 일에 끌려다니던 제자가 교수에게 가족, 사랑, 죽음, 자기 연민 등을 질문하며 삶의 의미를 묻고 답을 얻는 내용입니다. 노교수는 "돈이 다정함을 대신할 수는 없네. 그리고 권력도 다정함을 대신할 수는 없지"[33]라는 말을 해줍니다. 현대인들은 주식 차트를 보는 데 시간을 바치다가도 이렇게 한 번씩 삶의 본질을 짚어주는 말을 듣길 원하죠. 물질주의 경향이 짙어질수록 영혼을 어루만지는 책이 베스트셀러가 되는 것 같아요. 저는 이 책이 많은 독자의 사랑을 받은 베스트셀러라는 사실보다 저자가 이 책을 쓴 계기가 좋았어요. 생에서 물러나며 고귀한 것을 세상에 도로 내놓고 간다는 것. 사회학자인 노교수 같은 지식인이 아니라도 누구나 나눌 게 있다고 생각합니다.

밀양 송전탑 건설을 반대하며 투쟁하는 어르신들을 인터뷰한 책《밀양을 살다》는 투쟁 관련 이야기도 좋지만 특히 어르신들이 삶에서 얻은 깨달음을 나누어주는 대목이 소중해요.

세상을 살아가는 데 돈이 전부는 아닙니다. 양심껏 살아야 그기 사람 가치가 있지. 돈이 지금 인자 내 벌어놓은 것만 해도 다 못 쓸 건데. 절대 돈 거는 추접은 돈이고 필요 없는 돈입니다. 돈 모할 낀데? 사람이 살아가는 데 똑바로 살아야 합니다.[34]

사실 대부분 책의 메시지는 크게 보면 '삶의 중요한 가치와 의미를 지키며 어떻게 살 것인가'라는 대명제로 수렴하겠지만, 자신이 출간을 염두에 둔 책의 콘셉트를 되도록 구체적이고 선명하게 잡아보세요. 출판기획안을 쓸 때는 필자의 고유한 사회적 정보나 욕망이 드러나게 쓰셔야 좋습니다. 그것이 세상에 없는 이야기일 순 없지만 그럼에도 불구하고 내가 이 이야기를 왜 쓰는지 한 줄로 요약해서 정리해보는 거죠. 철학자 김진영 선생님의 첫 산문집이자 유고집인《아침의 피아노》에도 이런 구절이 나옵니다.

글쓰기는 나를 위한 것이 아니라고, 그건 타자를 위한 것이라고 나는 말했다. 병중의 기록들도 마찬가지다. 이 기록들은 나를 위한 것이 아니라 내가 떠나도 남겨질 이들을 위한 것이다. 나만을 지키려고 할 때 나는 나날이 약해진다. 타자를 지키려고 할 때 나는 나날이 확실해진다.[35]

많은 독자가 《아침의 피아노》를 계속 사랑하고 의미 있는 책으로 기억하는 이유도 저자의 마음가짐이 책에 드러났기 때문이 아닐까 싶습니다. 여러분도 '책을 내고 싶다'는 막연한 바람을 '어떤 책을 어떤 마음으로, 왜 세상에 내놓으려 하는가?'라는 물음으로 바꾸어 정돈된 문장으로 써보세요. 그것이 있으면 글쓰기가 힘들 때마다 꺼내보고 힘을 낼 수 있을 거예요.

글쓰기 전과 후,
가장 달라진 점은 무엇인가요?

글쓰기 전후로 쓰는 사람의 변화를 묻는 것, 참 좋은 질문입니다. 한 사람이 어떤 사건을 통과하거나 어떤 인연을 겪고 나면 어떤 식으로든 달라지죠. 어떤 변화가 있었는지 짚어보는 일은 중요합니다. 내 삶이 흘러가는 방향과 의미를 점검해볼 수 있으니까요. 가령 제가 수영을 못하다가 하게 됐는데, 수영을 배우기 전과 후의 저는 마치 다른 사람처럼 느껴집니다. 가장 큰 변화는 물을 덜 무서워하게 됐다는 점이고요. 과거엔 수영장 있는 고급 호텔에 놀러간 사람들에게 묘한 적대감이 들었는데("이 부르주아들!") 알고보니 수영을 못해서 그런 것도 있더라고요. 돈과 시간만 있으면 저도 인피니티풀이 있는 5성급 호텔을 즐기고 싶어요. 잘 알지도 못하면서 왜 미워했나 싶지만, 잘 알지 못하니까 미워하기도 쉬운 거겠죠. 물론 좋은 호텔에 한 번 묵었다가 대한민국의 빈부격차 실상을 일면 확인하고 씁쓸했던 기억도 납니다. 그래서 안다는 것은 보는 세계가 넓어지는 일, 다른 세계에 마음이 열리는 일이고 동시에 불편해지는 일, 상처받는 일인 것 같습니다.

글쓰기 이야기로 돌아와서, 저라는 존재가 글쓰기 전후로 어떻게 달라졌는지를 대조해보겠습니다. 글을 쓰기 전에는 김지영으로 살았다면 글을 쓰고 난 후에는 은유로 사는 게 가장 큰 변화입니다. 제 이름이 은유잖아요. 강의를 나가면 질의응답 시간에 꼭 나오는 질문이 '은유가 본명이냐, 필명이냐'에요. 처음엔 의아했죠. 당연히 필명으로 생각할 줄 알았어요. 왜냐면 제 또래에 은유처럼 섬세하고 문학적인 이름은 거의 없거든요. 은유라는 이름은 2000년대 태어난 아기 이름으로 많더라고요.

이름도 시대별 유행이 있습니다. 1980년 전후로 태어난 여아에게 '지영'이라는 이름을 가장 많이 붙여서 소설 제목도 《82년생 김지영》이라고 해요. 1982년생이 아니고 1971년생인 저의 본명도 김지영입니다. 제 이름에 쓰인 한자가 '뜻 지'와 '꽃부리 영'인 걸 안 지인이 그러더라고요. "지영이란 이름은 거의 이 한자 쓰더라." 부모가 지어준 무난한 이름처럼 무던하게 살던 한 여성이, 니체 책을 읽는 세미나에 갔다가 스스로 은유라고 이름을 짓고 은유가 되었어요. 은유법의 그 은유죠. 니체 특유의 은유적인 수사에 매료되어 지은 이름입니다.

읽는 사람 은유로 살다가 쓰는 사람 은유가 됐죠. '은유'는 저를 '글 쓰는 나'로 만드는 주문이었습니다. 즉, 은유라는 이름을 쓰고부터는 나를 중심에 놓는 삶을 산다고나 할까요. 김지영으로 살 때보다 나에 대해 생각하는 시간이 월등히 늘었어요. '김지영들'처럼 살기도 결코 쉽지 않지만, 은유가 된 후로는 내 욕망과 내 방향을 찾아갈 수 있어서 힘들어도 좋았습니다. 프리랜서 작가로 살다보니 출판이나 강연 등 어떤 활동을 할지 하나하나 스스로 선택해야 하는데, 기준을 부나 명예보다 가치와 공동체에 둡니다. 내가 하고 싶은 일인지, 나도 나아지고 세상도 나아지는 일인지를 자문하죠. 일명 '은유 효과'입니다. 쓰는 사람이 되고부터 자유로워지는 법을 배웠어요. 남들이 뭐라고 하든 내 감정과 생각과 느낌을 소중히 여기게 됐습니다.

또 하나의 변화는 '나'를 사회적 존재로 인식하게 됐다는 점이에요. 저 자신을 파고들다가 이르게 된 자연스러운 도착지인데요. 제 삶이 타인의 삶과 깊게 연결돼 있다는 점을 확인하니까 '좀 더 의젓해져야겠다' '내가 상처받으면 아프니까 남에게도 상처 주지 말고 좀 더 다정하고 친절하고 사려 깊은 사람이 되고 싶다' 이런 생각을 구체적이고 본격적으로 합니다. 이런 심정을 잘 표현한 글을 만났어요. 홍은전 작가의 책 《그냥, 사람》의 한 단락입니다.

글 속의 '나'는 현실의 나보다 더 섬세하고 더 진지하고 더 치열하다. (…) 글을 쓸 때 나는 타인의 이야기에 더 귀 기울이고 더 자세히 보려고 애쓰고 작은 것이라도 깨닫기 위해 노력한다. 글을 쓸 때처럼 열심히 감동하고 반성할 때가 없고, 타인에게 힘이 되는 말 한마디를 고심할 때가 없다. 글쓰기는 언제나 두려운 일이지만 내

가 쓴 글이 나를 조금 더 나은 방향으로 이끌어줄 거라는 기대 때문에 계속 쓸 수 있었다.[36]

　바로 이겁니다. 홍은전 작가는 오래전부터 알던 분이고 연재했던 〈은유의 연결〉 인터뷰를 진행할 때 인터뷰이로도 만났는데요, 통하는 점이 많아요. 한번은 '글 쓰는 일의 괴로움'에 대해 수다를 떨었어요. 홍은전 작가가 말하길, 자기는 걱정이 너무 많다는 거예요. 쓰기 전에 못 쓸까 봐, 잘 안 써질까 봐 몹시 걱정한대요. 그 얘길 듣고 저는 걱정은 안 한다고 했어요. 다만 쓰기 전에 계속 쓸 생각에 매달려 있고 생각이 많아진다고 했어요. 말하다보니 저와 홍은전 작가 모두 칼럼을 쓰는 주기와 그 칼럼을 쓰기까지 들이는 시간이 비슷하더라고요. 홍은전 작가가 칼럼 한 편을 5일 내내 쓴다고 말했는데, 저도 그렇거든요. 결국 그는 '걱정'으로 저는 '생각'으로 표현했을 뿐, 5일 동안 글쓰기에 결박된 상태는 비슷했죠. 지금 생각해보니 저희의 몸부림이 단지 글만 잘 쓰는 게 아니라 자신과 세상을 조금 더 나은 방향으로 이동시키려는 욕망과 욕심에서 비롯된 것 같아요. 하지만 그게 어디 쉬운가요. 말한 대로 되는 것도 아니고, 더 나은 사람이 됐는지 안 됐는지를 검증하는 절차가 있지도 않고요. 최선을 다하는 수밖에 할 수 있는 게 없습니다.
　정리하자면, 글쓰기 전과 후 가장 달라진 점은 크게 두 가지네요. 더 나은 내가 되려고 노력하게 됐다는 것, 타인을 존중하게 되었다는 것. 《쓰기의 말들》에 쓴 대로 그냥 사는 사람은 없다는 걸 알게 된 게 글쓰기에서 얻은 가장 큰 배움이죠. 남의 삶을 내 것 보듯 찬찬히 들여다볼수록 삶에는 너무도 모순되고 복잡한 요소가 많은 거예요. 이렇게 깨달으면 타인을 쉽게 단정하거나 함부로 비난하지 못해요. 그렇다고 해서 어떤 사안에 매사 미온적이거나 비겁하게 한발 물러서는 빌미가 되어서는 안 되겠지만요. 쉽게 말할 수 없으므로 입을 닫는 게 아니라 최대한 신중하게 표현하고 정확하게 분노하려는 노력을 포기하지 않는 것입니다.

> 내가 누구인지 묻지 말고 내가 계속 같은 사람인지도 묻지 마라. 아마도 나와 비슷한 한 사람 이상의 사람들이 아무런 얼굴도 갖지 않기 위해 쓰는 게 분명하다.[37]

프랑스 철학자 미셸 푸코의 말을 《글쓰기의 최전선》의 서문 〈나는 왜 쓰는가〉 앞부분에 인용했습니다. 고정되지 않기 위해 쓴다는 뜻이에요. 글쓰기란 자기 관점을 세우고 그걸 부수고, 남들의 생각을 좇는 게 아니라 내 생각에 몰입하고 그걸 다시 의심하고. 그렇게 내가 변해가는 과정을 기록하는 일입니다. 쓸수록 옹졸해지고 피폐해지기보다 품이 넓어지고 진실해진다면 우리의 글쓰기는 삶의 선물이 되겠죠. 칠레 소설가 이사벨 아옌데도 말했습니다. "제가 악마를 쫓아내고 천사를 맞이하고 제 자신을 탐구하는 유일한 방법은 글쓰기입니다."[38]

글쓰기가 지금까진 제 삶에 좋은 영향을 미쳤는데요. 앞으로도 그러리란 보장이 없다는 것, 인간은 부서지기 쉬운 존재라는 것. 이 냉혹한 진실까지 자각시켜준 것이 글쓰기입니다. 참으로 믿을 만한 자기 객관화의 장치가 아닐 수 없죠. 여러분도 잘 활용해보시길 바랍니다.

작가님은 글쓰기가
재밌나요?

어느 대학 강연에서 질문을 받았습니다. "작가님은 글쓰기가 재밌나요?" 일반적이진 않은 질문이라 당황했습니다. 마치 신나게 수다 떠는데 친구가 갑자기 "너, 사는 게 재밌니?" 이렇게 물어보는 것 같았죠. 여러분은 어떠세요? 사는 게 재밌으세요? 네? 재밌으려고 글을 쓰고 《은유의 글쓰기 상담소》를 읽는다고요?

저도 그렇습니다. 글쓰기에 대해 말하는 오디오클립을 연재하자는 제안이 왔을 때, 팟캐스트나 유튜브를 안 해봤지만 이참에 한번 해볼까 싶어서 도전해봤어요. 막상 해보니까 재미도 있고 고충도 있었죠. 모든 일이 그렇듯이요. 제가 생각해도 알찬 정보를 가득 넣었다 싶으면 신났고요, 잘 들었다거나 글쓰기에 도움이 됐다는 댓글을 보면 힘이 났습니다. 무플이면 어떤가, 최선을 다하는 게 중요하다고 말하면서도 외부 반응에 초연하지 못하고 일희일비하는 저의 약함을 확인하기도 했습니다. 하나씩 시도해보고 그 경험을 해석하며 '다양한 나'를 알아가는 쾌감이 있었습니다. 글쓰기는 이렇게 조금씩 저를 다른 세계로 데려갑니다.

글쓰기를 쓰는 행위 자체로 한정하면 쓰는 과정이 순조롭지 않죠. 아마 질문하신 분도 글이 잘 안 써져서 괴로운데, 기껏 써놓은 자기 글이 형편없어 보일 때 또다시 괴로우니까 '내가 이걸 왜 하고 있나' 하고 회의가 들어서 질문한 것 같아요. 그래도 쓰는 동안 자기 경험을 해석하면서 얻는 것들이 있잖아요. '내가 아직 부족하구나' 혹은 '편협하구나' 등등. 자기 객관화로 얻는 인식의 쾌감이 글쓰기 과정에서 생깁니다.

글을 쓰는 고난의 시간대를 거치고 나면 쓰기의 결과물에 딸려오는 선물이 있어요. 전에 어떤 작가가 그랬거든요. 책 쓰는 일은 지독히 고통스러운데 책을 쓴 유일한 보람은 좋은 사람을 많이 알게 된 것이라고요. 크게 공감했어요. 글은 중매인처럼 인연을 맺어줘요. 저도 그랬습니다. 글쓰기 수업에 온 학인들, 강연에서 만난 학생들, 다양한 연령대의 독자들, 동네 서점을 운영하는 분들, 시민단체 활동가들, 출판사 편집자들, 다른 작가들 등등 책으로 인해 여러 인연에 닿았습니다.

한 사람을 알게 되면 또 한 세계가 열리고, 열리면 보이고, 보이면 알게 되는 것들이 있더라고요. 예전엔 나만 힘들고 나만 아프다고 느꼈다면 글쓰기를 통해 타인의 고통도 보이고 삶을 관조하게 됐죠. 세상의 넓음을 아는 동시에 자기의 작음을 보게 되는 것, 이게 글쓰기가 주는 아주 귀한 재미가 아닐까 싶습니다. '내가 모르는 게 아직 너무 많다'는 사실을 글쓰기가 알려주기에 저는 계속 씁니다. 이와 관련해서 좋아하는 글이 있는데 여러분도 한번 읽어보시면 좋겠어요. 폴란드 시인 비스와바 쉼보르스카가 1996년에 노벨문학상을 수락하며 발표했던 연설문의 일부입니다.

영감, 그게 무엇인지는 중요치 않습니다. 중요한 것은 끊임없이 "나는 모르겠어"라고 말하는 가운데 새로운 영감이 솟아난다는 사실입니다.

사실 이렇게 살아가는 사람들은 그리 많지 않습니다. 이 지구상에 살고 있는 대부분의 사람들은 생존의 수단으로 일을 합니다. 혹은 일을 해야 한다는 의무감 때문에 일을 합니다. 스스로의 의지와 열정으로 일을 선택한 것이 아니라 삶의 조건들이 그들을 대신하여 선택을 내리곤 합니다. 좋아하지 않는 일, 지겨운 일, 그나마 그런 일조차 못 하는 사람들이 많다는 걸 알기에 어쩔 수 없이 가치를 인정할 수밖에 없는 일, 이런 일에 종사한다는 것은 인간에게 닥친 가장 슬픈 불운 중의 하나일 것입니다. 그렇다고 다가올 21세기에 곧장 행복한 변화가 이루어질 것 같지도 않습니다.

물론 이렇게 말하면 내가 시인들로부터 영감에 대한 특권을 빼앗아간다고 말하는 사람들도 있을 것입니다. 그러나 나는 시인들이 선택받은 운명을 타고난 몇 안 되는 사람들이라는 점을 강조하고 싶습니다.

지금껏 쭉 이야기를 듣고 계신 청중 여러분 가운데 다음과 같은 의

문을 제기하는 분도 있을 것입니다. 살인자들, 독재자들, 광신자들, 몇 가지 구호를 목이 터져라 외치며 권력을 쟁취하기 위해 싸우는 정치가들 역시 자신의 일을 사랑하고, 또 열광적인 아이디어로 그 일을 수행하고 있지 않냐고요. 네, 그렇습니다. 하지만 문제는 그들이 '알고 있다'는 사실입니다. 그들은 '모른다'는 말을 하지 않습니다. 네, 그들은 '알고 있습니다.' 그들은 자신들이 '알고 있는' 유일한 것, 오로지 그 하나만으로 영원히 만족합니다. 그 밖의 다른 것들은 철저히 관심 밖에 있습니다. 왜냐하면 다른 쪽을 향해 눈을 돌리고 주의를 빼앗기는 순간, 자신들이 주장하는 논쟁의 힘이 약해질까 봐 두려워하기 때문이죠. 스스로에게 끊임없이 새로운 질문을 던지지 않는 모든 지식은 결국엔 생존에 필요한 열정을 잃게 되고, 머지않아 소멸되고 맙니다. 과거와 현재의 역사가 너무도 잘 말해주고 있듯이, 극단적인 경우에는 사회에 치명적인 위협을 가져올 수도 있는 것입니다.

그렇기 때문에 '나는 모르겠어'라는 두 마디의 말을 나는 높이 평가하고 싶습니다. 이 말에는 작지만 견고한 날개가 달려 있습니다. 그 날개는 우리의 삶 자체를, 이 불안정한 지구가 매달려 있는 광활한 공간으로부터 우리 자신들이 간직하고 있는 깊은 내면에 이르기까지 폭넓게 만들어줍니다. 만약 아이작 뉴턴이 '나는 모르겠어'라고 말하지 않았다면, 사과가 그의 눈앞에서 우박같이 쏟아져도 그저 몸을 굽혀 열심히 주워서 맛있게 먹어치우는 것이 고작이었을 것입니다.[39]

이 글을 읽고 '내가 이래서 글 쓰는 일을 좋아하는구나' 하고 머릿속이 맑아지는 기분이었어요. 다 알아서 빤하다면 지루하고 재미없어서 '계속'은 못 하지 않을까요? 제게 '재미있다'의 반대편에 있는 표현은 '식상하다'이거든요. 산을 오르는 사람이 산을 다 알아서가 아니라 산에 아직 모르는 자연과 풍광이 있다는 걸 알아서 계속 등산하듯이요. 저도 세상에 모르는 게 많아서, 알고 싶어서 쓰는 것 같습니다. 삶과 사람에 대한 호기심을 잃으면 글쓰기가 재미없어질 것 같아요(생각만 해도 슬퍼요). 다시 질문으로 돌아가 결론을 내리자면, 글쓰기가 '아직은' 재밌습니다.

한번은 글쓰기 수업에서 말했습니다. '삶에서 버릴 게 아무것도 없다는 걸 아는 사람이 작가다'라고요. 기존에는 쓸모를 기준으로 어떤 존재나 경험을 생각하고 평가하는 사람이었다면, 글을 쓰는 사람이 된 이후로 어떤 사물과 현상과 존재에서 다른 의미를 발굴하는 사람이 되었다는 뜻입니다. 스페인 소설가 하비에르 마리아스는 이렇게 말했죠. "글을 쓰고 있을 때 제가 가장 훌륭한 생각을 한다고 말하지는 않겠습니다. 그러나 다르게 생각하게 됩니다."

그렇습니다. '나는 모른다는 것'을 아는 것이 글을 쓰는 동력이고 재미입니다. 내 앎이 무화되는 순간에 찾아오는 혼란과 두려움이 있지만, 그럴 때라야 다르게 생각해볼 수 있는 여지가 열리고 사고가 확장됩니다. 이런 인식의 쾌감, 성장의 효

능감이 저를 글쓰기 앞으로 자꾸 데려다놓는 것 같습니다. 이 재밌는 글쓰기를 저만 할 수 없어서 《은유의 글쓰기 상담소》라는 책으로 여러분과 글쓰기 이야기를 열심히 나눠봅니다. 어서 이 혼란과 재미의 세계로 건너오세요. 마중 나가 있겠습니다.

나오는 말

세월호 1주기 즈음인 2015년 4월에 《글쓰기의 최전선》이 출간되었다. 책을 본격적으로 집필하는 1년 내내 슬픔을 등짐 지고 썼던 기억이 난다. 《은유의 글쓰기 상담소》를 마감하는 중에 이태원에서 젊은 목숨 158명이 무참히 스러져갔다. 이번에도 살릴 수 있었는데 살리지 못했다. "아이들은 놀러 갔다가 죽은 게 아니고, 노느라 정신이 팔린 자들 때문에 죽은 것"이라던 세월호 유가족의 말이 이태원에서 일어난 참사에도 그대로 적용된다는 게 이 시대의 절망이고 비극이다.

대참사와 대참사 사이에서 책을 내자니 고개가 숙여진다. 글쓰기는 무엇을 할 수 있을까, 나는 왜 쓰는가, 거듭 되묻게 되는 시절. 그런데 글쓰기가 아니면 또 어떻게 슬픔에 닿을 수 있을지 아직은 잘 모르겠다. 사회적 약속을 지키지 않는 사람들, 사회 구성원이 맡은 바 자기 일을 하지 않을 때 어떤 참사가 발생하는지 두 눈으로 보았으므로 나는 정신 차리고 슬픔에 집중하는 것으로써 쓰는 사람의 본분을 다하고 싶다. 고인의 명복을 빈다.

이 책은 학인들의 십시일반 노력으로 완성했다. 글쓰기에 관한 궁금한 것의 목록을 작성해준 콩스탕스 그리고 좋은 사례를 같이 고민한 '감응의 글쓰기' 반장 바람, 기억의 복원을 도와준 '메타포라' 반장 도리, 기꺼이 인용을 허락해준 우리 학인들에게 고마움을 전한다. 한편, 이 책에서 글쓰기 수업을 이상향처럼 그린 건 아닌지 조심스럽다. '생존 편향'이라는 용어가 있다. 생존자 또는 성공한 사람만 고려 대상으로 삼음으로써 잘못되거나 치우치게 판단하는 오류를 뜻한다. 나의 수업에 글쓰기를 배우러 와서 배움의 의지가 꺾인 분도 아마 있으리라 짐작해본다. 그런 분들은 후기를 안 남기니까 알 수가 없다. 여기 나오는 사례 역시 생존 편향에 따른 정보일 수 있다는 점에서 한계가 있음을 밝힌다.

이 책을 담당한 길은수 편집자와 정식 미팅을 한 첫날, 그가 서류 몇 가지를 넣은 두툼한 파일을 내밀었다. 《글쓰기의 최전선》《쓰기의 말들》《은유의 글쓰기 상담소》 각각의 주요 내용, 공통점, 차이점을 표로 만들어 분석한 것, 교정의 예시글, 앞으로의 일정표 등등. 이후 메일과 통화와 미팅으로 소통하고 작업하는 동안 그는 자기 일에 전문성과 열정을 가진 동료와 일하는 기쁨을 내게 누리게 해주었다. 길은수 편집자의 안목과 꼼꼼함이 아니었다면 온갖 말들과 인용이 범람하고 숨어 있는 '글쓰기 상담소'의 내용이 이토록 가지런하게 제자리를 찾지 못했을 것이다. 물론 그가 하도 세 번, 네 번, 점검하고 확인하는 바람에 '이렇게까지'라는 생각이 들지 아니한 것은 아니지만, 글이든 책이든 '이렇게까지' 했을 때의 결과물을 보는 건 두고두고 안도감과 뿌듯함을 준다. 여럿의 말들과 숨결과 손길로 세상에 나온 책이 부디 첫눈처럼 독자 손에 닿으면 좋겠다.

들어가는 말

1 베티 리어든 저/황미요조 역/정희진 기획, 《성차별주의는 전쟁을
   불러온다》, 111쪽, 나무연필, 2020

2 미류 저, 〈깃발처럼 오시라〉, 경향신문, 2021. 11. 2.

1 혼자 쓰다가 주저한다면

1 마거릿 애트우드 저/박설영 역, 《글쓰기에 대하여》, 191~193쪽, 프
   시케의숲, 2021

2 김중미 저, 《존재, 감》, 176쪽, 창비, 2018

3 은유 저, 《쓰기의 말들》, 75쪽, 유유, 2016

4 시소, 감응의 글쓰기

5 김영옥·메이·이지은·전희경 저/메이 편/생애문화연구소 옥희살
   롱 기획, 《새벽 세 시의 몸들에게》, 123쪽, 봄날의책, 2020

6 앨리스 매티슨 저/허진 역, 《연과 실》, 21쪽, xbooks, 2021

7 히힛, 메타포라

8 조이스 캐럴 오츠 저/송경아 역, 《작가의 신념》, 36쪽, 은행나무,
   2014

9 김수영 저, 《김수영 전집 1》, 200쪽, 민음사, 2018

10 림, 메타포라

11 데이비드 크렐·도널드 베이츠 저/박우정 역, 《좋은 유럽인 니체》,
   246쪽, 글항아리, 2014

12 〈'n번방 피해' 놀라지만 말고, 평범한 일상 살게 해주세요〉, 한겨레
   신문, 2020.7.4.

13 이은혜·황예솔·임지영·조희정·이모르·김효진 저, 《여섯 개의 폭

력》, 39, 40쪽, 글항아리, 2021

14 위의 책, 48, 49쪽

15 위의 책, 51, 52쪽

16 류은숙·서선영·이종희 저, 《일터괴롭힘, 사냥감이 된 사람들》, 34쪽, 코난북스, 2016

2 일단 써보고자 한다면

1 은유 저, 〈김장 버티기〉, 한겨레신문, 2017.12.8.

2 박경리 저, 《문학을 지망하는 젊은이들에게》, 123쪽, 현대문학, 1995

3 은유 저, 《쓰기의 말들》, 9쪽, 유유, 2016

4 위의 책, 23쪽

5 위의 책, 33쪽

6 위의 책, 85쪽

7 위의 책, 133쪽

8 위의 책, 153쪽

9 문태준 저, 《가재미》, 98쪽, 문학과지성사, 2006

10 은유 저, 《쓰기의 말들》, 191쪽, 유유, 2016

11 은유 저, 《글쓰기의 최전선》, 7쪽, 메멘토, 2015

12 황현산 저, 《황현산의 사소한 부탁》, 19쪽, 난다, 2018

13 은유 저, 《출판하는 마음》, 6쪽, 제철소, 2018

14 아임, 메타포라

15 뷰파인더, 메타포라

16 이영광 시인의 페이스북 게시글

17 황현산 저, 《황현산의 사소한 부탁》, 117쪽, 난다, 2018

18 한정원 저, 《시와 산책》, 11쪽, 시간의흐름, 2020

19 은유 저, 《다가오는 말들》, 164~166쪽, 어크로스, 2019

20 위의 책, 53쪽

21 다다, 감응의 글쓰기

22 은유 저, 《싸울 때마다 투명해진다》, 70, 71쪽, 서해문집, 2016

23 은유 저, 《다가오는 말들》, 32, 33쪽, 어크로스, 2019

3 섬세하게 쓰고 싶다면

1 조기현 저, 《아빠의 아빠가 됐다》, 109쪽, 이매진, 2019

2 위의 책, 91쪽

3 위의 책, 79쪽

4 위의 책, 169쪽

5 〈돌봄을 중심으로 사회를 재편할 수 있을까〉, 서강학보, 2022. 3.15.

6 올랄라, 메타포라

7 수전 손택 저/이재원 역, 《은유로서의 질병》, 139쪽, 이후, 2002

8 손원평 저, 《아몬드》, 152쪽, 창비, 2017

9 은유 저, 〈화장하는 아이들〉, 한겨레신문, 2017.4.21.

10 도리, 메타포라

11 F. L. 루카스 저/이은경 역, 《좋은 산문의 길, 스타일》, 104쪽, 메멘토, 2018

12 무릎, 감응의 글쓰기

13 아서 프랭크 저/최은경 역, 《몸의 증언》, 85쪽, 갈무리, 2013

14 혜원, 메타포라

15 발터 벤야민 저/김영옥·윤미애·최성만 공역, 《일방통행로 사유이미지》, 227쪽, 길, 2007

16 스베틀라나 알렉시예비치 저/박은정 역, 《전쟁은 여자의 얼굴을 하지 않았다》, 16, 17쪽, 문학동네, 2015

17 이브 엔슬러 저/김은령 역, 《아버지의 사과 편지》, 9, 10쪽, 심심, 2020

4 계속 쓰는 사람으로 살고 싶다면

1 버지니아 울프 저/최애리 역, 《문학은 공유지입니다》, 25쪽, 열린책들, 2022

2 프리드리히 니체 저/정동호 역, 《차라투스트라는 이렇게 말했다》, 71쪽, 책세상, 2000

3 프리드리히 니체 저/박찬국 역, 《아침놀》, 191쪽, 책세상, 2004

4 도리스 레싱 외 15인 공저/모이라 데이비 편/김하현 역, 《분노와 애정》, 78쪽, 시대의창, 2018

5 위의 책, 124쪽

6 위의 책, 138쪽

7 소설가 박완서 대담집/호원숙 편, 《우리가 참 아끼던 사람》, 22쪽, 달, 2016

8 퇴계 이황 저/고산고정일 역해, 《자성록 언행록 성학십도》, 58쪽, 동서문화사, 2008

9 마창거제 산재추방운동연합 기획, 《나, 조선소 노동자》, 150쪽, 코난북스, 2019

10 단단, 감응의 글쓰기

11 오드리 로드 저/송섬별 역, 《블랙 유니콘》, 106쪽, 움직씨, 2020

12 최승자 저, 《즐거운 일기》, 49쪽, 문학과지성사, 1999

13 위의 책, 11쪽

14 은유 저, 《다가오는 말들》, 19쪽, 어크로스, 2019

15 황정은 저, 《계속해보겠습니다》, 227쪽, 창비, 2014

16 유도라 웰티 저/신지현 역, 《유도라 웰티의 소설작법》, 156, 157쪽, xbooks, 2018

17 이진순 저, 《당신이 반짝이던 순간》, 7쪽, 문학동네, 2018

18 은유 저, 《있지만 없는 아이들》, 58쪽, 창비, 2021

19 위의 책, 82쪽

20 박이은실 저, 《양성애》, 42쪽, 여성문화이론연구소, 2017

21 앨리스 매티슨 저/허진 역,《연과 실》, 13, 14쪽, xbooks, 2021

22 샤를 피에르 보들레르 저/황현산 역,《파리의 우울》, 99쪽, 문학동네, 2015

23 앨리스 매티슨 저/허진 역,《연과 실》, 19쪽, xbooks, 2021

24 앨리너 와크텔 저/허진 역,《작가라는 사람 1》, 38쪽, xbooks, 2017

25 고레에다 히로카즈 저/이영희 역,《걷는 듯 천천히》, 138, 139쪽, 문학동네, 2015

26 한정원 저,《시와 산책》, 170쪽, 시간의흐름, 2020

27 은유 저,《쓰기의 말들》, 203쪽, 유유, 2016

28 은유 저,《다가오는 말들》, 144쪽, 어크로스, 2019

29 위의 책, 145쪽

30 레이첼 카슨 저/김은령 역,《바닷바람을 맞으며》, 21쪽, 에코리브르, 2017

31 위의 책, 27쪽

32 〈2021년 출판통계〉, 대한출판문화협회, 2022.3.11.

33 미치 앨봄·모리 슈워츠 저/공경희 역,《모리와 함께한 화요일》, 193쪽, 살림출판사, 2017

34 밀양구술프로젝트 저,《밀양을 살다》, 185, 186쪽, 오월의봄, 2014

35 김진영 저,《아침의 피아노》, 242쪽, 한겨레출판, 2018

36 홍은전 저,《그냥, 사람》, 25쪽, 봄날의책, 2020

37 은유 저,《글쓰기의 최전선》, 5쪽, 메멘토, 2015

38 앨리너 와크텔 저/허진 역,《작가라는 사람 1》, 179쪽, xbooks, 2017

39 비스와바 쉼보르스카 저/최성은 역,《끝과 시작》, 450~452쪽, 문학과지성사, 2007

표지 및 본문 그림 ⓒ이지우 ⓘpainting.letter

〈어린꿈〉, oil on canvas, 60.5x80cm, 2022
〈쓰는 오후〉, oil on canvas, 41x53cm, 2022
〈계절의 무늬〉, colored pencils, 32x24cm, 2022
〈끝여름〉, colored pencils, 47x32cm, 2021
〈오랜 정원〉, oil on canvas, 60.5x80cm, 2022